Hayato & Tono
「リーマン二人で異世界探索」

# リーマン二人で異世界探索

海野 幸

キャラ文庫

この作品はフィクションです。
実在の人物・団体・事件などにはいっさい関係ありません。

# 目次

口絵・本文イラスト／石田恵美

隼人はあまり感情が顔に出ない。顧客と話をしているときは特にそうだ。内心の焦りや不安を面に出さず堂々と話し合いをしたい。常々そう思ってきたせいか、こんなときまで涼しい顔をしてしまう。内心の動揺とは裏腹に。

大学卒業後、リフォーム会社に入社して早五年。入社以来一貫して営業部に所属し、顧客へのヒアリングから提案、契約業務、施工管理まで行うリフォームアドバイザーを務めてきた隼人は今、社会人になってから最大の危機に面していた。

「最初に依頼した内容と全然違う！　どうしてこんな提案になるんだ⁉」

普段は顧客を通さない会議室に男性の怒声が響き渡る。長テーブルを挟み、隼人の向かいに座るのは五十代の古賀という男性だ。隣には青白い顔をした古賀の妻も座っている。

古賀夫妻は、子供たちが家を出たので夫婦二人で住みやすいようにマンションをリフォームしてほしいと依頼してきた。数ヶ月前から隼人が担当してきた案件だ。

話し合いは主に古賀の妻と行っていたが、今日は古賀本人もやって来た。打ち合わせも最終段階に近く、ようやく話し合いに参加するのかと思いきや、隼人と顔を合わせるなり古賀は「あんたが綾瀬さん？」と胸倉を摑まんばかりに近づいてきて「話が違うんだけど⁉」と怒鳴りつけてきたのだ。その声があまりに大きかったので、隣のテーブルをブースで仕切った打ち合わせ室ではなく、社内の奥にある会議室に夫婦を連れてきた次第である。

隼人は二人の向かいに座り、テーブルの上で緩く手を組んで古賀の言葉に耳を傾ける。少し吊り上がった切れ長の目と長い睫毛、形のいい唇を持つ隼人の表情は冷然として、ひやりとするような美貌を際立たせている。表情もほとんど動かないので、隼人が内心ではひどく狼狽していることなど、目の前に座る夫婦にはまるで伝わっていないだろう。

古賀はまだ荒っぽい口調で怒鳴り続けている。これまで全く話し合いに参加してこなかったというのに、今日になって「最初に夫婦で話し合ったリフォーム内容と違う、どういうことだ！」と会社に怒鳴り込んできたのだ。

顧客の満足を第一に考え、ヒアリングに最も時間を割いている隼人にとっては寝耳に水のクレームだ。少なくとも古賀の妻とは丁寧に話し合いを重ねてきた。

古賀の言葉に相槌を打ちつつ、その隣に座る妻へと視線を転じる。

きっと夫婦間で意思の疎通ができていなかっただけだ。隼人ときちんと話し合いをしてきたことを妻が口にしてくれればこの場も収まるはず。早く夫に事情を説明してくれと祈るような気分で、しかし無表情は崩さず妻に視線を送ると、古賀も一緒になって妻を見た。

小柄な妻は夫と隼人の視線を受け、戸惑ったように肩を竦める。

「お前もきちんと綾瀬さんに要望は伝えてたんだろう？」

野太い声で古賀に問われ、妻は短く沈黙してから微かに頷いた。

数ヶ月も話し合いを続ければ当初の計画から離れることはいくらでもある、と隼人が口添えをしようとすると、妻が震える声で言った。

「すみません……。綾瀬さんとお話をしていると、上手(うま)く要望が伝えられなくて……」

危うく、そんな馬鹿な、と口走りそうになった。今でこそ夫の隣で小さくなっている妻だが、これまでは隼人との打ち合わせの最中、「キッチンはこうしたい」「お風呂場はこんなふうにしたい」と楽しそうに語っていたはずだ。

どういうことかと尋ねたかったが、妻は深く俯(うつむ)いてこちらを見なくなってしまう。怯(おび)えたようなその様子を見て、憤りから一転、足元が泥に沈むような不安に捕らわれた。

古賀はほら見ろと言わんばかりの勝ち誇った顔で身を乗り出してくる。

「キッチンに備えつけの食洗機だのやたらとデカい浴槽だの、妻は最初から望んでなかったんだ。それをあんたが無理やり勧めてきたんじゃないのか?」

「まさか。そのようなことは――……」

否定してみたが、俯いた妻の姿が目の端に入り込んで語尾が掠(かす)れる。

古賀の言う通り、最初こそ妻は「特に要望はありません」「最初の計画通りに」と言っていた。しかし長年住む家だ。なんの要望もないはずはなかろうと、隼人は根気強くヒアリングを繰り返した。そのうち妻からもぽつぽつと要望が出てきて、最近は打ち合わせ中に楽しそうにお喋(しゃべ)りをしてくれるようになったと思っていたのに。

（そう思っていたのは俺だけで、無用なリフォームを押しつけていたということか？）

押しつけにならぬよう、細心の注意を払ってきたつもりだった。でも失敗したのか。妻は相変わらずこちらを見ない。

「とにかく、こんなリフォームされちゃ困る。話はいっぺん白紙だ」

そう言って、古賀はこれまで隼人がまとめてきた提案書をテーブルの中央に放り投げた。

数ヶ月間の労力が水泡に帰す。徒労感に崩れ落ちそうになったが踏みとどまり、隼人は「改めて打ち合わせをさせてください」と頭を下げて二人を見送った。

事務所に戻ると、同じ営業部の人間が遠巻きにこちらを見ていた。あれほどの剣幕で客が怒鳴り込んできたのだ。隼人が何か失態を演じたらしいことはみな理解しているだろうが、誰も声をかけてこない。お世辞にも愛想がいいとは言えない上に、仕事のことになると周囲に厳しく当たりがちな隼人だ。こういうとき、気安く声をかけてきてくれる相手などいるわけもない。

自席に着くなり、「綾瀬君、ちょっと」と上司に声をかけられた。

上司が事務所の入り口で手招きをしている。この時点で嫌な予感しかしなかったが、無視を決め込むわけにもいかず座ったばかりの椅子から立った。

「さっきのお客様……古賀さんだけど。帰り際に旦那さんから『担当者を替えてほしい』って言われちゃってね」

つい先程古賀夫妻と話をしていた会議室に戻ってくるなり、上司は椅子に着くこともせずに言った。隼人も部屋の入り口に立ったまま、目を見開いて上司の顔を凝視する。

「……担当変更、ですか？」

「うん。綾瀬君がお客様のために頑張ってくれてるのはわかるし、申し訳ないとも思うんだけど、お客様のご要望だから」

入社以来、隼人は一貫して顧客の満足度を第一優先に掲げてきた。だからこそ、お客様のご要望、などと言われては何も言い返せない。

「後任は遠野君にお願いしようと思ってる。ほら、君の同期の、遠野創君」

わざわざフルネームで教えてもらわなくてもわかる。遠野は長身で見目がよく、何より人当たりがいい。いつも人の輪の中心にいるような男なので、嫌でも視界に入ってきた。

先輩や上司ならまだしも、同期に仕事を任せなければならないのが釈然としない。成績だけ見れば遠野より自分の方が上だったはずだ。

上司は黙り込む隼人を見て、困り顔で腕を組んだ。

「これを機に、綾瀬君は少し仕事のやり方を考えてみるのもいいかもね？」

は？　と低い声が出そうになり、すんでのところで呑み込んだ。

顔色を変えた隼人を見て、上司は取りなすような口調で続ける。

「ほら、綾瀬君は一生懸命になると周りが見えなくなるところがあるから。お客様のためとはいえ、今回は少し強引にいってしまったのかな、と。熱心なのはいいことだけど、君のやり方は少し危ういところもあると前々から思っていたから」

体の脇で握りしめていた拳から、ふっと力が抜けた。

これまで隼人は、営業部で優秀な成績を収めてきた。何度か部内で表彰されたこともある。上司はそんな自分を高く評価してくれていると思っていた。だからこそ、隼人が多少社内の人間と衝突することがあっても庇い、そのやり方を容認してくれているのだと思っていたのに。

（……前々から、俺のやり方には問題があると思っていたのか？）

指先だけでなく全身から力が抜けていく。ならばもっと早く言ってくれればよかったものを。

古賀夫妻の他にも担当している複数の顧客の顔を思い浮かべたら、内臓がぎゅっと縮むような息苦しさを覚えた。

（俺のやり方がずっと間違っていたのなら、これから同じようなクレームが山ほど来る可能性もあるのでは……？）

見る見るうちに顔から血の気が引いていく隼人を見て、上司は敢えて明るい口調で言った。

「古賀さんとのやり取りも大変だったろうし、今日のところはもう帰ったらどうかな。そろそろ定時だし。こんな日くらい、美味しい物でも食べて帰りなさいよ」

上司に肩を叩かれて、隼人はかかしのように小さく体を揺らした。

会社の外に出ると、真夏の熱気がずしりと全身にのしかかってきた。湿度を含んでいるせいか、空気がやけに重く感じる。

まだ七月に入ったばかりだが、今年は梅雨が明けるのが早く連日真夏の暑さだ。日が暮れてもまだアスファルトは熱を帯びて、靴の裏のゴムが溶けそうだった。踵がねばつくようで歩きにくい。

隼人は幽鬼のような顔でふらふらと駅に向かって歩く。

上司から思わぬ指摘を受けて落ち込んだ。誠心誠意相談に乗っていたつもりの顧客から担当を外れるよう命じられたのも辛い。だがそれ以上に重く胸にのしかかってくるのは、今回の一件を実家に報告しなければいけないということだ。

(盆には実家に帰るつもりだったのに……。祖母にこの件をどう伝えれば……?)

小学生でもあるまいし、逐一こんなことを話す必要はないのだろう。だが、嘘と隠し事はいけないと幼い頃から祖母に叩きこまれている。祖母の言いつけは絶対だ。

よろけるような足取りで駅に向かって歩いていると、だんだん周囲に人通りが増えてきた。賑やかな音楽も聞こえてくる。駅前の広場で何か催し物をやっているらしい。

広場には大きなモニターとスピーカーが並び、かなりの人が集まっている。モニターに映っているのはアニメの映像だろうか、それともゲーム画面か。どちらにも疎い隼人には判断がつかず、興味もないのですぐに広場から視線を逸らした。

何気なく目を向けた先には横断歩道がある。ちょうど信号が赤に変わったその瞬間、広場の人込みの中から歩道にぴょんと子供が飛び出してきた。
三、四歳くらいの男の子か。白いシャツに白いズボンを穿いてちょこちょこと隼人の目の前を歩くその姿は、白いボールが転がっていくのに似てぼんやりと目で追ってしまった。
子供は無表情で歩き続け、なんの躊躇もなく横断歩道を渡り始める。その姿を視線で追いかけ、隼人は大きく目を見開いた。横断歩道の信号が赤だったからだ。

目の端で、大きなトラックがこちらに向かって走ってくるのが見えた。次の瞬間、直前までノロノロと歩いていたのが嘘のような俊敏さで隼人も横断歩道に飛び出していた。

手にしたカバンを放り投げ、子供に向かって全速力で走る。トラックは見る間に横断歩道に近づいて、悲鳴のようなブレーキ音が辺りに響き渡る。

目いっぱい腕を伸ばして子供の体を摑んだときにはもうトラックのヘッドライトが目の前まで迫っていて、間に合わないと判断するや子供を歩道に向かって放り投げていた。小さな体が宙を舞い、歩道の向こう側にいる通行人が必死で腕を伸ばして子供を受け止めようとしているのが静止画のように目に焼きつく。

死ぬ間際には一瞬が永遠のように長く感じられるというが、本当らしい。

隼人は子供を放り投げた体勢のまま、迫りくるトラックのライトに目を向ける。

車道に飛び出す前からわかっていた。子供と自分が二人そろって助かる道はない。わかっていて、なおも動いてしまった。

正義感ではない。祖母が怖かっただけだ。目の前で子供を見殺しにしたら、正しくあれ、という祖母の教えに背いてしまう。

（……もう納戸に閉じ込められるのはたくさんだ）

仕事でも失敗をした。自分の営業スタイルが根本的に間違っていたのかもしれないという恐ろしい可能性も浮上してしまった。納戸送りになるくらいなら、最後に子供を助けて失敗を帳消しにしてしまおうと思ったのかもしれない。ほとんどやけくそだ。

もうどうにでもなれ、と目を閉じようとしたそのとき、隼人の体が何か大きなものに抱き込まれた。体が斜めに傾いて、靴底が地面から離れる。何が起きたのかわからないまま、ヘッドライトの光に視界が塗りつぶされる。

悲鳴が遠ざかる。眩(まぶ)しくて何も見えない。

自分の体を包んだ温かなものの正体もわからぬまま、隼人の意識はぶつりと途切れた。

人間の瞼は案外薄い。きちんと瞼を閉ざしていても、周囲が暗くなったり明るくなったりするとすぐわかる。

瞼の裏でちらちらと光が動いて、朝か、と隼人は思う。だが、朝にしては眩しすぎる。目を閉じていても刺すような日差しを感じ、不思議に思って瞼を上げた。

仰向けで寝ていた隼人の目に飛び込んできたのは見慣れた天井——ではなく、はるか遠い頭上を覆う木々の枝葉だった。

風が吹いて木が揺れる。頬を撫でる風は柔らかく、自分が屋外で寝転んでいることを理解するや勢いよく跳ね起きた。傍らに手をついたら柔らかく湿った感触がして驚きの声を上げる。

どうやら自分は土に積もった濡れた落ち葉の上に横たわっていたらしい。

(……どこだ、ここは?)

呆然と辺りに視線を巡らせ、自分が通勤時と同じスーツにネクタイを締めていることに気づいた瞬間、意識を失う直前のことを思い出した。確か、赤信号の横断歩道を渡り始めた子供を追いかけ、自分も道路に飛び出したのだ。そして——。

「……トラックに撥ねられた?」

あのタイミングなら確実に車に撥ねられたはずだ。だというのに体はどこも痛まない。出血すらしていないのが不思議で自分の体を検分していたら、背後でがさりと音がした。

「綾瀬？　起きたのか？」

背後から響いてきた男の声に、びくりと肩を跳ね上げる。

突然声をかけられたことより、聞き覚えのある声に顔が強張（こわば）った。錆（さ）びたぜんまいを巻くようにぎりぎりと背後を振り返れば、うっそうと茂る木々の間からワイシャツにスラックスを穿いた男性が現れた。

隼人と同じサラリーマン然とした格好なのに不思議と目を惹かれるのは、腰の位置が高く手足が長いモデル張りのスタイルのせいだろうか。あるいはその顔立ちのせいか。

くっきりとした二重に高い鼻、笑うときゅっと口角が上がる大きな口。すべてのパーツがすっきりと収まった顔には、一瞥（いちべつ）しただけで強く印象に残る華がある。

「……遠野」

木々の間から突如現れたのは、隼人が今一番会いたくなかった人物だ。何しろ遠野は、大事に担当してきた古賀の案件を引き渡さなければいけない相手なのだから。

お前のせいで、と言いかけたが、別に遠野のせいではない。八つ当たりだ。ぎりぎりのところで言葉を呑み込んだものの、腹の底ではぐつぐつとした不満がたぎっている。

本来であれば怒りの矛先（ほこさき）は遠野でなく、これまで打ち合わせに参加しなかったくせに突然怒鳴り込んできた古賀の夫や、隼人の仕事のやり方に懸念を覚えながらも指摘してくれなかった上司に向くはずなのだが、二人とも今は目の前にいない。だからつい、自分の仕事を横からかっさらっていった遠野に敵意が向いてしまう。

（……いや、かっさらうというのも違うな。遠野が望んで俺から仕事を奪っていったわけでもない）

意識して深く息を吸い、冷静になれ、と自分に言い聞かせる。トラックに撥ねられたと思ったら意識が飛んで、見覚えのない場所で目を覚ましたせいで混乱しているのだ。見知った顔を見つけて現実逃避的に八つ当たりなどしている場合ではない。まずはこの状況を把握しなければと、改めて辺りに視線を向ける。

隼人が横たわっていた場所は円形に木々が拓け、森の中にできた小さな広場のようだ。

遠野は悠々と隼人に近づいてくると、その傍らにある大きな切り株に腰を下ろした。隼人と違い動揺している様子はない。ここがどこだか知っているのだろうか。尋ねようとしたら、一瞬早く遠野が口を開いた。

「無事か？」

こちらの質問を遮られる形になって、「何が」とぶっきらぼうに返す。遠野はこちらを見下ろし、器用に片方だけ眉を上げてみせた。

「子供を助けようとして車道に飛び出しただろ。無茶苦茶だな、死ぬ気か？」

すぐには何を言われたかわからず、短く沈黙してから目を見開いた。

「……見ていたのか？」

「たまたま俺もあの場にいたからな。ヤバいと思って俺もお前を追いかけたけど……」

「お前も？　じゃあ、あの後は？」

どうなったのだと身を乗り出したが、遠野は難しい顔で腕を組んでしまう。

「それがよく思い出せない。綾瀬に体当たりするみたいにして道路の向こうまで跳んだ……ような気がするんだけど、その後が曖昧だ。で、気がついたらここで寝てて、隣に綾瀬がいた」

駅前にいたはずが目覚めたら森の中で、遠野も意識を取り戻した直後はかなり混乱したらしい。ここがどこなのかもよくわからないそうだ。

遠野が泰然と構えているので、自分ばかりうろたえているようで焦っていたが、そういうわけでもないようだ。遠野も困惑しているのだとわかったら、ようやく少し肩の力が抜けた。

「綾瀬はなんか覚えてるか？」

「いや、俺もトラックのライトが迫ってきたところまでしか覚えてない」

そうか、と呟いて遠野は辺りを見回す。

これまで遠野に対しては、同じ部内の同期というくらいの認識しかなかった。ほとんど会話をしたこともない。こんなに近くでその顔を見ることすら初めてだった。

(どの程度仕事のできる男なんだろう)

同じ営業部だ。遠野の成績も悪くないことは知っている。だが、具体的に顧客にどんなアプローチをして仕事を進めるのかまでは知らない。古賀に対して自分が緻密に積み上げてきた案件を、きちんと引き継げるのだろうか。

「綾瀬、スマホ持ってるか？」

ふいに声をかけられ、遠野をぶしつけに凝視していた隼人は慌てて目を逸らす。

「いや、スマホはカバンの中だ。財布も……」

車道に飛び出した子供を追いかけるときカバンは道端に放り投げてしまったような気もする。辺りを見回す隼人に「手元にないのか」と遠野は肩を落とす。

「俺もないんだよ。綾瀬が寝てる間に、近くにカバンとかスマホが落ちてないか探してみたんだけどな。それらしいものは見つからなかった」

二人そろって連絡手段がないらしい。その上現金もない。

ここがどこだかわからないが、会社の近くにこんな山は存在しなかった。都内ではない可能性もある。であれば、自宅に戻るには電車やタクシーを使わなければ。最悪交番に行けば交通費くらい借りられるのでは、などと思っていたら、遠野がぽつりと呟いた。

「もしかしてここ、天国だったりしてな」

どこまでも現実的なことを考えていた隼人は、一瞬天国をどこかの地名と取り違える。すぐに勘違いに気づき、怪訝な顔で遠野を見上げた。

「……俺たちは死んだということか？」

「だってトラックに轢かれたなら病院にいるはずだし、そうでないなら駅前にいるはずだろ？　どっちでもないこんな森の中で目覚めるなんて、もしかしたら天国かなぁ、と」

隼人は掌を開いたり握ったりしてみる。死んだと言われても、こうして体は動くし言葉も喋れる。思考もしっかりしているし、何より目の前には同僚の遠野がいる。この場所に見覚えこそないが、特別変わったところもないただの森だ。天国というには目新しいものがなく、日常の延長としか思えない。

パン、と両手を打ち合わせてみると乾いた音が辺りに響いた。耳は正常だ。打ちつけた掌も痛い。夢ではなさそうだし、まして天国とも思えない。

「まさかだろう？」

顔を上げて遠野に尋ねると、遠野も「まさかかなぁ」と気の抜けた顔で笑った。言い出した遠野自身、半信半疑といった顔だ。改めて周囲を見回し、軽く首をひねる。

「なんとなく、この場所に見覚えがあるような気もするんだよな……」

「なんだ、お前の知ってる場所なのか？」

「わからん、勘違いかもしれない。とりあえず、綾瀬ももう動けそうなら森の外に出てみないか？　あっちの方に獣道みたいなのがあったから、外に出られるかもしれない」

切り株から立ち上がり、遠野が「立てるか？」と手を差し出してくる。迷ったものの、隼人は大人しくその手を摑んで立ち上がった。立ち上がるとすぐに手は離れたが、硬い掌の感触はしばらく隼人の手の中に残る。

「どこか怪我とかしてないか？　痛いとか気持ち悪いとかあったら言えよ」

隼人が眠っている間にかなり辺りを歩き回ったのか、前を歩く遠野の足取りには迷いがない。ときどきこちらを確認するように振り返り、こまめに声までかけてくれる。

面倒見のいい男だ。この気遣いの細やかさを仕事にもいかんなく発揮しているのだろう。上司が自分の後任に遠野を選んだのもそれが理由か。理解はできてもまだ納得がいかず遠野の背中から目を逸らしたら、その瞬間を待っていたように前方から眩しい光が差してきた。森の出口までやってきたようだ。

先に森を出た遠野が足を止める。遅れてその隣に立った隼人は、眼下に広がる光景を前に息を呑んだ。

森は高台に広がっていたらしく、目の前には少し急な坂道が続いている。その先には、緑の平地が広がっていた。

ビルのような高層建築物のない、まっ平らな大地だった。たまに畑のような四角く区切った土地も見えるが、すぐ脇に雑木林があったりしてあまり整地はされていない印象だ。少し向こうにはなだらかな山がそびえ、青空にくっきりと稜線（りょうせん）が引かれている。

隼人たちの会社があった都内の景色からはかけ離れているが、日本の田舎の風景だと言われれば信じられそうな光景だった。だが視界の中央には、ここが日本ならあり得ないようなものがどんと鎮座している。

原っぱも畑も入り混じったような混沌とした平野のど真ん中に、無視を決め込むこともできないほど堂々と建っていたのは、城だ。それも赤レンガを積み上げ、槍のような高い塔をいくつも建てた中世ヨーロッパ風の城である。背後に山を背負うような格好でそびえる城の周辺には、小さな家々が密集した城下町もあった。

学生時代に使っていた世界史の資料集でしか見たことのない光景を前に、隼人はしばらく口を利くこともできなかった。

「……城だな？」

ようやく出てきたのはそんなわかりきった言葉だったが、遠野も同じく呆然とした様子で「城だな……」と呟き返す。

言葉もなく目の前の光景に見入っていたら、遠くで何か動いた。坂道の下から何かが近づいてくる。車かと思ったが、先頭に馬がいた。馬車だ。その左右には馬に乗った人影も見えた。

「……馬車だぞ」

「馬車だな……」

先程から二人して、目についたものの名詞しか口にできていない。人間とは混乱の極みに立たされると目に映るものを理解することに精いっぱいで疑問も湧いてこなくなるのだなぁと、こんな状況でなければ得られなかった知見を得た。どこかで役立てたいものだが、現状以上に混沌とした場面に相まみえることなどあるだろうか。むしろないことを祈りたい。

だんだんと近づいてくる馬車をなす術もなく見守っていると、地鳴りのような音を立てて坂を上ってきた馬車が目の前で停車した。

馬車と並走していた馬から人が降りてくる。ガシャンと重々しい音がして、そこでようやく相手が甲冑を着込んでいることに気がついた。兜はつけていないので相手の顔がよく見える。こちらを見下ろす男性は隼人たちより背が高く、筋骨隆々で、ついでに見事な金髪碧眼だった。

相手が日本人でないとわかるや無意識に足を後ろに引いていた。遠野の背後に隠れるようにして耳打ちをする。

「と、遠野、外国人だぞ……！　お前英語わかるか？」

「わかるわけないだろ……！　あ、お前、しれっと俺の後ろに隠れやがって……！」

お前がどうにかしろ、いやお前が、とお互いを前に出し合っていたら、馬から降りた男性が高らかに声を上げた。

「神殿のお告げ通りだ！　勇者様がいらっしゃった！」

朗々とした声に隼人たちは肩を跳ね上げ、男性の口から転がり出た流暢な日本語に目を丸くする。日本語がお上手ですね、なんてレベルではない。完全にネイティブの発音だ。

馬に乗ったまま隼人たちに近づいてきた人物も、色白で彫りが深くどう見ても西洋人にしか見えなかったが、「すぐ城にお連れしなくては！」とこれまた違和感のない日本語で叫んだ。

ぽかんとした顔で立ち尽くしていると、馬から降りた男性がむんずと遠野の腕を摑んだ。

「どうぞ馬車にお乗りください。城で王様がお待ちです」

「え、お、王様……？」

「お連れの方もどうぞ！　さあ、お早く！」

「いや、でも、俺たちは……」

遠野はその場に踏みとどまろうとしたようだが、男の力は容赦がない。革靴の底がずるずると地面を滑って、文字通り引きずられるように馬車に押し込まれてしまう。こんなわけのわからない状況で一人この場に取り残されるのはごめんだと、隼人もあたふたと馬車に乗り込んだ。

ドアが閉まると、出発の声もないまま馬車が動き始めた。隼人と遠野は木でできた硬い座席に隣り合って座り、互いに顔を見合わせる。

「……なんで馬車に乗ってるんだ？」

「わからん。ていうか、あの人たちやたら日本語上手いな……？」

ガタガタと上下に揺れる馬車はあまり乗り心地が良くない。舌を嚙まないように注意しながら口を開く。

「あれじゃないか？　テレビでよくやっている、一般人を引っかける企画の……」

「ドッキリ的な？　じゃあこの馬車の中に小型カメラが仕込まれてたり？」

「ここも撮影現場のような所じゃないか？　よくあるだろう、ほら、日光江戸村のような」

「江戸村のヨーロッパ版ってことか。ドイツ村とかスペイン村とか?」

「俺はそういう場所に行ったことがないからよくわからないが……」

「俺もない。どっちにしろ都内にある施設じゃないよな? それにどう考えても、施設内で収まる規模じゃないだろ、この光景」

ほら、と遠野が窓の外に目を向ける。ちょうど雑木林の前を通りかかったが、木々の緑はどことなくくすんだ色で、全体的に砂をかぶったような乾いた印象だ。日本の滴るような樹木の緑とは別物のようにも見えた。

「……海外ロケか?」

「一般人をそんな大掛かりな企画に巻き込むもんかなぁ」

ぼそぼそ喋っているうちに城下町に入った。道が舗装されたのか、馬車の振動が小さくなる。

馬車はさらに進んで、大きな城門の前までやってきた。

高い城壁に囲まれた城の周りには堀があり、跳ね橋を渡らなければ城門まで辿り着けない。

これだけ大きな城だ。城門もよほど堅牢かと思いきや、アーチ形の城門には扉がなかった。

無防備にもぽっかりと口を開けたそれは、ただ城壁をくり抜いただけのようにしか見えない。

「……やはりここはテーマパークのような場所なんじゃないか?」

城壁の内側へ入るなり、隼人は遠野に問いかける。

「城は本来、敵からの攻撃を防ぐ要塞だろう? ここは全くその体をなしていないぞ」

しかしここがアトラクション施設ならこの無防備さにも納得がいく。遠野もいったんは頷きかけたものの、途中で小さく首を横に振った。

「うん、でも、なんか……見覚えがあるような気がするんだよな、ここ……」

「お前、森でも同じようなことを言ってなかったか？」

何か思い当たる場所でもあるのかと重ねて尋ねようとしたら馬車が止まった。「こちらへどうぞ」と外から声がかかる。遠野と顔を見合わせたが、このまま馬車で籠城しているわけにもいかない。二人しておっかなびっくり馬車を降りた。

城の入り口を守る衛兵を横目に玄関ホールへと足を踏み入れる。自分たちがここへ連れてこられた理由もわからないのでかなり警戒していた隼人だが、ホールに入った瞬間、雑多な疑問が吹っ飛んだ。

吹き抜けの天井は高く、開放的で、頭上にきらびやかなシャンデリアが輝いている。床には緋色の絨毯が敷かれ、入り口正面には曲線を描きながら伸びる階段が左右対称にあった。階段の途中にはステンドグラスをはめ込んだ大きな窓もある。

テーマパークにしても金をかけすぎている。恐ろしく豪奢だ。

「……日本の極小住宅事情では再現できそうもない設えだな。参考にならない」

ほとんど無意識に呟くと「こんなときまで仕事のことか」と遠野に呆れた口調で呟かれた。

隼人たちを迎えに来た男たちに導かれるまま二階に上がると、今度は重々しい両開きの扉が現れた。男たちが恭しく一礼して開いた扉の向こうに広がっていたのは、見事な織りの絨毯を敷き詰めた縦に長い部屋だ。

部屋の一番奥、一段高くなった場所に玉座が置かれている。入り口から玉座までは遠く、細長い室内も相まって二十五メートルプールを思い出した。

入り口から玉座までずらりと並ぶ兵士たちにたじろいでいたら、「勇者殿、こちらへ参れ」という堂々とした声が広間に響き渡った。玉座に腰かけた男性が声を上げたようだ。

「……勇者って、俺たちのことか？」

遠野に耳打ちしてみたが、返事がない。不思議に思って隣を見ると、遠野が愕然とした表情で玉座を見ていた。どうした、と声をかけようとしたら、再び玉座から「勇者殿、こちらへ参れ」と声をかけられ、遠野がふらりと前に進み出た。隼人も慌てて後を追う。

玉座に座っていたのは、口元にたっぷりとしたひげを蓄え、白髪に王冠をかぶって緋色のマントを着た、童話に出てくる王様然とした初老の男性だった。

「よく来た、勇者殿。なぜこうして城に招かれたのか不思議そうな顔をしておるな？　実は今日、神殿よりご神託が下ったのだ」

隼人たちが玉座の前に立つなり、相手はこちらの反応も見ず滔々と語り始めた。

「勇者殿も知っての通り、魔王が天空に棲まう聖なるドラゴンを封じてしまったせいで、この地上はかつてなく悪しき空気に包まれている。村々は魔物に襲われ、作物も育たぬ。世界は確実に破滅に向かって突き進んでいる。勇者殿、どうかこの混乱を収めてほしい」

王様の話を聞いていたら、自然と腰の後ろで両手を組み、軽く脚を開いて立つ「休め」の体勢になっていた。小学生の頃、朝礼で校長先生の話を聞いていたときと同じだ。なんの話だかよくわからないが、とりあえず聞かなければいけないらしい。質問は後でまとめてした方がいいだろう。

遠野も同じような顔で話を聞いているのだろうと思っていたら、掠れた声が耳を打った。

「さあ、勇者殿……生まれ育った村から出てきたばかりで、今日のところは疲れたろう……」

真横に立っていた隼人でなければ聞こえなかっただろう小さな声で、抑揚乏しく遠野が呟く。

まだ話の途中だぞ、と注意をしようとしたら、朗らかな王様の声がそれを掻き消した。

「さあ、勇者殿。生まれ育った村から出てきたばかりで、今日のところは疲れたろう」

遠野が呟いた言葉を、王様はそっくりそのまま繰り返した。おや、と眉を上げた隼人の横で、またしても遠野が呟く。

「今宵は宴を開こう……。明日に備え、しかと英気を養ってほしい……」

「今宵は宴を開こう。明日に備え、しかと英気を養ってほしい！」

輪唱でもしているかのように、一拍遅れて王様は遠野の言葉を繰り返す。一言一句たがわぬその言葉を聞き終えた遠野は、深刻な表情で口元を覆った。

「……信じられない。じゃあまさか、ここは……」

「なんだ？　ここがどこだかわかったのか？」

遠野はようやく隼人の存在を思い出したような顔でこちらを向いて、短く沈黙した後、こう言った。

「ここは、レジェンド・オブ・ドラゴンの中だ」


レジェンド・オブ・ドラゴン。直訳すると竜の伝説。

それが一体なんであるのか、隼人は遠野に尋ねることができなかった。王様が大きく手を打ち鳴らすと同時に兵士が部屋になだれ込んできて、隼人と遠野を玉座の間から連れ出していってしまったからだ。

兵士たちに腕を取られて連れ込まれた先は大広間だった。立食パーティーの最中なのか、テーブルにはたくさんの料理や酒が並び、その周りにはドレスを着た女性やマントを羽織った男性たちがいた。そして全員が遠野を見るや、こぞってその周りに集まってくる。

隼人のもとには衛兵らしき人々がやってきて、「勇者様のお連れ様も是非」「こちらもどうぞ」と料理を取り分けたり、ワインだろう酒を注いだりしてくれた。

最初はどう行動するべきか迷ったが、笑顔で差し出される料理や酒を断り続けるのも角が立つ。状況がわからないのは相変わらずだったが、酒を断ってがっかりした顔をされるくらいならと、隼人はグラスに酒を注がれるままそれを飲み干した。

遠野とは離れ離れのまま飲み続けていると、あっという間に足元が覚束なくなった。ふらふらしていたら周りの人たちに「今日のところはこちらでお休みください」と声をかけられ、客間と思しき部屋に通された。個室を使わせてもらえるらしい。

いつの間にか日も落ちて、ろうそくしか光源のない城内はどこもかしこも闇に沈んでいる。去り際に城の人間から手渡されたろうそく一本では客間全体を照らし出すこともできなかったが、部屋の隅に大きなベッドがあるのはわかった。その傍らのサイドテーブルに手燭を置いて、どさりとベッドに腰を下ろす。靴ひもをほどこうとしたが手元が定まらない。さすがに飲みすぎたか。

（……夜になっても、まだネタばらしされないのか）

てっきりテレビの企画か何かに巻き込まれたのかと思ったが、それにしては長丁場だ。もしかするとテレビは関係ないのかもしれない。

（遠野は、竜の伝説がどうとか言ってたな……？）

なんとか靴を脱いで背中からベッドに倒れ込むと、ろうそくの火が揺れ、天井でゆらゆらと影も揺れた。あるいは天井自体が揺れているのか。

視界が回る。グラスに注がれる酒を断ることなく飲み続けた隼人の飲酒量は、すでに許容量を超えている。

いっそ天国かもな、と本気にもしていないことを考え、瞼を閉じた。

そのまま少し、眠っていたらしい。

瞼の裏で光が揺れ、ゆっくりと意識が浮上した。ろうそくの火が揺らめいている。火の始末をしなければ、と思った瞬間、目の前がふっと暗くなった。

ベッドに横たえていた体がゆらりと揺れる。乗り込んだ船が波に押されて左右に揺れるような感覚だ。不思議に思って目を上げると、誰かが真上からこちらを見ていた。

「……綾瀬」

覚えのある声が耳を撫でる。ベッドに手をついて隼人の顔を覗き込んでいたのは遠野だ。

遠野は真剣な面持ちで隼人を見詰め、ゆっくりとこちらに顔を近づけてくる。

端整な顔が鼻先数センチのところまで迫って、同性だというのに見惚れてしまった。遅れて心臓が跳ね上がり、意味もなくシーツの上に指を滑らせる。

「ど、ど……っ、どう、どうし……っ」

どうしたんだ急に、と裏返った声で尋ねようとしたら、勢いよく遠野に口をふさがれた。大きな掌で、容赦なく。

遠野は隼人にますます顔を寄せ、限界まで抑えた声で口早に言う。

「静かにしろ。人が来る前にとっとと逃げるぞ。今すぐ身支度を整えろ」

「……ん、ぐ？」

「静かにしろよ？」と念を押され、小さく頷くとようやく口を覆う手を外された。

詰めていた息を大きく吐くと、自分の息がひどくアルコール臭かった。のろのろと身を起こす隼人を尻目にベッドの端に腰を下ろした遠野は、こちらの様子を窺うこともせず口早に言う。

「さっきは話の途中だったが、ここがどこだかわかったから教えておく。ここは現実じゃない、レジェンド・オブ・ドラゴンの世界だ」

どうもまだ酒が残っているようで頭が重い。だが、それを抜きにしても遠野が何を言っているのかよくわからない。

反応の鈍い隼人を見て、まさか、と遠野が眉根を寄せた。

「お前、レジェンド・オブ・ドラゴンを知らないのか……？　通称ＬＯＤ、あの名作ロールプレイングゲームを知らない？　俺たちの世代でプレイしてない奴がいたのか……!?」

「なんだ、急に……ゲーム、の話か？　俺たちは、ゲームの販促イベントか何かに巻き込まれた、ということか？」

なんとか自分のわかる範囲で答えを出そうとしたものの、遠野に抑えた声で「違う！」と否定された。

「ここはそのまんまゲームの世界だ……！　俺たちが目を覚ましたときにいたあの森も、ゲームの冒頭に出てくる森そのものなんだよ！　なんだか見覚えがあったのはそのせいだ。後の流れもゲームの通りだった。森を抜けるとすぐに城から使いが来て、城に案内される。王様のセリフだって俺が言ったとおりだっただろ？　ここはゲームの中の世界なんだ……！」

自分自身の言葉に興奮したかのように遠野はぶるりと身を震わせ、なおも言い募った。

「城に招かれて宴も開いてもらった。このままだと俺は勇者として旅に出ないといけなくなる。お前は勇者の村から一緒についてきた勇者の親友だ。実際もう、NPCたちからそう扱われてるだろう」

「NPCってなんだ?」

耳慣れない言葉が気になって質問を挟むと、遠野は頬を打たれたような顔で言葉を止めた。

「ノ……ノンプレイヤーキャラクターの略だ。え、初耳なのか？　もしかして、綾瀬はあんまりゲームに詳しくないのか?」

「ゲームって、テレビゲームのことか？　だったら、やったことがない」

「やったことがない?」

裏返った声が室内に響き、遠野は慌てたように声を潜めた。

「じゃあ、スマホゲームとかは……?」

「ない。ゲームと言ったらオセロとトランプくらいしか知らん」

まさか、と遠野は笑い飛ばそうとしたようだが、にこりとも笑わない隼人を見てすぐに顔色を変えた。

「……そうか、そういう人間も、いるのか」

衝撃を受けた表情から一転、遠野は険しい顔つきでベッドから立ち上がった。

「だったら詳しい説明は後だ。当座の生活に困らないように金目のものだけ奪って逃げるぞ。朝までここにいたら勇者として魔王討伐の旅に送り出される。それだけは避けたい」

「なんだ、魔王討伐って。魔王って、王様か？　今日俺たちを出迎えてくれたような？」

すでにベッドから離れかけていた遠野は、隼人を振り返って眉を顰めた。

「お前、魔王の認識も危ういのか……？　魔王ってお前、普通わかるだろ、魔界の……」

遠野は何か言いかけ、思い直したように首を横に振った。

「とりあえず、今は城の外に出るのが先だ」

その前に、と遠野は窓際に置かれたチェストの中を物色し始めた。次々と服を引っ張り出し、足元に置いていた袋に詰め込んでいく。どこから見つけてきたのか知らないが、大きな袋はすでにかなり膨らんでいて、様々な物品が中に詰め込まれているのがわかる。

唖然とする隼人の前で、遠野は金色に輝く手燭に目を留めるやろうそくの火を吹き消した。光を失った室内の中、手燭を袋に放り込む音がして、やっとのことで目の前で行われている行為が窃盗であることを理解した。

「と、遠野、お前……！　これだけ歓待してもらっておいて盗みを働くなんて……！」

「言ってる場合か。明日から俺たちだけで生きていくためにはこうするしかない。行くぞ」

「まさか本当に礼も言わずに帰る気か？　しかもこんな犯罪まで……お前、一宿一飯の恩義を知らないのか……⁉」

「ゲームの中じゃ勇者は不法侵入も窃盗も全部許されてる。言ってもお前にはわからないんだろう。説明するだけ無駄だ、早く来い」

闇の中から伸びてきた手に、腕を摑んで引っ張られる。抵抗したが、まだ酒が残っているのか上手く体が動かない。あえなくベッドから引きずり降ろされ、遠野に腕を引かれるまま玄関ホールまでやってきてしまった。

ホールの明かりはすでに落ちていたが、よく見ればそこここに衛兵たちが立っている。さすがに呼び止められるのではないかと思ったが、目の前を通り過ぎても誰も声をかけてこない。城の外に出るときでさえ、入り口の両脇に控える衛兵たちに目を向けられることすらなかった。まるで隼人たちの姿が見えていないかのような反応だ。自分が幽霊になってしまったかのような気味悪さを覚えて衛兵の一人に声をかけようとすると、遠野に強く腕を引かれた。

「NPCは基本的にこっちから話しかけない限り何もしてこない。お前もその辺にいる相手に無闇やたらと声をかけるなよ」

城門は来たときと同じく、夜だというのに扉でふさがれることもなくぽっかりと口を開けたままだ。こちらには衛兵の姿すらない。城壁の外に出ると、ようやく遠野も腕を離してくれた。

「ゲーム冒頭に訪れる城だからな。朝だろうと夜だろうと出入り自由だ。もう少し先に進むと、ちゃんと夜は施錠してる城とか出てくるんだが」

独り言のように呟いて、遠野は肩に担いだ袋を背負い直す。麻の袋だろうか。シルエットだけ見るとサンタクロースのようだが、その中身は盗品である。

城の備品をなんの躊躇もなく袋に詰め込み、遠野はどんどん城から離れていく。ビジネスホテルの備品すら持ち帰ったことのない隼人は、その後ろ姿を信じられない思いで見詰めた。

（なんだこいつは……てっきり人当たりのいい爽やか好青年だと思っていたのに、実際はホテルの備品を持ち帰るような輩なのか？　それもアメニティじゃない、電気ポットやドライヤーを持ち帰るようなものだぞ？　それを悪いとも思わないタイプか？　世の中にはそういう利用客もいると聞いたことはあるが……駄目だ、理解できん。俺とは考え方が違いすぎる）

寝静まった城下町に隼人と遠野の足音が響く。会話もなく黙々と歩くうちに、だんだん視線が下がってきた。

（……こんな奴に、俺は大事な顧客を取られたのか）

隼人は常に、顧客にとって最善の提案をしようと努力してきた。それが営業の正しいあり方だと信じていた。

仕事だけでなく私生活においても正しくあろうとした。完璧を目指し、己を戒め、厳しく自分を律してきた結果がこれなのか。よりにもよって、こんなにモラルの低い相手に大事な仕事を引き渡すことになるなんて。

（こんな、平気で窃盗行為に及ぶような奴に……!?）

そんなにも自分のやり方は駄目だったのかと思ったら、遠野に仕事を取られた悔しさよりも、自分に対する落胆に強く胸を摑まれた。

城下町を抜け、足を引きずるようにしてなんとか平原を進んでいたら、先を歩いていた遠野が隼人のもとまで戻ってきた。

「どうした、まだ酔ってんのか？」

声をかけられ、隼人は緩慢に顔を上げる。

月明かりが煌々と降り注いでいるせいで、城の中にいるときより遠野の顔がよく見える。

城の備品を盗むという蛮行に及んだにもかかわらず、遠野は本気で心配そうな顔だ。盗人なのに優しいなんて、行動に矛盾がありすぎて理解できない。

「ここから先は戦闘フィールドになるからな。モンスターも出る。ＮＰＣと違ってモンスターは勝手に向こうから寄ってくるだろうし、もたもたしてると危ない。早く行こう」

馴染みのない単語が理解できず、説明を求めようとしたのに声が引っ込んだ。遠野がなんの躊躇もなく隼人と手をつないで歩きだしたからだ。

大人になってから誰かと手をつないだのは初めてだ。他人と肌を触れ合わせる機会すら滅多になく、指先から伝わってくる体温に緊張した。隼人が足をよろけさせると、体温だけでなくその振動も伝わってしまうようで、すぐに遠野が振り返る。大丈夫か、と声をかけられ、しっかりと手を握り直されると、こちらを案じる気持ちまで伝わってきた。

会話はほとんどないのに、ぐんと遠野との距離が近くなった気がした。坂道を登るときは隼人の歩みを助けるように力強く手を引いてくれる。

元来面倒見のいい男なのだろう。社内で遠野の人望が厚かった理由を垣間見た。それはそれとして窃盗はどうなのか。遠野のひととなりを判断できぬうちに山道に入った。

遠野に対して言いたいことはたくさんあるはずなのに、こうして手をつないでいると相手の体温に思考の糸口を溶かされてしまうようで上手く言葉が出てこない。人の足で踏み固められたなだらかな山道を上りながら、せめてもと目下の疑問をぶつけてみた。

「どこへ向かってるんだ?」

「山頂。ちょっと周りの風景を見ておきたい。特にこの山の向こう側。森を出たときは山で遮られて見えなかったから」

相槌を打ちつつ互いの手に視線を落とす。この手は一体いつまでつないでいるつもりだろう。うろうろと視線をさまよわせていたら目の端で何かが光った。

遠野の向こう、数メートル先の木々の間だ。紫色のぼんやりとした光が、目線の高さを上下しながら移動している。

「……遠野、あれはなんだ?」

自然と声が小さくなる。振り返った遠野にもわかるよう紫の光を指さそうとして、思わず遠野の手を握りしめてしまった。

紫色の光の中心にあったのは、ピエロの顔だ。首から下はなく、顔だけが宙に浮いている。

ピエロの顔の左右には、二対の蝶々（ちょうちょう）の羽根がついていた。蝶の胴体部分を肥大化させて、ピエロの顔を描いたようにも見える。随分と気味の悪いオブジェだ。

「あれは、ピエロのお面か何かか？　宙に浮いているように見えるが、糸で吊ってるのか。下から紫のライトでも当てて——……」

どういう仕組みで浮いているのかわからず身を乗り出そうとしたら、遠野が猛然と隼人の手を引いた。

「馬鹿、静かにしろ……！　あれはモンスターだ！」

限界まで潜めた声で告げられ、隼人は遠くでふわふわと上下している紫の光に視線を戻した。

「……そういうアトラクションか？」

「アトラクションじゃない、ゲームの中だってさっき言っただろ……！」

「ゲームのアトラクション、という？」

「違う……！」ともどかしそうに地面を蹴（け）り、遠野は方向転換をする。

紫色の光が遠ざかり、完全に見えなくなったところで山を流れる沢に出た。遠野は辺りを見回して妙な光がないことを確認すると、隼人を沢の近くまで引っ張っていく。

「とりあえず綾瀬は水でも飲んで酔いを醒（さ）ませ！　話はそれからだ！」

有無を言わさぬ口調で命じられ、不承不承沢の水を両手ですくう。

「こんな森の中で、生水なんて飲んで大丈夫だろうか。水の中に寄生虫とか……」

「そういう現実的な心配はしなくていいんだよ……」

なんだか疲れた様子で呟き、遠野は近くに転がっていた大きな岩に腰を下ろした。肩に担いでいた袋もその場に置いて、深々と溜息をついて項垂れる。疲れきったその姿を見たらこれ以上あれこれ言う気も失せ、言われた通り沢の水を飲んだ。

濡れた口元を拭って適当な岩に腰を下ろすと、遠野がゆっくり顔を上げた。

「とりあえず、少しは酔いが醒めたか？」

「ああ。だいぶ足元もしっかりしてきた。世話をかけて悪かったな」

隼人の受け答えがしっかりしていることを確認して、よし、と遠野は自身の膝に手をついた。

「もう一度確認しておこう。さっきも言ったが、ここはＬＯＤというテレビゲームの世界だ。ここまでは大丈夫か？」

「ゲームの世界を再現したアトラクション施設、ということか？」

「わかった、そこから上手く呑み込めてないんだな？」

いったん話を打ち切るようにぴしゃりと膝を叩いて、遠野は腕を組む。

「いいか綾瀬、よく考えろ。森を出たときに辺りの風景を見ただろう？　こんな広大なアトラクション施設が存在すると思うか？　こんなのもう、施設というより一つの国だぞ」

「だったらここはどこなんだ？」

「だからゲームの中なんだって！　わかるか？　剣と魔法が出てくるロールプレイングゲー

ム！　さっきだって見ただろう、モンスターを！」

「あのピエロのお面のことか？」

「人面蝶って名前がついてるモンスターだ。毒の霧とか使ってくるから厄介なんだよ。あいつらに見つかったら攻撃される。噛みつかれたりされるんだぞ」

「どういうことだ、危ないだろう」

眉根を寄せた隼人を見て「そうだよ、危ないんだよ……！」と遠野は唸るような声で言う。

「モンスターは人に襲い掛かってくる。だから出くわしたら絶対逃げろ！」

「どうして俺たちが襲われないといけないんだ？」

「野生の獣みたいなもんだ。現実世界だってクマやイノシシは人間を襲うだろう。俺たちはそういう世界にうっかり入り込んだ。その上、勇者の役を押しつけられかけてる」

「王様もそんなことを言ってたが、勇者というのはつまり、なんだ？」

勇者という単語自体は理解できる。だが、具体的に勇者としてどんな行動を求められているのかがよくわからない。思いがけない質問だったのか、遠野は少し怯んだような顔をした。

「勇者はまあ、職業、か……？　肩書？　とりあえず、勇者はモンスターを見つけたら倒さなくちゃいけないし、最終的に魔王も倒さないといけない。魔王は魔界の王様だ。魔界を単なる外国ぐらいに解釈するなよ。話し合いで国家間の平和交渉をするとかでもないからな。武力介入だ。ほとんど戦争だ」

「戦争の先頭に俺たちが立つと？　どうして俺たち一般人がそんなことを？」

「だから、一般人じゃないんだよ、勇者は。俺たちはオープニングイベントに巻き込まれて、今まさに勇者にされかけてる。それを避けようとしてこうして城から逃げてきたんだ、いい加減理解してくれ……！」

組んでいた腕をほどき、とうとう遠野は頭を抱えてしまった。

水も飲んだし、もうほとんど酔いは残っていないはずだが、相変わらず隼人には遠野が何を言っているのかよくわからない。わからないなりに質問を続ける。

「遠野が言っているゲームというのは、テレビゲームだな？　テレビとゲーム機を接続して、コントローラーで操作する電子機器だ」

「……そうだな、改めてちゃんと説明されると、その通りだ」

「ゲームの中に入ったということは、電子機器の中に入ったということか？」

「というよりは、ゲームの世界に入った感じじゃないか？　トラックに轢かれて、ゲームの世界に転生したとか……」

「転生というのは、輪廻（りんね）転生の転生だな？」

隼人の言葉に遠野は素早く二度ほど瞬きをして、窺うような口調で問い返す。

「……もしかして、異世界転生って言葉も知らなかったりするか？」

「言葉はわかるぞ。異世界転生はそのまま、異世界に転生することだろう？　生まれ変わって別の世界に行くという……」

「そうだけどそうじゃない……！　綾瀬はマンガとかラノベとか全然読んだことないのか？」

「らのべ」

「わかった、読んでないんだな」

早々に結論を出して、遠野は再び腕を組む。

「ゲームも全然やってないんだもんな……どこから説明したらいいんだ？　というかこのご時世に、どうやってアニメやゲームのコンテンツ産業に触れないまま成長できたんだ……？」

本気で悩んでいる様子の遠野をしばらく眺め、隼人は沢へと視線を移した。

「その手のものは、家で禁止されていたんだ。ゲームどころかテレビを見る時間まで決まっていた。本だって家にあるものか学校から借りてくるものしか読んでいなかったし、小説はどんな種類のものであれ、あまりいい顔をされなかったな」

「学校の図書館から借りてきた小説も駄目なのか？」

「完全に禁止されてはいなかったが、小説なんて楽しいばかりの絵空事だと言われた」

楽しいならいいだろ、と遠野はむっとした声を出す。

「随分厳しい親だったんだな？」

「親というか、祖母だ。ゲームもマンガも百害あって一利なし、とずっと祖母から言われてきた。そんなものにうつつを抜かしている暇があったら勉強でもしろ、と」

「それを素直に守ってたのか？　奇特な子供だな」

遠野は信じられないと言いたげに目を丸くする。隼人もまた、その表情を写し取るように目を見開いた。

「だって、そうしろと言われたんだ。守るしかないだろう」

「子供の頃の話だよな？　そんな律儀に守るか？」

「だったら遠野は、家族の言いつけに背いたことがあるのか？　そんなことができるのか？」

できるわけがない。隼人にとっては今もなお、祖母の言葉は絶対だ。

まっすぐな隼人の眼差し（まなざし）を受け止め、遠野は言葉を呑み込むようにごくりと喉を上下させた。

続けてゆっくりと肩を落とし、溜息交じりに呟く。

「……とりあえず、綾瀬が難儀な奴だってことはわかったよ」

子供の頃の話はここまでとばかり、遠野は軽く手を打って続ける。

「異世界転生がわからないんじゃそこから説明しないといけないんだな。なんかもう最近はトラックに轢かれて不思議な世界に行ったらみんなストレートに『ここってまさかあの世界⁉』って展開になるから説明も不要だと思ってたが……」

「すまん、お前が何を言っているのか全くわからないんだが」

「だよな、わかってる。とりあえず、魂の概念くらいはあるよな？」

「まあな。お盆とお彼岸は毎年欠かさず墓参りに行ってるし、先祖の霊は供養してる」

「よかった。じゃあ、死んだら肉体から魂が抜けるってのも大丈夫だな？　死後、魂だけが別の世界にやってきたって言われたらどうだ？」

「大丈夫だ。なるほど、それが異世界転生か？　俺たちはトラックに轢かれて死んだ後、魂だけがゲームの世界に入った、と？」

　ようやく話が通じたと思ったのか、遠野はわかりやすくほっとした顔をする。

「実際死んだかどうかはわからないけどな。強い衝撃を受けて魂だけ肉体から弾かれたとか、そういう可能性も一応残ってる」

「では生存説も捨てずにおこう。だが、肉体を離れてやってきた先が、どうしてゲームの世界だったんだろうな？」

　そうだな、と遠野も真剣な顔で呟いて、人さし指の背で唇を撫でた。

「このゲームは俺たちが小学生の頃に発売された古いゲームなんだ。それが最新機種のゲーム機に移植されることになって、実は今日、駅前でＬＯＤの移植イベントをやってた」

「そういえばなんだか駅前が賑やかだったな」

　そうそう、と遠野は声を弾ませる。

「俺も学生の頃はめちゃくちゃＬＯＤをやり込んでただけに嬉しくてな……！　今日は無理やり定時で仕事を終わらせて、イベント会場に向かう途中だったんだ」

　本当に楽しみにしていたのだろう。嬉々としてゲームについて語っていた遠野の声が、ふいに深刻なトーンを帯びた。

「本当に、ＬＯＤは俺の青春そのものだった。もしかすると俺のゲーム愛が高じてこの世界に引きずり込まれたのかもしれない。そうなると……綾瀬は完全に巻き込まれたことになるな」

口元を手で覆い、遠野は申し訳なさそうな顔をこちらに向ける。

隼人は遠野の言葉を頭の中で反芻して、眉間に深い皺を寄せた。

「……どういう意味だ？　その言い草だと、ゲームの好きな人間は死ねば全員ゲームの世界に入れるということになるぞ？　正気か？」

仏教でいうところの極楽浄土が遠野の中ではゲームの世界なのだろうか。そう信じているなら、それはもう一種の宗教だ。下手に触れない方がいい。「否定はしないが……」と控えめにつけ足すと、遠野が力いっぱい自身の膝を叩いた。

「正気だよ、チクショウ！　ていうか今のかなりいい線ついてる説だと思うぞ？　少なくとも異世界転生もののラノベとかアニメを履修してれば納得してくれるところだろうに、共通認識がないと全然話が通じないんだな……！」

本気で歯嚙みする遠野を見て、さすがに隼人も不安になってきた。

「遠野の言い分をあっさり理解できるような共通認識が世の中には存在していたのか？　俺が無知だっただけで、それは一般常識なのか……？」

隼人だって自分の家が特殊だった自覚はある。マンガやアニメ、ゲームの一切を禁止されていた隼人は、学校でもクラスメイトとあまり会話が合わず孤立することが多かった。社会人になってからはそうした知識の欠如が浮き彫りになる場面もなく、改めてその手の情報を仕入れることをしてこなかったが、もしも遠野が語るような情報が世間の一般常識に含まれるのなら、きちんと知識を吸収してこなかった自分の態度は怠慢だったのではないか。

顔色を失う隼人に気づいたのか、遠野が慌てたように顔の前で手を振った。

「いや、違う、一般常識ではない。ただ、日本人に生まれた以上、成長過程で多かれ少なかれアニメやゲームに触れるもんだと俺が勝手に思い込んでただけだ。お前みたいにその手のコンテンツに一切触れずに大人になった人間だって当然いる。……むしろ社会人になってもまだ深夜アニメ見たりゲーム買ったりしてる俺が、若干オタクだったのかもしれない」

苦い表情で呟いた遠野は、隼人がまだ硬い表情をしていることに気づいて苦笑した。

「誰でも多少知識は偏ってるもんだろ。別にゲームやアニメのことがわからないからって、お前のことを無知だなんて言う奴いないよ。多少珍しいとは言われるかもしれないけどな」

そう言って遠野は笑う。あれだけ嚙み合わない会話をした後で疲弊しきっているだろうに、不機嫌になることもない。その気の長さに感心した。あるいは器が大きいのか。

「ちなみに、異世界転生を知らない綾瀬はここをどこだと思ってるんだ？」

意外なほどのんびりとした調子で尋ねられ、答えるまでに少し間が空いた。問われて改めて考える。ここは一体どこだろう。

「そうだな……最初は夢か何かだと思った。あるいは天国か？　トラックに撥ねられた後、森で目覚めるなんて脈絡がなさすぎる。だが、それにしては地に足がついている感じだな」

腰かけている大きな石に触れてみる。夜の温度と馴染んだ石はひんやりと冷たく、爪を立てるとザリッという嫌な感触が伝わってきた。夢にしてはあまりにも生々しく、天国にしては体が重すぎる。まだ血肉の通った体を引きずって、確かに生きているとしか思えない。

「とはいえゲームの中の世界と言われてもぴんとこない。ゲーム自体やったことがないからな。だからアトラクション施設や、映画の撮影現場、そうでないなら日本語の通じる外国にいる、と考えるのが、俺の中では一番違和感がない」

「どっちにしろ、綾瀬はここを『現実と地続きの世界』だと思ってるんだな」

その言い草からすると、遠野はすでにここが『現実と接続の切れた別の世界』であると認識しているようだ。現実とは異なる世界。なるほど、異世界か。

遠野はがりがりと頭を掻くと、とにかく、と話を締めくくる。

「お前が納得しようとしまいと、ここはゲームの世界だ。モンスターは俺たちを見つけたら襲いかかってくるし、そうなれば当然怪我もする。危険な場所だってことは忘れないでくれ」

一方的に言って遠野は立ち上がる。隼人も何も言わずそれに続いた。納得できなくても受け入れろ、と言われて反発心が湧かないわけでもなかったが、少なからずこの世界を知っているらしい遠野に反論するだけの材料もない。

辺りを警戒する遠野を先頭に山道を登る。幸い先程見かけたモンスターに遭遇することなく、無事山頂に辿り着いた。城を背に立ち辺りを眺める。

「ここからだと山の向こうがよく見えるな」

山の向こうにも背の高い建造物はなさそうだ。大地は豊かな緑に覆われ、ときどき行く手を遮るように山が現れる。正面に広がる空の底は白んでいて、もう夜明けが近いようだ。

「方角的にはあっちが海で、こっちがエルフの里。あっちは魔界の入り口で――……あれ？」

山の上に立ち、あっちこっちと指をさしていた遠野の動きが止まった。

ゆるゆると日が昇り、空を覆う闇のベールが取り払われる。だんだんと白くなっていく空を見て、隼人も目を見開いた。

「……なんだ、あの黒いものは？」

目視では正確な距離がわからないが、ここから数キロ離れた空に、黒く四角いものが浮いていた。それも一つや二つではない。大小様々な四角い物体が無秩序に空に散らばり、遠くに行くほどその数は増えていく。不可解な物体の間から辛うじて見える景色も、歪んだガラス越しに眺めているかのように不鮮明だ。

しばらく空を眺めて気がついた。あれは空中に黒い物体が浮いているのではなく、空がぽっかりと切り抜かれているのではないか。四角く黒く。あの部分には空がない。

理解した途端、遠くまで延々と広がっている風景が単なる書き割りのように見えてきてゾッとした。

「……ドット絵が崩れてるみたいだ」

遠野がぼそりと呟く。隣に目を向けると、遠野も青ざめた顔で空を見ていた。

「遠野はこの現象に見覚えがあるのか？」

「いや、全く……。なんだろう、バグか何かか……？」

日が昇り、完全に辺りが明るくなると空の異様さが際立った。空だけではない、その下の地上も黒く欠け、ときどき見える地面は歪んで輪郭が曖昧だ。気味が悪いのに目を逸らせない。

綾瀬、と名前を呼ばれ、やっと遠野に目を戻す。

遠野もぎこちない仕草でこちらを向いて、唇を無理やり引き延ばしたような笑みを浮かべた。

「ここが現実の世界とは違うって、少しは実感湧いたか……？」

どれだけ言葉を尽くされても信じられなかったことが、理屈をねじ伏せ隼人に襲い掛かってくる。ここは現実とは異なる世界、異世界だ。

大小様々な黒い四角にくりぬかれた空と大地に目を戻し、隼人は無言で首を縦に振った。

帰り道は行きよりも慎重に山を下りた。

ここが現実と違う世界だということを理解した以上、さすがに隼人ものほほんとはしていられない。遠野の言うモンスターもアトラクションの一種ではないようだし、野生のクマやイノシシに対するのと同じくらいの警戒心を抱いて山道を歩く。

途中、「現実世界でないなら、ここはどこなんだろうな」と呟くと、前を歩いていた遠野が派手に足を滑らせた。尻もちをついたきり立ち上がることもせず呻いているので、どこか怪我でもしたのかと慌てて駆け寄ったら「だから！　ゲームの世界だって言ってんだろ！」とさすがに苛立った様子で言い返された。

「ゲームと言われても……俺はやったことがない。その、どういうゲーム、なんだ？」

よく知らないことを質問するのは難しい。テレビのコマーシャルや駅構内のポスター、電車内でゲームをしている人間の画面を横目で捉えることはあっても、実際に何をどうしてどう遊んでいるのか見当もつかない。

遠野はきょとんとした顔で隼人を見上げ、ああ、と溜息交じりの声を上げた。

「ジャンルを訊かれてるってことか……？　ＬＯＤはＲＰＧだ。ロールプレイングゲーム」

「ロールプレイング？」

「そこからか？　なんかもう俺、お前に世界の成り立ちから教えてるような途方もない気分なんだが……」

顔に疲労を滲ませつつも、遠野は隼人の質問を退けることをしない。どう説明すべきかしばらく悩んで、「ＲＰＧは、物語の主人公になりきる遊びだ」と答えてくれた。

「たとえば桃太郎だったら、プレイヤーは主人公である桃太郎になりきって、鬼ヶ島で鬼退治するまでの物語をゲーム内で体験するんだよ。ＬＯＤの場合は、勇者になって魔王を倒す物語を体験する。コントローラー握って、テレビの中の主人公を動かしたり喋らせたりして、自分自身がゲーム内の主人公になりきって物語を進めるんだ」

「主人公になりきる遊びか。俺たちは今、レジェンド・オブ・ドラゴンという物語の主人公になり切って行動している?」

「おお、ちょっと近づいてる感じがするぞ。実際のゲームを体験する前に、こんなＶＲ空間にフルダイブするような経験したら逆に想像しにくいかもしれないが……」

「ふるだいぶ」

「すまん、忘れてくれ。余計な知識は不要だ。お前はもう、難しいことを考えるな。現実とは違う世界に来たんだと思っておけば大体合ってる」

さすがに遠野もこれ以上はつき合いきれなくなったらしい。とはいえ、この時点でもかなり言葉を尽くしてあれこれ説明しようとしてくれたのは間違いない。そろそろ自力で納得のいく答えを考えた方がよさそうだと隼人も口をつぐんだ。

無事に山を下りると、遠野は「旅立ちの村へ行こう」と言った。

旅立ちの村は城の近くにある小さな村で、ゲーム内で最初に訪れることになる場所だという。多くのプレイヤーはそこで最低限の準備を整えて冒険に繰り出していくそうだ。その村を拠点にして、しばらくこの世界について調べてみることになった。

村に向かう途中の平原ではたまにモンスターと思しき異形の生き物に遭遇することもあったが、遠野が上手いこと木の下や岩陰に身を隠してしのいでくれた。

慎重にモンスターを避けながら歩き、ようやく辿り着いたのはごく小さな村だ。平屋の家が点々と並ぶ村の中には、小さいながら畑もある。

「さすが、町並みもゲームの中と全く同じだな」

村に入った遠野は感慨深げに呟いて、迷いのない足取りで一軒の家に入っていく。

「おい、チャイムとか押さなくていいのか……？」

「大丈夫だ、ここは道具屋だから」

外観からは店なのか一般家屋なのか見分けがつかなかったが、家の中にはカウンターがあり、奥に初老の男性が腰かけていた。カウンター越しに遠野が声をかけると、「いらっしゃい、ここは道具屋だよ」とにこやかに返事をしてくれる。

遠野は肩に担いでいた袋を足元に置くと、中から取り出した物をカウンターに並べ始めた。

「とりあえず、買い取れるものがあったら全部買い取ってくれ。この手燭とか、ひらひらしたネグリジェみたいなもんとか……」

そう言って遠野がごとりとカウンターに置いたのは、隼人が泊まった客室にあった手燭だ。

隼人はぎょっと目を見開くと手燭を鷲摑（わしづか）みにした。

「も、申し訳ありませんが、一度出直してきます！」

叫ぶなり、もう一方の手で遠野の腕を摑んで店の外へと引きずり出した。

人気のない村の隅までやって来たところで「なんだ急に？」と背中から遠野に尋ねられた。

「なんだじゃない！　お前、あれは城から盗んできたものだろう！　今ならばまだ返しに行くこともできるし、気の迷いだったと言い訳をすることもできる。だが店に売って換金してしまったらもう窃盗の言い逃れができなくなるだろうが……！」

振り返るなり食ってかかれば「じゃあ他にどうすんだ」と遠野に顔を顰められた。

「金目のものを売って換金しなくちゃ宿に泊まることもできない。外はモンスターがうようよしてるし、野宿するわけにもいかないだろう」

「だったらまっとうに働けばいい。ここが現実世界でなかったとしても、窃盗が犯罪であることに変わりはないんだぞ！」

遠野は隼人を見下ろし、お前な、とさすがに呆れを含んだ口調で呟いた。

「ＲＰＧの世界で勇者に働き口なんてあるわけないだろ……！」

「どうしてだ。異世界だろうと言葉は通じるし、肉体労働だって十分こなせる。さっきの店で店番をさせてもらうとか帳簿をつけさせてもらうとか、働き口くらいいくらでもあるだろう」

遠野は小さく口を動かして何か言おうとしたが、途中で諦めたように溜息をついた。

「……わかった。そんなに言うなら村の中を回って仕事先を探してみろ。綾瀬には口で説明するより実際にやってもらった方が早そうだ」

「任せろ。行ってくる！」

言うが早いか、隼人は早速先程の道具屋に駆け戻った。

「こんにちは！　突然ですが私、この村で働き口を探しております綾瀬と申します。早速ですが、こちらのお店で従業員など募集しておりませんでしょうか？」

店に入るなり、隼人はカウンターの向こうに座っていた店主に声をかける。

突然の申し出にもかかわらず、店主は隼人の顔を見てにっこりと笑った。手応えありと思ったが、返ってきたのは「いらっしゃい、ここは道具屋だよ」という先程も聞いたセリフだ。

「はい、存じております。掃除でも備品整理でもなんでもします。簿記の資格があるので帳簿づけもできますし、接客もできます」

「それは凄い」

「ありがとうございます！　いかがでしょう、私をこの店で働かせていただくことは……」

「はい、いらっしゃい。ここは道具屋だよ」

また最初のセリフに戻ってしまった。

隼人は目を瞬かせ、あの、と少し声を小さくする。

「……お仕事は、お忙しいですか？」

「はい。おかげ様で」

「もし人手が足りないなら、この店で働かせていただきたいのですが……」

「そうですか。いやいや、いらっしゃい、ここは道具屋だよ」

堂々巡りだ。店主はずっとニコニコと笑っているし、隼人があれこれ尋ねると簡単な返事をしてくれるのだが、巡り巡って最初のセリフに戻ってしまう。

遠回しに断られているのだろうかと悩んでいると、遠野も店にやってきた。

「ゲームに出てくるNPCよりは会話になってるが、堂々巡りは避けられないみたいだな」

カウンターに近づいた遠野が、どうも、と店主に声をかける。店主は少し前に遠野と言葉を交わしたことなど忘れた顔で、「いらっしゃい、ここは道具屋だよ」と言った。

遠野は足元にドカリと荷物を置くと、店主に背を向けカウンターに寄り掛かった。

「ゲームに出てくるNPCは基本的にセリフが決まってる。多くても二、三パターンだ。こっちから何度話しかけてもそのセリフは変わらない。ここの店主だって、ゲーム内じゃ『いらっしゃい、ここは道具屋だよ』としか言わないからな」

話題が自分のことに及んでいるというのに、店主は隼人たちの会話に割り込むわけでもなく無言で笑っている。

「この世界じゃ若干NPCの反応も変わるみたいだが、最終的には最初のセリフに戻る。多分他の村人もそうだと思うぞ。試してみるか？　俺はここで待ってるから」

遠野の言葉には筋が通っている。それでも隼人は自分の目で確かめてみなければ気が済まず、

「ちょっと待っててくれ」と言い残して道具屋を飛び出した。

　さほど広くもない村の中を走り回り、すれ違う人に片っ端から声をかける。働き口を求めているという訴えに村人たちはきちんと耳を傾けてくれるが、返ってくるのは「ここは旅立ちの村だよ」だの「最近は作物が育たなくてねぇ……」だの、脈絡のないセリフばかりだ。しつこく何度も話しかけると少しだけ反応が変わるが、大きく会話が変化することはない。

　三十分ほどして道具屋に戻ってみると、店の入り口に遠野がいた。

　店の壁に寄り掛かって立つ遠野の足元には、ぱんぱんに膨らんだ道具袋が置いてある。隼人が戻ってくるまで盗品を売るのは待っていてくれたらしい。予想外に遠野の態度は誠実だ。

「気が済んだか？」

　問われてもすぐに返事ができない。村人たちと埒の明かない会話を繰り返したおかげで遠野の言葉が間違っていないことはわかったが、それでも盗品を売ることには抵抗があった。

「……他に金を稼ぐ方法はないのか？」

　諦めきれずに食い下がる。もういい加減にしろ、と一蹴されるかと思ったが、遠野はそうしなかった。一度は面倒くさそうに口をへの字に結んだものの、溜息とともに言葉を吐く。

「モンスターと戦う。あいつらは金を持ってるからな」

「だったら……」

「でもそうするとレベルが上がる。レベル上げなんてしたらもう勇者確定だ。言い逃れができない。俺はもう勇者を降りたし、可能な限りゲームのシステムに抗いたい」

きっぱりと言い切られ、隼人は眉根を寄せた。

「どうしてお前はそう勇者になるのを嫌がるんだ？　なんだかわからんが、なればいいじゃないか、勇者とやらに。村の人たちだって困ってたぞ。魔王が復活してからモンスターがうろつくようになって、作物もとれなくなったとみんな言っていた。遠野はこの世界に詳しいらしいし、勇者になって魔王とやらを倒したらどうだ？」

喋っているうちに、ゆっくりと遠野の顔から表情が抜けた。無表情で見詰められたじろいでいたら、ぐらりと水が煮立つようにその顔が憎々しげに歪んだ。

「俺だって勇者になれるものならなりてぇよ！　憧れのゲームの世界に入ったんだぞ？　子供の頃、どれだけこのゲームをやり込んだと思ってんだ……！」

これまでどんなに隼人が的外れなことを言っても根気強く話につき合ってくれた遠野が初めて声を荒らげた。のみならず、その場にしゃがみ込んで頭まで抱えてしまう。

面食らいつつ、隼人もしゃがんで遠野の肩に手を置いた。

「な、何を怒ってるんだ？　勇者になりたいなら今からだってなればいいだろう。城に戻って頭を下げて、軍隊の一つも借りてこい」

「だから、そういう話じゃねぇんだよ！」

遠野はガバリと顔を上げると、隼人の胸に人さし指を突きつけた。

「そもそも魔王は人間じゃないからな？　軍隊使って倒せるもんならとっくに王様がどうにかしてるだろ。それじゃどうにもならなかったから勇者が登場するんだよ。国王が軍隊組んでも太刀打ちできない魔王に、勇者は剣一本で戦いを挑むんだ」

「無謀だな」

「そうだよ、無謀なんだよ……！　ゲームの中ならいざ知らず、剣も振れなきゃ魔法も使えないサラリーマン二人でどうにかなるわけないだろ！　死にたいのか⁉」

「し、死にたくはないが、すでに俺たちが死んでいる可能性も否定できないだろう？」

隼人の言葉に、遠野は水をかけられた焚火のように沈黙する。それでもすぐには火が消えないのか、ぶすぶすとくすぶるような声を上げた。

「……綾瀬は冷静なんだか周りが見えてないんだか、よくわからん」

呟いて、遠野は息を整えるように大きく深呼吸をした。

「確かに、向こうの世界ではもう俺たちは死んでるのかもしれないが、こっちの世界ではこうして生きてるんだ。そう簡単に死ぬのはもったいないと思わないか？」

「それはそうだが、盗品を売って生きていくのは……」

「普通の感覚ならそう思うのも当然だけどな、ゲームの中では当然の行為だ。勇者はよその家に勝手に乱入して、箪笥を開けて品物を奪って店で売る。それを咎められることはない」

「ほ、本当なのか？　ゲームは子供も遊ぶものだろう？　倫理的にどうなんだ？」

「本当だ。信じろ」

言い切った遠野の表情は真剣そのものだった。まっすぐに見詰められ、先に目を逸らしたのは隼人の方だ。

「それじゃ、売ってくるぞ。いいな?」

最後まで隼人の意見をないがしろにすることなく、きちんと確認してから遠野は立ち上がる。

隼人も一緒に立ち上がろうとして、ふと村はずれにいた村人のことを思い出した。

「遠野、道具屋に『毒消し草』というものは売ってるか?」

足を踏み出しかけていた遠野が、意外そうな顔でこちらを振り返る。

「この村では売ってないはずだ。次に向かう隣村では売ってたと思う……けど、ゲームもやったことのないお前が、毒消し草なんて言葉よく知ってるな?」

「村はずれにいた女性に言われたんだ。子供がモンスターの毒を受けて熱を出している、毒消し草を持っていたらわけてほしい、と……。見たところこの村には病院のような施設もないようだし、心配だ」

「ああ、あのお使いイベントか」

拍子抜けしたような顔で言い放ち、遠野は羽虫でも追い払うような仕草で軽く手を振る。

「大した礼ももらえないイベントだから放っておいていい」

「でも、子供が苦しんでいると……」

「気にするな。ＮＰＣだし死にはしない。じゃ、ちょっと行ってくる」

言い置いて店に入っていく遠野を、隼人は愕然とした表情で見送る。

隼人だって実際に村人たちと喋ってみて、相手が普通の人間ではないようだとおぼろげに理解はした。しかし若干話が噛み合わないことを除けば、村人たちはどこから見ても生身の人間にしか見えないのだ。それを見殺しにするなんて、信じられないことだった。

城から金目のものを盗んで売り飛ばし、困っている人を放置する。こんな行為は正しくないと思うのに、遠野はそういうものだと言い切ってしまう。

（……俺が無知なだけなのか？）

遠野に食って掛かれるほどの自信が今の隼人にはない。この世界の知識がないばかりでなく、仕事の担当を外され、それを遠野に引き継がれたという負い目のようなものが隼人の口を重くする。

遠野を止めることもできなければ、一緒に盗品を売りさばくこともできず、隼人は結局一歩もその場から動くことができなかった。

隼人の複雑な心境も知らず、道具屋から出てきた遠野はホクホクした表情で「思ったより高く売れたぞ」と報告をしてきた。さらに買ったばかりの服に着替えるように隼人に促してくる。

「この世界でスーツなんて着てたら目立つからな。ＮＰＣから俺たちに声をかけてくることはないはずだが、夜のうちに城から逃げたから本来のシナリオにあるパレードをすっ飛ばしてる。もしかするとゲームの強制力が働いて、城の連中が俺たちを連れ戻しに来るかもしれない。一応この世界に馴染むような服装に着替えておこう」

遠野の言葉は半分も理解できなかったが、言われるまま服を受け取った。さすがに道端では着替えなどできないので、村の中にある宿に向かう。

宿屋は村唯一の二階屋で、隼人たちは二階の客室に通される。シングルルームを二つ借りるのかと思いきや、通されたのはダブルルームだ。客室は普段隼人が使っているビジネスホテルよりずっと広々として、ダブルサイズのベッドが一つと、木のテーブルと椅子が二脚、さらにキャビネットが置かれていた。テーブルなど置く余裕があるなら小さめのベッドをもう一つ置いてほしいところだが、エクストラベッドなどはないらしい。他に空き部屋もないようだ。

「ゲームのグラフィックに忠実なんだなぁ。このレイアウト、画面で見たまんまだ」

会社の同僚と二人で一つのベッドを使うことになったというのに、遠野は興味津々で室内を見回している。げんなりしているのは隼人だけだ。

「かなりデカいベッドだから詰めれば問題なく二人で寝られるだろ。それよりその服、サイズぴったりでよかったな」

早速ベッドに腰を下ろした遠野が、着替えを終えた隼人を眺めて言う。

遠野が買ってきたのはその名もずばり『布の服』だ。白いシャツに茶色のズボンという、他の村人たちが着ているような服装である。ついでにブーツも新調してもらった。遠野も似たような格好だ。ベルトのデザインや袖の長さなど多少の違いはあるものの、白いシャツとズボンにブーツを合わせているのは変わらない。

盗品を売った金で買った服かと思うと気が重かったが、この世界の知識がない以上、大人しく遠野に従うことにした。

隼人は窓辺に近づいて外に目を向ける。二階の客室からは村の様子がよく見えた。すでに日は傾き始め、空が茜色に染まっている。

「そういえば、宿の受付では夕食について訊かれなかったな」

思えば城を出てからまだ食事らしい食事をしていない。最後に食事をしてからそろそろ丸一日経つ頃だが、不思議なくらい空腹を感じていなかった。遠野はどうなのだろうと振り返ると、真顔で床を凝視する遠野の横顔が目に飛び込んできた。

「ど、どうした？」

「……この宿屋の間取りを思い出してたんだ。ゲームで見たときは確か、一階が受付で、二階に客室が二つあって……それだけだったんだよ。食堂も、トイレもない。そもそも普通のゲームにトイレが出てくること自体滅多にないんだが……」

ちょっと見てくる、と言い残して遠野が部屋を出る。それから数分も経たずに戻ってきた遠野は、まだ窓辺に立っていた隼人に「やっぱりなかった」と言い放った。

「食堂も、トイレもない。綾瀬、お前こっちに来てからトイレ行ったか？」

言われて隼人もようやく気づく。一度もトイレに行っていない。それどころか、尿意を覚えた記憶もない。当然あるべき生理現象が失われている事実に直面して、みぞおちの辺りをさっと冷たい手で撫でられたような気分になった。世界だけでなく、自分の体も変わっているのか。

再びベッドに腰を下ろし、遠野は腕を組んだ。

「このゲームには空腹感なんてパラメーター存在しないからな。食事は不要なのか」

「だが、城では豪華な料理や酒を振る舞われたぞ……？」

「あれは確か、王様のセリフの後に『勇者を歓迎する宴は夜更けまで続いた』ってモノローグがつくんだよ。だからストーリーに沿う形で料理が出されたんだと思う」

「空腹感がないだけで、飲み食いすること自体は可能ということか」

「でも排泄(はいせつ)できないってことは消化されてないってことで、血肉にはなってないのかもしれない。だったら無理に食べる必要もないのか？　食費を考えなくて済むなら楽だが……」

ふっと言葉が途切れたと思ったら、遠野が背中からベッドに倒れ込んだ。

「あー、もうわからん！　どうなってんだよ、この世界は！」

両手を投げ出した遠野を見て、隼人は目を瞬かせた。

「遠野でもわからないことがあるのか？」

「当たり前だろ。ゲームをやったことはあっても、その中に入るのなんて初めてだ」

それもそうだと頷いて窓辺を離れる。そのままベッドの脇を通り過ぎようとしたら、ガバリと身を起こした遠野に腕を摑まれた。

「どこ行くんだ?」

「え、どこということもないが……どこか眠れる場所を探しに」

「何言ってんだ、ここで寝ろ。このベッドなら二人で十分使えるだろ?」

「他人と一緒なんて落ち着かないんだ」

「慣れろ。野宿なんてしたらモンスターに襲われる」

ぐいぐいと腕を引っ張られ、バランスを崩してベッドに手をついてしまった。遠野はなおも手の力を緩めず、隼人をベッドに引きずり込んでしまう。

「ほら見ろ、二人でも問題なく横になれるだろう。体もぶつからないし」

遠野が言う通り、二人で並んで横になってもベッドにはまだ余裕がある。だが、ほんの少し身じろぎすれば相手の体に触れてしまう距離感は居心地が悪い。せめて床で寝ようとするが、腕を摑む遠野の手が手首まで下りてきてがっちりと拘束されてしまった。抗議するつもりで目を上げれば、遠野がもう一方の手で自分の目元を覆うところだった。

「……あんまりウロチョロしないでくれ。ゲームの知識がないだけに、綾瀬は本気で何をしでかすかわからん」

目元を手で覆っているせいで表情まではわからないが、声だけでも遠野がどっぷりと疲弊しているのは理解できた。

考えてみれば、この世界に来てから遠野はずっと隼人の半歩前を歩いて導いてきたのだ。挙句、隼人に逐一状況を説明させられているのだから、疲れない方がどうかしている。

これ以上遠野の負担になるのはさすがに忍びなく、隼人も大人しくベッドに身を沈めた。その気配に気づいたのか、手首を摑む遠野の指先も緩んだ。

同じベッドに他人がいるだけでも落ち着かないのに、体が触れているとますます気が休まらない。もう逃げないから離してくれと言おうとしたが、遠野が声を発する方が早かった。

「……さっき、俺たちもう死んでるかもしれないって言っただろ。道具屋の前で」

遠野は目元を覆っていた手をゆっくりと外すと、首だけ巡らせてこちらを向いた。

「でも、俺はまだ二人とも生きてる可能性も捨ててない。トラックに撥ねられた衝撃で魂だけ別の世界に飛ばされたんじゃないかと思ってる。もしそうなら、何かのはずみで元の世界に戻れるかもしれない」

互いの視線が交差する。遠野の表情は真剣だ。肩が触れ合う距離で、こんなにしっかり誰かと視線を合わせたのは初めてかもしれない。そう思ったら心臓がぎくしゃくとリズムを崩す。

手首に触れていた遠野の指先に再び力がこもった。囁くような声で、「綾瀬」と名を呼ばれて息を詰める。

「ここはお前が思ってるよりもずっと危険な世界だ。だからお前は、できるだけ大人しくしててくれ。どうにか俺が元の世界に帰る方法を探すから」

隣にいる隼人にしか届かない、ごく小さな声だった。なんだか耳元で囁かれているような気分になって目を泳がせる。

「わ、わかっ、た。善処する……」

遠野は「ほんとか？」と緩く目を細めた。

「お前、仕事はできるくせに意外とやってることが無茶苦茶だから、心配だ――……」

だんだん声が小さくなって、遠野の瞼が落ちた。室内に、静かな寝息が響き始める。

一瞬で眠りに落ちてしまった遠野を見詰め、直前に呟かれた言葉を胸の内で繰り返す。仕事はできるくせに。遠野とはこれまでほとんど接点がなかったが、そんなふうに自分を評価してくれていたのかと思ったら胸がそわそわした。遠野に掴まれた手がじんわりと熱くなって、起こさないようそっと手を引き抜く。

ベッドから起き上がり、自分で自分の手首を掴んでみた。遠野が触れていたそこは明らかに体温が上がり、心臓もどきどきと落ち着かない。

「……優秀なのはお前の方だろう」

同じ部署だ。遠野の成績がいいことは知っている。一緒に過ごしてみて、思っていた以上に遠野が機転の利く男であることも改めてわかった。急にわけのわからない世界に飛ばされたのに落ち着いているし、判断も冷静だ。だからこそ、そんな男に褒め言葉を投げかけられて舞い上がってしまった。

隼人はベッドから立ち上がると、もう一度窓辺に立って村を見遣った。

夕暮れが迫り、村から急速に光が失せていく。外灯が存在しないので、都会で生活しているときよりも夜の訪れを間近に感じた。

村はずれに、隼人に毒消し草を持ってきてほしいと懇願してきた女性がまだ立っていた。

本当は、夜が更けたら遠野の目を盗んで隣の村とやらに行ってみるつもりだった。村の外にはモンスターが出るというが、遠野とここまで歩いてきたときのように身を潜めながら移動すればきっとどうにかなる。

そんな隼人の考えなど、遠野にはすっかり読まれていたらしい。

潮が引くように夕日が引いて、村の家々に明かりが灯る。村はずれにいた女性もとぼとぼと家に帰っていくようだ。その姿を見詰め、隼人はみぞおちの辺りに掌を添えた。そうしていないと胃がキリキリと痛んで上手く息が吸えない。

(この世界に来てから、俺は正しくないことばかりしている——……)

勇者として迎えられ、宴まで開いてもらったのに礼も言わずに城を出てきてしまった。それどころか城の備品を盗んで売り、村で女性に助けを求められても何もしてやることができない。罪悪感で窒息しそうだ。正しくない行動をいつ指摘されるだろうと思うと膝が震える。

「……綾瀬?」

背後で遠野の声がして我に返った。気がつけば室内もうすっかり暗くなっている。遠野はベッドに寝転んだまま、窓辺に立つ隼人を軽く手招きした。

「飯もいらないんだし、このまま寝ちまおう……。ほら、こっちにこい」

喋っている間もどんどん部屋の闇が濃くなっていくようで、隼人はそろそろとベッドに戻った。しかしやはり、他人と一つのベッドを使うことには抵抗がある。せめて体が触れぬようベッドの端に身を横たえると、遠野の手が伸びてきて体に腕を回された。

「そんな端っこだと落ちる」

ぐっと引き寄せられて息が止まる。邪魔にならないよう端に寄ったというのに自ら引き寄せてどうする、と文句を言おうとしたが、遠野はもう深い寝息を立てていた。身をよじろうとしても、夢うつつにそれを拒んでますます隼人を抱き寄せてくる。よほど隼人に単独行動させたくないのか。どれだけ危険視されているのだろう。

しばらくはベッドの上でもぞもぞしていたが、一向に遠野が腕を外そうとしないので最後は諦めた。朝のラッシュに比べればむしろ人口密度は低いと自分に言い聞かせる。

窓の外で星が瞬き、室内はすっかり闇に呑まれている。車や電車が走る音もしないこの世界の夜は静かだ。体にかかる遠野の腕がずっしりと重い。

すぐには眠れないことを覚悟して目を閉じる。まだ日は落ちたばかりだし、寝つきはかなり悪い方だ。特にこんな、常夜灯すらついていない真っ暗な部屋では。

眠るとき、隼人はいつも完全に明かりを落とさない。せめて豆電球だけはつけておく。真夜中に目を覚ましたとき、真っ暗だと自分がどこにいるのかわからなくなるからだ。体の輪郭すら曖昧になる闇に浸っていると、納戸の中にいるような気分になって呼吸が浅くなる。

そうでなくとも、布団に入ると自分の意思とは関係なく、一日の反省会が始まってしまう。今日の自分は正しく過ごせたか、間違いを犯さなかったか、あの言葉は、あの行動は。

万が一にも祖母の耳に入ったとき、咎められるようなものではなかったか。

反省ばかりだ。祖母の顔を思い出すと背筋が冷える。

小さく身を震わせたら、その振動が伝わったのか遠野が薄く目を開いた。この暗がりでは視線が交差したかどうかもよくわからなかったが、遠野はまたゆっくりと目を閉じ、指先で軽く隼人の背中を叩いた。

優しい振動が肌に伝わり、ふと背中のこわばりが解けた。

じっと遠野の顔を見詰めてみるが、もうその瞼は動かない。寝息に合わせ、規則正しく肩が上下している。ときどきいびきのような息遣いになるそれは、時計の針ほど正確ではなく、早く眠らなくてはと隼人を焦(あせ)らせることもない。いつもなら布団に入るなり反省会が始まるのに、寄せては返す波のような呼吸の音が、頭に浮かんだ言葉を端からさらっていってしまう。

体に回された遠野の腕が重い。だが、嫌な重さではない。

他人と一緒なんて眠れるわけもないと思っていたのに。

気がつけば、隼人はかつてない早さで眠りに落ちていた。

営業の仕事とは、煎じ詰めれば他人と対話をすることである。

相手が何を望み、何にこだわりを持ち、何を避けようとしているのか。顔を見ただけではわからない。話してみても本音がすべて言葉になるわけではない。だから必死で対話を重ねる。相手がなかなか口にできない本心をすくい上げるべく目を凝らし、耳を傾け、少しでも呼び水になればとこちらも言葉を尽くすのだ。

そうやって入社以来ずっと営業部で好成績をキープしてきた隼人だが、今はつくづく自分のやり方に自信が持てなくなっている。

「おはようございます、今日もいい天気ですね」

朝、隼人は宿を出ると必ず村を一回りして、出会うすべての村人に声をかける。「昨日はよく眠れましたか？」などと隼人が尋ねると、相手も「ええ、ぐっすり」と返してくれる。

「そうですか、よかった。ところで、最近何かお困りごとはありませんか？　仕事などあればお手伝いしたいのですが——……」

「ありがとう。ここは旅立ちの村だよ」

隼人たちが旅立ちの村にやってきてから今日で三日目。働き口は未だ見つからない。

日中、遠野(とおの)は村の周辺を歩き回って元の世界に帰る手がかりを探している。だが、それに隼人の同行は許されていない。いわく、「綾瀬(あやせ)は何をしでかすかわからないから」だそうだ。

遠野はこの辺りの地形はもちろん、モンスターの弱点や性質を熟知している。一方隼人は、目の前に現れたものがモンスターなのかどうかすら判断できない。山の中で見た人面蝶のように、おもちゃか何かと勘違いしてモンスターに近づいて行ってしまう危険がある。

そんなわけで遠野に同行することは諦(あきら)め村で大人しくしているものの、日がな宿にこもってぼんやりしているのも性に合わない。そこでこうして村を回り、なんとか日銭を稼ぐ方法はないか模索しているわけである。どうしても、備品を盗んで売り飛ばしたのと同じ金額を城に返したかった。「ＮＰＣなんて百回話しかけても反応は変わらないぞ」と遠野は呆(あき)れていたが、他にできることもない。

これでも営業歴は長い。最初はどんなに頑(かたく)なだった顧客でも、根気強く対話を続ければ口数も増えてくる。そう信じて朝も夜もなく村人たちに声をかけ続けている隼人だが、今のところ戦果はゼロだ。

（……やはり俺の仕事の仕方は間違っていたんだろうか）

村の中央にある小さな教会。その前に置かれたベンチに一人腰かけ項垂(うなだ)れる。ＮＰＣとは会話が成立しなくて当然だと遠野は言うが、ＮＰＣの概念が曖昧(あいまい)なだけに、自分の話術に問題があるのではないかと落ち込む一方だ。

顔を上げれば、遠くの畑で作業をする村人たちの姿が見えた。あれが人間でないということが隼人には上手く呑み込めない。その向こうには子供のために毒消し草を求める女性の姿もあり、今にも泣き崩れそうなあの顔を思い出すたび、罪悪感に胸が押しつぶされそうになる。

溜息(ためいき)をついてまた顔を伏せようとしたら「綾瀬」と声をかけられた。

目を上げると、道の向こうから遠野がやって来るところだ。昨日新調したばかりのマントを羽織っている。ファッションではなく防具の一種であるらしい。マントの裾(すそ)を翻し、隼人の座るベンチの横で足を止める。

「これから村の外に偵察に行ってくるけど、一人で大丈夫か?」

「問題ない。村からは出ないし、大人しくしてる。お前こそ大丈夫なのか? 村の外にはモンスターが出るんだろう。危険じゃないのか?」

ちらりと視線を上げると、遠野が目を丸くしてこちらを見ていた。いかにも意外だと言いたげな顔で「心配してくれるのか?」などと言う。

「当たり前だ。営業の外回りに行くのとはわけが違うだろうに……。なんだ、俺は他人を慮(おもんぱか)ることもできない人間だとでも思ったか?」

上手くいかないこと続きですっかりネガティブになっていたせいか、自然と声が低くなった。

「いやいや」と遠野は苦笑を漏らす。

「ようやくお前もこの世界が危険だって理解してくれたのかと思ったら、ちょっと安心したんだ。最初はそれこそ外回りに行くような気楽さで隣の村まで行こうとしてたからな」

遠野は本当にほっとした様子だ。そんな顔をされてしまうと些細な事で突っかかった自分が恥ずかしくなって、隼人はぼそぼそとつけ足した。

「本当のことを言うと、未だにモンスターがどれほど危険なのかよくわかってはいないんだ。でも、お前があんまり繰り返しそう言うから……」

「実感がなくても行動が変われば十分だ」

遠野はベルトにつけた布袋から小さな瓶を取り出すと、それを隼人に手渡した。掌に載るサイズの細長い瓶は一見すると香水瓶のようだ。中には透明な液体が入っている。

「ここの教会で作ってる聖水だ。道具屋から買ってきた。これを体にかけるとモンスターが近づいてこなくなる」

「葬式の後に寺でもらう清めの塩みたいなものか？」

「そうだな、悪いものが近寄ってこなくなるって点は一緒だな」

隼人のたとえがおかしかったのか、遠野は笑いながら腰につけた袋を叩いた。

「外に出るときは何本か聖水を持ち歩くようにしてる。ゲームで聖水の効果は知っていたとはいえ俺も最初は半信半疑だったんだが、これが驚くほどよく効くんだ。綾瀬も一本持っておくといい。俺もこれのおかげで今のところ危ない目に遭ってないしな」

そんなに霊験あらたかな物なのかと感心して、両手で聖水を持ち直した。

「それじゃ、夜には戻る。綾瀬もあんまり無理するなよ」

そう言い残し、遠野は村の入り口に向かって歩いていってしまった。

隼人はベンチに腰かけたまま、手の中で聖水の瓶を転がしてみる。

(……これも、盗品を売った金で買ったものなんだよな)

この村に来た直後なら、聖水を道具屋で換金し、城に返す足しにしようなどと考えたかもしれないが、さすがにそこまでする気は失せた。

ここは現実とは違う。正論だけでは生きていけない。

多少でもこんなふうに思えるようになったのは、ここのところ眠る前に一人反省会をしていないからかもしれない。

遠野は他人と眠ることに抵抗がないらしく、布団に入るとすぐに寝息を立て始める。深い寝息は規則正しく、その息遣いに耳を傾けていると、反省会をする暇もなく眠りに落ちてしまう。おかげで最近は無闇に自分を責めることが少なくなった。

(でもそれは、善悪に対する基準が緩んでいるということでは……?)

脳裏にふっと祖母の顔が浮かんで、慌ててベンチから立ち上がった。

とにかく今は自分ができることをしなければ。今までだってずっとそうしてきたじゃないかと自分に言い聞かせ、隼人は再び村人たちに声をかけ始めた。

遠野と別れた後も村人たちに声をかけて回ってみたが、なんの結果も得られなかった。もう何日も同じ会話を繰り返し、さすがに心が折れそうだ。

日が落ちる頃、喋りすぎて痛む喉をさすりながら隼人は村の入り口にやって来た。村を囲う柵に寄り掛かって目を閉じると、鼻先を濃い甘い香りが過る。視線を転じれば、柵の内側にキンモクセイの木が植えられていた。

風が吹くたびキンモクセイは甘く香り、地面にオレンジ色の小さな花をぽろぽろと落とす。夏の終わりから秋にかけて咲く花を眺め、この世界の季節はどうなっているのだろう、と改めて考えた。暑くもなく、寒くもない。秋のような気候だが、村の反対側ではアセビが花をつけていた。アセビは春に花をつけるはずだ。隼人の家の庭にも植えられていたので知っている。

（春と秋が混ざったような季節なんだろうか）

ときどきこうして、この世界の異質さに触れる。ここは元いた世界とは分断された異世界なのだと肌で感じる瞬間だ。

風が吹くたび花を落とすキンモクセイを眺めているうちに、東の空が藍色に染まり始めた。村に視線を戻すと、村人たちがぞろぞろと家に帰っていくところだった。この世界には時計もなく、仕事の終わりを告げるチャイムすら存在しないのに、示し合わせたように一斉に。

誰一人喋る者はおらず、人々が地面を踏む音だけが辺りに響く。まるで葬列に参加しているような静謐さだ。仕事が終わった、と嬉しそうな顔をする者すらいない。

周囲の村人の顔を見回していた隼人は、その中に今日はまだ一度も声をかけていない村人がいることに気づいた。白髪を短く切り、口ひげを生やした初老の男性だ。いつも畑で黙々と仕事をしている人物で、ＮＰＣとして用意されているセリフ自体が少ないのか、話しかけてもあまり反応が返ってこない。

速足で男性に近づき「こんばんは」と声をかけてみた。男性はちらりとこちらを見て会釈を返してくれるが、その歩みは止まらない。周囲の村人たちも同様だ。工場のレーンに載って移動する部品のように、寄り道もせずするすると自分の家に入っていく。

無言で相槌を打つ男性も、自宅の前までやって来ると隼人には目もくれず家のドアノブに手をかける。さすがにこれ以上引き止めるのは迷惑だろうか。ＮＰＣにそんな気遣いは無用か。迷っているうちに男性が家に足を踏み入れた。

「あの！　何かお困りごとなどありませんか？　仕事を探しているのですが――……」

どうせ無視されるのだろうと半分諦めながら声をかけると、意外なことが起こった。

片足を家の中に入れ、もう一方の足を外に残した男性が、体を半分だけ家に入れた状態で立ち止まって隼人を振り返ったのだ。

家に帰っていく村人は、どんなに呼び止めてもその歩みを止めない。少なくとも今までみんなそうだった。だが、男性は動きを止めてじっと隼人を見ている。初めての反応だ。

緊張して、思わずごくりと唾を飲んだ。

何かこれまでと違うことが起きている。その糸口を逃さぬよう、慎重に口を開いた。

「……私は、仕事を探しています。何かお手伝いできることがあれば言ってください」

男性は家の中に入るでもなければ外に出るでもなく、不自然な体勢のまま動かない。息詰まるような沈黙が続き、もう一度声を上げようとしたところでようやく男性が口を開いた。

「うちの庭に、グリーンワームが大量発生して困っている」

息を詰める隼人に目を向けたまま、男性は続けてこう言った。

「退治してくれたらお礼をあげよう。やってくれるかい？」

瞬間、頭の中で何かが割れるような音がした。

どこを向いても活路を見いだせず八方ふさがりだった現状に、確かにヒビが入った音だ。遠野からは無理だと言われたが、それでも諦めなかったからこそ摑(つか)んだ結果だった。

やはりゲームの世界といえども、人々が日々の生活を営んでいる以上、不便は出てくるものなのだ。現実世界でも隼人はそう信じて顧客へのヒアリングを繰り返してきた。粘り強く対話を続ければ光明は見える。腹の底から間欠泉のように歓喜とやる気が噴き上がり、体の横で強く拳(こぶし)を握りしめた。

「……っ、はい！　喜んでお引き受けします！」

隼人の答えを受け、中途半端な格好で静止していた男性もやっと家の中に入った。振り返り、どうぞ、とでも言うように家の扉を大きく開ける。

男性の家は平屋の一軒家だった。家の中にはほとんど仕切りがなく、右手に台所、左手に木のテーブル、奥にベッドとチェストが置かれているのが一目で見渡せる。

ベッドの近くには窓があり、その隣に裏庭に出るドアがあった。

男性は隼人を裏庭に連れていくと「これだ」と言って目の前の木を指さした。

「……これは、サザンカですか？」

家を囲う塀に沿うように、背の高い木が三本生えている。木々にはいくつも赤い花が咲き、根元に花びらを散らしていた。冬に咲く花というイメージがあったが、この世界の植物に外的環境はあまり関係がないのかもしれない。

「この木にグリーンワームが大量発生してしまったんだ。退治してほしい」

「グリーンワームというのは……？」

名前からして青虫のようなものか。木に近づこうとしたら、男性に肩を掴んで止められた。

「そこにいる」と男性が木の根元を指さす。家から漏れる微(かす)かな明かりで、根元で何かが動いたのがわかった。両手に乗せられる大きさの、子猫だろうか。しかし目を凝らしてすぐに間違いに気づく。そこにいたのは、子猫ほどの大きさの芋虫だった。

「これがグリーンワーム……ですか？」

常識外れの巨大さに驚嘆した。アゲハチョウの幼虫に似た柄で、背中には五寸釘(くぎ)のような太く鋭い棘(とげ)が並んでいる。幸い隼人は虫が苦手ではないので、嫌悪感を覚えることもなくしげしげと観察してしまった。

「これが大量に……？」

「ああ、そことそこにも」

男性が他の木の根元を指さす。三本並んだ木の根元に、それぞれ一匹ずついるようだ。

「あの三匹を退治すればよろしいんですね？」

大量というほどでもない気がするが男性は本当に困っているらしい。隼人は裏庭を見回し、家の壁に立てかけられた鍬に目を留めた。

「あの鍬、お借りしてもよろしいですか？」

男性が頷くのを確認して鍬を手に取る。とりあえず、虫を退治すればいいのだ。手っ取り早いのはこれだろうと、木の根元にいるグリーンワームに鍬を振り下ろした。

背中に生えた棘に当たらぬよう鍬を振り下ろしたつもりだったが、ガキン、と鈍い手応えがして鍬が跳ね返った。刃こぼれしていないか慌てて確認しようとしたら、グリーンワームが身をよじって口から何かを吐き出した。

（――南京玉すだれ）

とっさにそんな言葉が頭を過ったのは、子猫サイズの虫の口から隼人の頭上の高さまで、白い糸のようなものが吐き出されたからだ。放物線を描いたそれは空中で漁網のように大きく広がり、隼人めがけて降ってくる。

とっさに後ろに飛び退って白い糸を避けると、慌てて男性の腕を引き家の中へと撤退した。普通の芋虫と違うのは大きさや形だけではないらしい。あんな攻撃をしてくるとは。やはり異世界ともなると昆虫も根性が据わっている。

「こちらに殺虫剤のようなものはありませんか？」

問いかけてみたが、男性は無表情で棒立ちになってなんの反応も返さない。

この世界に存在しないものについて尋ねると、人々は一切の反応を失う。以前も「どこかに電話はありませんか？」と村人に尋ねたらこんな反応をされた。

殺虫剤の類はないらしいと判断し、隼人は腕を組んだ。

（今回の依頼は、つまり害虫駆除だな。それなら少し携わったことがある）

リフォームの仕事は家屋のみならず庭にも及ぶ。

以前、顧客から庭の害虫のことで相談をされたときは、落ち葉や枯れ枝が病害虫の温床とならぬよう、なるべく掃除がしやすいように木々の配置を計算して庭を整えた。病害虫の発生時期は大体決まっているので予防として事前に薬剤を散布する方法もあるらしいが、家に小さな子供がいるからという理由で薬剤は使用しなかった。

あのとき、手製の殺虫剤を作れないかと顧客に尋ねられ、植木職人に質問にいった覚えがある。職人からは市販の薬を使った方が確実だと眉を顰められたが、しつこく尋ねてそれらしきものが作れることを聞き出した。人体にも有毒だというそれが、隼人の実家の庭にも植わっているごく普通の庭木の葉を煮だして作れると聞いて驚いたものだ。

この村の周囲には様々な木々が植わっている。村の中に春と秋に咲く花が咲いていたことを思い出し、隼人は「少し出ます」と言い置いて家を出た。

向かった先は村の入り口とは反対側、小さな白い花を鈴なりにつけるアセビの木のもとだ。

隼人はしげしげとアセビの木を眺める。実家の庭に植えられていたアセビとまるで同じ見た目をしているが、春とも秋ともつかないこの世界で育ったアセビから、現実のそれと同じ効果が得られるだろうか。

（とりあえず、やるだけやってみるか）

村の周囲の木々は誰かが育てているというより自生しているだけのようだ。ならば誰にも咎（とが）められまいと、なるべく葉が密に茂っている場所を選んで枝を折った。

男性の家に戻ると、事情を説明して鍋（なべ）を借り、中に水とアセビの葉を入れて暖炉の上に置いた。しばらくすると鍋の中でぐつぐつと湯が沸いて、水の色が茶色く変色してきた。

念のため窓を開け、換気をしながら煮詰めていると、最終的に鍋の中にはタールのような粘度の高い真っ黒な水が残った。

（……こんな色になるんだったか？）

職人から聞いた話では、せいぜい水に薄く色がつくだけだったような気がするが。異世界ともなると昆虫だけでなく植物まで性質が変わるものなのだろうか。

ものは試しと、隼人は湯気を立てる鍋を持って裏庭に戻る。サザンカの前に立つと、グリーンワームが攻撃してくる前に鍋の中身をその体の上にざばりと注いだ。

鉄が溶けるような嫌な臭いが辺りに充満して思わず顔を背ける。袖口で口を覆いながら木の根に目を向けると、グリーンワームの背中に立っていた棘が溶け、本体も横倒れになって動かなくなっていた。

思った以上の効果に目を丸くしつつ、残りの二匹にも手製の殺虫剤をかけて回った。他の二匹もすぐに動かなくなる。効果覿面のようだ。

異臭の漂う裏庭から室内に戻ると、男性が小さな袋を持って隼人を待っていた。

「ありがとう。おかげでグリーンワームがいなくなった。これはお礼だ」

そう言って、隼人に白い布の袋を手渡してくる。受け取ると中でじゃらりと音がして、心臓がドッと大きく脈打った。

隼人はその場で中を確かめたくなるのを必死でこらえ、男性に礼を述べて家を出た。

小走りで教会の前までやってきた隼人は、立ち止まってそっと袋の中を確認した。思った通り、そこには数枚の硬貨が入っていた。

「――……っ」

吸い込んだ息を吐き出すことすらしばし忘れた。社会人になって、初任給が振り込まれたときだってこんなに感動しなかったかもしれない。

自ら突破口を開いた、という手応えがあった。顧客の無茶な要望に応えられたときのような、あり得ない納期をどうにかこうにか守れたときのような、仕事の終わりに顧客から「綾瀬さんに頼んでよかった」と笑顔で握手を求められたときのような。

（……やっぱり正攻法があるんじゃないか！）

硬貨の入った袋を握りしめ、宿に向かって走り出す。もう遠野も戻っている頃だろう。早速報告しなくては。誰かから物を盗まなくても、モンスターと闘わなくても、この世界で生きていく方法はあるのだ。諦めなければ、ちゃんと見つかる。

（俺のやり方は間違ってなかった……！）

ここ数日の物憂い気持ちが嘘（うそ）のように心が軽い。体まで軽くなってしまったようで一度も立ち止まることなく宿への道のりを走り抜けた。宿の受付にいる店主に挨拶（あいさつ）をすることも忘れて階段を駆け上がる。連泊している客室からは、ドアの下に空いた隙間（すきま）からろうそくの明かりが漏れていて、隼人は勢いよくドアを押し開けた。

「遠野、凄（すご）いぞ！」

室内には、思った通り遠野の姿があった。窓辺に立っていた遠野に早速これまでの経緯を説明しようとしたが、勢いよく振り返ったその顔を見て声を呑む。大きく目を見開いた遠野が、般若（はんにゃ）のような険しい顔をしていたからだ。

初めて見る表情を前に立ち尽くしていたら、遠野が大股でこちらに近づいてきた。

「おい、さっき……っ、なんか急にレベルが上がったんだが、お前何かしたのか⁉」

「レ、レベル……？」

「この部屋に入った瞬間、聞き覚えのあるファンファーレが頭の中で鳴り響いたんだよ……！

絶対今レベル上がったぞ！　モンスターも倒してないのに！」

出端をくじかれしどろもどろになっていると、遠野の目が隼人の手元に向いた。隼人が小さな袋を持っているのに気づいたらしく「どうした、それ？」と怪訝そうに尋ねてくる。

隼人は待ってましたとばかり身を乗り出してこれまでの事情を説明する。

途中でお互い椅子に座り、テーブルを挟んで話し込むことしばし。すっかり話を聞き終えると、遠野は両手で顔を覆ってしまった。

「……お前、それだ。レベル上がった理由……。グリーンワームはモンスターだよ……」

「あの大きな芋虫が？　だいぶ根性のある虫だとは思ったが、てっきりこの世界ではあれがスタンダードなのかと……」

「なわけないだろ！　背中に棘とか生えてるし、特殊攻撃もあったはずだ！」

「南京玉すだれのことか？」

「なんで急に大道芸の話⁉」

顔を覆っていた手を下ろし、遠野は思わずといったふうにテーブルを叩く。隼人が目を丸くすると慌てたように息を整え、荒々しい手の動きを封じるつもりか固く腕を組んだ。

「それにグリーンワームの退治依頼は、本来ならもう少しストーリーが進んでからじゃないと発生しないはずだ。畑にいるあの無口なオッサンの依頼だろ？　この時点ではオッサンの家にも入れないはずなのに……」

「確かに最初は全く相手にしてもらえなかったが、家に帰ろうとしているのについていって声をかけたら、家の中にも入れてもらえたぞ？」

「本当か？　俺だって何度もこのゲームをクリアしてるが、そんな展開になったことないぞ。もしかして俺たち、思ったよりもゲームに干渉できるのか……？」

独り言のようにぶつぶつと呟いていた遠野がさっとこちらに目を向ける。

「綾瀬は今日も一日中、村人たちに声をかけて回ったのか？　ほとんど会話なんて変わらなかっただろうに、めげなかったのか？」

「めげそうになったが、同じ天気の話でもタイミングによって受け答えが変わるからな。可能性があるなら試してみようと思ったんだ。相手も俺が延々話しかけても嫌がらないし、他にできることもない」

隼人の言葉に耳を傾け、遠野は小さな溜息をついた。

「俺は実際ゲームでＮＰＣと話をしたことがあるから、何百回話しかけても会話が変わらないのは簡単に想像がつく。だからこの世界でも、ＮＰＣから何か新しい反応を得ようなんて考えてもみなかった。徒労に終わるのは目に見えてたからな」

テーブルに置かれていた手燭に目を向け、遠野は考えを整理するように言葉を紡ぐ。

「でも、綾瀬には俺みたいな固定観念がない。だからNPCに話しかけるなんて気の遠くなるようなことに何度でもチャレンジできるんだな。もしかすると、お前のそういう諦め知らずなところが、この世界に新しい分岐を生み出したのかもしれない」

遠野が喋るたびに空気が揺れて、テーブルの上のろうそくも揺れる。身をよじるような火の動きを見て、なんだかこちらまでじっとしていられない気分になった。

（……これは、褒められてるんだろうか）

テーブルの下で意味もなく指を組み替える。せめてそわそわした気持ちが顔に出ないようにと唇を引き結んでいると、遠野が少しだけ表情を緩めた。

「ほぼ同じことしか言わないNPC相手に一日中声をかけ続けるなんて、その根気強さには感服する。相手の反応が変わるって確証もないのに。俺じゃ真似できない。さすが、顧客満足度が高いのは伊達じゃないんだな」

手放しの称賛だ。仕事のことなど褒められるとどうしたって誇らしい気分になってしまって、咳払いをするふりで口元を隠した。

「そ、そうか？　営業としてごく当たり前のことをやっていただけだが」

「あれを当たり前って言われたら他の営業部員の立つ瀬がなくなるだろ。俺、一度だけ綾瀬の案件をまとめた資料読んだことあるからな」

緩みかけた表情が凍りついた。上司ならともかく、同僚が自分の資料を見ていたとは思いもしなかったからだ。

「どうして俺の資料なんて……⁉」

「そりゃあ、お前の成績は部内でも抜きんでてるから参考にしようと思って」

さらりと隼人を喜ばせるようなことを言って、遠野はテーブルの上のろうそくを眺めた。

「まずヒアリングの丁寧さに驚いた。最初はなんの要求もなかった客から、時間をかけてあれこれ要望を聞き出して、一体どんな話術を使ったんだろうって感心した」

「別に……愚直に何度も同じことを尋ねただけだ」

「何度質問を重ねても、上手いこと要求を聞き出せなくて後からトラブルになることは多いだろ。お前の場合はもう、自分の家をリフォームするのと同じくらいの熱意でヒアリングに取り組んでるよな。そりゃ万年成績優秀なのも頷けるし、顧客も満足するはずだ」

褒めすぎだ、と止めようとしたところで、遠野の声が低くなった。

「そうやって顧客からは全幅の信頼を寄せられてるのに、どうしてか社内では煙たがられてるんだよな、綾瀬は。外注の職人さんからも結構不満の声が上がってる」

褒め言葉から一転、急に否定的な意見を挙げられて口元が引きつる。しかも事実だ。どう反応したらいいのかわからず黙り込む隼人の前で、遠野はゆっくりと瞬きをする。

「ここ数日一緒に過ごしてみて、なんとなくわかった。確かにお前は顧客に対しては百点満点の応対をするんだろう。でも、そのためなら周りを顧みることをしない。客の言うことは聞いても同業者の話には耳を貸そうとしないタイプだな？」

遠野の声も、表情もとても静かだ。なんだか上司と面談でもしているような気分になって、居心地悪く椅子に座り直した。

「耳を貸さない、というわけではない……つもりだ。ただ、顧客を最優先にした結果、社内の人間や職人に対して、こちらの意見を押し通さざるを得なくなることは……ある」

「なるほど。顧客の満足のために周りの人間が胃の痛い思いをしなくちゃいけないわけだな？俺みたいに」

ろうそくの火を見詰めていた遠野がゆっくりと目を上げた。唇に笑みが咲く。美しい、営業のお手本のような笑顔だったが、その口から漏れたのは完璧（かんぺき）な笑顔に似合わぬ重低音だった。

「俺がいない間、危ないことはするなって言ったよな……？」

遠野の唇は完璧な左右対称で弧を描いているのに、こちらを見る目が笑っていない。事ここに及んで、ようやく遠野が怒っていることに気がついた。

でも村の人が困っていたんだ、助けるのは悪いことじゃないだろう。結局何も危険なことはなかったわけだし――などと言い返したかったが、さすがにできない。遠野からはすでにさんざん危ないことをするなと釘を刺されていたし、自分も納得ずくで了解していたのだ。今回、隼人が無傷で村人の依頼をこなせたのは単に運がよかったに過ぎない。

「も……申し訳ない。先走った行動をして、お前との約束も破ってしまった。反省している。もうしない……つもりだ。可能な限り……」

隼人は肩をすぼめ、遠野に向かって深々と頭を下げる。

遠野はしばらく黙っていたが、ややあってから呆れたような溜息をついた。

「そこはきっぱり『もうしない』って言えよ。また同じようなことする気満々だろ」

思ったよりも軽い口調に、恐る恐る顔を上げる。

「いや、本当に反省した。今度はまず遠野に相談する。……でも」

「でも？」と遠野は眉を上げて先を促す。

「……やっぱり、困っている人を見ると放っておけない。それに俺にはゲームの知識がない。今回だってグリーンワームがモンスターとは思わず、ただの害虫駆除を引き受けたとしか思ってなかった。知識がないせいでまた同じような間違いを犯すかもしれないのに、軽々しく『もうしない』とは言い切れない」

「……真面目なんだか屁理屈(へりくつ)こねてんだかわからんな、お前は」

「本当に反省はしている……！」

せめてそこだけは伝わってほしくてテーブルの上で拳を握る。必死の形相で訴えると、遠野の口から浅い溜息が漏れた。

「わかったよ。じゃあ、今後はくれぐれも気をつけてくれ」

この話はおしまい、とばかり遠野が表情を和らげる。ほっとして息を吐いたら、手燭のろうそくが小さく揺れた。

室内はろうそくが置かれたテーブルの周りだけ明るく、部屋の角々は闇に沈んでいる。

この世界では積極的に食事をすることもないし、夜になるとろくにすることがない。お互い席を立つ理由もなく、自然と会話が増えていく。

「遠野は今日、村の外で何をしてたんだ?」

「俺はモンスターから逃げ回りながら情報収集。目立った成果はないけどな。城下町にも行ってみたが、NPCと会話しただけで終わった。途中で城の衛兵とすれ違ったりもしたけど、盗人と追い回されることもなければ勇者と呼ばれることもなかった。無事に勇者を降りられたんだかどうだかも不明だ」

「もういっそ勇者になったらどうだ?」

軽い気持ちで尋ねたら、ろうそくが揺れて遠野の顔に深い影が落ちた。

「……いや、それはしない。それだけはしたくない」

でも、と言いかけて言葉を呑む。遠野はこのゲームにかなり思い入れがあるようだし、ゲームの主人公になれるなんて嬉しいばかりではないかと思うのだが、明るい炎を見詰めているはずの遠野の目があまりにも暗くて、下手に言葉を続けることができなかった。

「とりあえず、今日のところは元の世界に戻る手がかりも摑めなかった。また明日だな」

気持ちを切り替えるように、遠野が大きく伸びをした。隼人もこの話題は続けるべきではないと判断して話題を変える。

「明日はどこへ行くつもりなんだ?」

「もう一度山に登ってみるかな。あのグラフィックが欠けたみたいな空の様子も気になるし」

「確かにあの光景は気味が悪かったが……。その前に、隣の村に行ってみるのはどうだ?」

「隣の?　なんで……」

遠野の声が尻すぼみになる。何かに思い至ったのか、その表情が見る間に強張っていくのに構わず隼人は続けた。

「隣の村なら毒消し草が売ってるんだろう?」

「お前、まだそのイベントにこだわってたのか……」

「当たり前だ。毎日毎日村のはずれに立つ女性が、涙ながらに『毒消し草を買ってきてくれませんか』って訴えてくるんだぞ。むしろ遠野はどうして放っておけるんだ?」

「そりゃ相手はNPCだから……」

「あの人の顔を間近で見てみろ、口が裂けてもそんなこと言えないぞ。俺たちと同じ、意志や感情を持つ人間にしか見えない」

遠野は眉間(みけん)に深い皺(しわ)を寄せ、歯切れ悪く呟く。

「……でもなぁ、あんまり綾瀬を連れて外をうろつきたくないんだよなぁ」

「わかってる。俺は留守番でいい。お前一人で隣村まで行って、毒消し草を買って帰ってきたらいいじゃないか。今度こそ大人しくしてるから。信用してくれ」

必死で頼み込むと、遠野の表情にいくばくか迷いが生じた。

「まあ……この辺りをうろうろしてるばっかりじゃ情報も集まらないだろうし、隣村まで行くのはいいが……問題は距離なんだよなぁ」

「そんなに遠いのか?」

「ゲーム内だったら一分もかからない。三十秒かそこらで到着する場所だ」

近いじゃないか、と拍子抜けして呟くと「ゲーム内だったらな」と繰り返された。

「前に城の向こうの山に登っただろ。あの山からこの村まで、歩いてどのくらいかかったか覚えてるか?」

「あの山からか? 結構歩いた気がするが……。モンスターから隠れていた時間を除けば、一時間といったところか?」

「俺もそんなもんだと思う。ところがゲーム内ではあの山から旅立ちの村まで五秒も移動しないで到着する。この村から城なんてもっと近いぞ。それでも実際に歩けば体感で二十分だ」

ゲーム内の五秒が、この世界で実際に歩くと一時間弱。ということは、ゲーム内で三十秒ほど移動した先にある隣の村は、六時間ほど歩き続けなければ到着しないということになる。

「ちょっと行ってきてくれと言うには、あまりに遠いな……」

「遠出するのは構わないし、聖水もあるからモンスターに遭遇する心配もないんだが、下手をするとその日のうちに帰ってこられないかもしれない。綾瀬をこの村に一人で置いていくことになる」

真顔でそんなことを言われ、なんだ、と肩透かしを食らったような声を出してしまった。

「問題はそこなのか？」

「他に何がある」

「いや、そういうことなら気にするな。留守番くらい問題ない。明日にも隣村まで行ってきてくれ。遠野が帰ってくるまで宿から一歩も出ないから」

「でも、お前を一人にするのは……」

「大丈夫だ、子供じゃないんだぞ？　それよりお前は村外れで毎日毒消し草を求めてさまようあのご婦人を見て胸が痛まないのか？　俺は気が気じゃないんだが……！」

力説する隼人を見て、遠野がわずかに目を眇めた。

「……そうだな。このまま放っておくと、そのうち綾瀬が村の外に野生の毒消し草を探しに行きかねないからな」

「ん？　毒消し草はこの近くに自生してるのか？」

耳ざとく反応してテーブルに身を乗り出すと、前方からにゅっと遠野の手が伸びてきて手首を掴まれた。

「いや、知らない。少なくとも俺は毒消し草が生えているところは見たことがない。聞かなかったことにしてくれ」

「待て待て、この世界に毒消し草というものが流通しているのなら、当然どこかにその草が生えているはずだな？　わざわざお前が隣村まで行かなくても、とりあえずこの村の周りを探してみるという方法も……」

「忘れてくれ！　明日の朝一番で隣の村まで行ってくるから！」

そわそわし始めた隼人の手を遠野が強く握りしめる。鈍い痛みすら覚えて小さく眉を寄せると、怖いくらい真剣な顔が目に飛び込んできた。

「本当に頼む。危ないことだけはしないでくれ。特にお前は……」

最後の言葉は格別苦々しげに呟かれる。こちらの世界に来てからさんざん好き勝手をしてきた自分の行動を振り返れば苦言を呈されるのも無理はない。反論の余地もなく大人しく口を閉ざしたが、遠野はなかなか隼人の手を離そうとしなかった。手を離したら隼人がこのままどこかへ行ってしまうとでも思っているかのようだ。

(……もうそろそろ、離してもいいんじゃないか？)

そう思うのに口にできない。季節も曖昧なこの世界だが、夜になると少し肌寒さを覚える。冷えた肌に直接伝わってくる遠野の体温は、思いがけず心地よかった。

遠野の背後にはダブルベッドが置かれている。明日遠野が帰ってこなかったら、夜は一人であそこに眠ることになるのか。あの規則正しい潮騒のような寝息に耳を傾けながら眠りに落ちることもない。

ようやく一人でベッドが使えると喜ぶべきところなのにどうしてか心許ない気分になって、隼人はますます遠野に手を離してくれと言うタイミングを見失うのだった。


翌日、遠野は飼い犬を橋の下にでも置いていくような、不安と罪悪感の入り混じった表情で宿を出た。

「いいな、間違っても勝手に村から出るなよ。変なイベントも引き受けるな。今日だけは宿で大人しくしてろ。絶対だぞ、絶対だからな？」

しつこいくらいに念押しされ、小学生じゃないんだぞ、と言い返しそうになった。敢えて口にしなかったのは大人の分別があればこそだ。

そうでなくとも、隣村まで行ってほしいというのは隼人の我儘でしかない。遠野にそこまでさせておいて、これ以上の気苦労などかけられるわけもなく「約束する」と重々しく頷いて遠野を送り出した。

そんなわけで、今日は宿に缶詰めだ。客室にはテレビもなければ本もないので、やることといったらベッドでごろごろするくらいのものである。まだ日も高いうちからベッドに寝転んで過ごすなど、小学生の夏休みにだって実行したことがない。人生最大の怠惰だ。

（……こんな姿を祖母が見たら何を言われるものか）

祖母の顔を思い出したら、自然とベッドの上で正座をしていた。しかしその体勢は五分とたず、再びごろりと寝転がる。

（ここに祖母はいない）

ここは電話もない、季節も曖昧な異世界だ。外にはモンスターがいる。そして祖母はいない。日々の糧を得るため絶対に接点を失うわけにはいかない会社とすら連絡が取れないのだ。年に数回顔を見るだけの祖母のことなど気にする必要もない。

そう思い込もうとするのに、折に触れて祖母の存在が胸を過る。会社を無断欠勤している事実の方がよほど重大だと思うのに、そちらの方がまだ意識の外へ追い出せる。

久々に一人反省会が始まってしまいそうだが、今夜は無事眠れるだろうか。遠野のいないこの部屋で。遠野の寝息は、ささくれた隼人の神経をいつも宥めてくれる。

（早く帰ってくるといいな）

そんな言葉が胸に転がり、驚いた。留守番中の子供でもあるまいし。シーツに頬を押しつけたらやけに冷たく感じて、頬に熱が集まっていることを自覚する。変だな、と思いながら目を閉じて、じっとしているうちにうとうととまどろんでいたらしい。

目を覚ますと、窓から斜めに射し込む光がテーブルにまで届いていた。とろりとした蜂蜜色の日差しは、すでに午後のそれだ。

一体何時間寝ていたのだろう。この世界には時計がないので正確な時間がわからない。のろのろと起き上がり、窓辺に近づいて村の様子を眺めてみた。

村人たちはいつものように用もなく通りをぶらついたり、畑で仕事をしていたりする。代り映えのしない、見慣れた光景だ。そう思ったが、ふと違和感を覚えて窓に顔を近づけた。

宿屋の前にいる村人が、じっと立ち止まったきり動かない。

休んでいるのだろうか。だとしたら珍しいことだ。NPCも隼人たちと同じく食事を必要としないらしく、基本的に休憩を取らない。一日中村の中をうろついている。

しばらく眺めていたが、村人はまだ道の端から動かない。硬直したように立ち尽くしている。いや、立ち尽くしているのとも違う。歩いている途中で動きを止めたような格好だ。片足を前に出しかけ、爪先(つまさき)は宙に浮いている。

(……あんな格好で静止しているのか？　こんなに長い時間？)

さすがにおかしい。外に出て確かめたかったが、宿で大人しくしていると遠野と約束してしまった。外に出てもいいものかどうか迷っているうちに、太陽はゆっくりと傾いて村に夕暮れの気配が迫る。

(せめて宿の主人に声をかけてみるか？　外に妙な様子の村人がいると)

他に妙案も浮かばず、客室を飛び出し宿の階段を駆け下りた。

一階は窓が少なく、二階以上に薄暗い。隼人は受付カウンターに駆け寄ると、その向こうに座っていた主人に急いた口調で声をかけた。

「ご主人！　宿の外に様子のおかしい方がいるので見てきてもらうことはできませんか？　申し訳ないのですが、私は外に出ることができず――……」

声をかけてみたがカウンター内の主人は微動だにせず、返事もしない。いつもなら、「旅人の宿屋へようこそ」と笑顔で返事をしてくれるのに。

何事かと主人の正面に回り込み、隼人は息を呑んだ。

店主は唇に柔らかな笑みを浮かべているが、正面に立ってみても視線が合わない。あの、と声をかけながら肩に触れ、温みを感じないことにぎょっとして手を引いた。

（し、死んでるのか？　こんな笑顔のまま？）

まさか。だがわからない。現に店主は隼人に一切反応しない。

慌てて踵を返して宿の入り口へ向かう。今日は宿から出ないと遠野と約束していたが、緊急事態だ。助けを呼ばなくては。体当たりするようにドアを押し開ける。

外に出ると、店の前に村人がいた。二階の客室から隼人が眺めていた人物だ。声をかけようとして、直前で言葉を呑み込んだ。

二階から見ていたときはわからなかったが、村人は足を踏み出した不自然な格好で完全に動きを止めていた。揺らぐことなく地面に立つその姿は、死体というよりマネキンのように見えた。おっかなびっくり近づいて声をかけてみるが、宿屋の主人と同じく反応がない。辺りを見回すと道の向こうにも人影が見えたが、そちらもまるで動いていなかった。

（なんだ……何が起こってるんだ？）

異世界に来てから、これほどの不安を覚えたのは初めてだ。意思の疎通ができる者はいないのかと村中を駆け回ったが、村人たちは一人残らず人形のように動きを止めていた。昨日隼人が害虫退治を手伝った男性は畑の真ん中で鍬を振り上げた姿のまま、村はずれで毒消し草を求めていた女性も掌で顔を覆って項垂れたまま、ぴくりとも動かない。

人々の声が消えた村の中は恐ろしく静かだ。いつの間にか風もやみ、村の周囲に茂る木々からも葉擦れの音一つ響いてこない。

（それに、なんだか急に暗くなってきたような……？）

隼人は肩を上下させながら空を見上げ、奇妙な物体を見つけて目を眇めた。淡い茜（あかね）色に染まる空に一点、黒く四角い物体が浮いている。

風船ではなさそうだ。仮に風船だとしてもおかしい。風に流されることなく、空に貼りつけられたように静止している。地上の村人たちのように。

半分口を開けて空を見上げていたら、空にもう一つ黒い箱のようなものが現れた。なんの前触れもなく唐突に。その瞬間を目の当たりにして、隼人は大きく目を見開く。

（空に穴が空いた）

そうとしか見えなかった。空の一部が四角く切り取られてしまったかのようだ。

これと同じ光景を見た記憶がある。遠野と一緒に山に登ったときだ。山頂から見た遠い景色はこんなふうに上空が四角い穴だらけで、その間から微かに見える景色は歪(ゆが)んでぼやけていた。

空を見上げている間も、一つ、また一つと四角い闇は増えていく。このまま空が四角い闇に覆い尽くされたら、その真下にある村も闇に呑まれてしまうのだろうか。

腹の底から恐怖がつき上げてきて、宿に向かって弾(はじ)かれたように走り出した。

階段を駆け上がり客室に飛び込む。ここにいてはいけない、どうにか遠野と合流しなければ。外に行くには何が必要だ。遠野はどうしていただろう。出かける前はいつもマントを着ていたのを思い出し、客室のキャビネットを慌ただしく開ける。念のためにと、隼人のマントも遠野が買っておいてくれていたはずだ。

キャビネットを開けたら、一緒にしまってあった聖水の瓶が引き出しの中でごろりと動いた。手早くマントを羽織り、聖水を引っ摑んで客室を飛び出す。

宿を出ると空に散らばる四角い闇が増えている気がした。足をもつれさせそうになりながら必死で村の中を駆け抜ける。すれ違う村人たちは相変わらず人形のように静止したままだ。

村を出るなり全身に聖水を振りかけ、城を背に歩き出した。野原に舗装された道はないが、人が踏み固めたような道はうっすらと残っている。それを頼りに歩くしかない。

村を離れると、空に散らばっていた四角い闇が少なくなってきた。ほっとしたものの、今度

は日暮れの闇が辺りを覆い始める。完全に日が落ちる前になんとか遠野と合流しなければ。

最初は速足だったが、気が急いていつの間にか駆け足になっていた。

空はどんどん暗くなる。暗がりを走っていると時間の経過が曖昧になった。村を出てからもう一時間は過ぎただろうか。まだ三十分程度しか経っていないのかもしれない。息が苦しい。でも不思議と走り続けられる。現実世界ならとっくに胸が痛くなって立ち止まっていそうだが、こちらの世界では長時間走り続けても息苦しさ以上の肉体的苦痛を感じないようだ。

現実とは異なる身体感覚に戸惑いながら走り続けていたら、ふいに右手の茂みから何かが飛び出してきた。

ぎょっとして足を止める。現れたのは四つ足の獣だ。

鋭い牙をはやした、巨大なイノシシだった。こちらを見る目が爛々と赤く光っている。比喩ではなく、夜の道路に光るブレーキランプのような赤さだ。

（こ……これは、モンスターなのか？　それともこの世界の野生のイノシシなのか？）

グリーンワームも最初はこちらの世界の昆虫かと思ったが、後からモンスターであることが発覚した。目の前のイノシシは大きくて目が赤いということ以外は取り立てて目立った特徴もなさそうだが、どちらだろう。

（聖水をかけているんだからモンスターには出会わないはず……いや、村を出てだいぶ経っているし、聖水の効果が切れた可能性も……）

ぐるぐると考えていたら、じっとこちらを見ていたイノシシが頭を下げ、前足で地面を掻いた。これはもしや、突進の予備動作だろうか。

「うわ、ち、ちょ……っ、ま、待て待て……！」

モンスターだろうと野生のイノシシだろうと、あの巨体が突っ込んできたら大怪我は免れない。慌てふためく隼人の前でイノシシは体勢を低くすると、とんでもない勢いでこちらに突っ込んできた。

地響きのような足音が迫り、とっさに固く目をつぶる。現実世界でトラックに撥ねられたと思ったら今度はイノシシに撥ねられるのか。つくづく運がないと奥歯を嚙みしめた瞬間、ガシャンとガラスの割れる音がした。続けて車が急ブレーキをかけたときのような高い嘶きが辺りに響き、ハッとして目を見開いた。

数メートル先で、隼人に向かって突っ込んできたイノシシが横倒れになってもがいている。何が起きたのかわからず立ち尽くしていると、遠くから慌ただしい足音が近づいてきた。

「やっぱり！　綾瀬！」

闇に響いたのは聞き慣れた声だ。目を凝らすと、暗がりの向こうから一直線に誰かが駆けてくるのが見えた。シルエットが曖昧でも声を聞き間違えるはずがない。遠野だ。

近づいてきたその顔を見たら安堵して腰が抜けそうになった。だが、駆けつけた遠野は隼人がその場にへたり込むのを許さず、その手を摑んで元来た道を走り始める。

「お前……！　あれだけ村で大人しくしてろって言っただろうが！」

「す、すまん……！」

しばらく走ったところで、遠野が茂みの中に隼人を引きずり込んだ。ベルトにつけた袋から聖水を取り出し、急いた手つきで隼人の体に振りかける。

「なんか嫌な予感がして戻ってきてみれば……！　なんで暴れイノシシなんかとエンカウントしてんだよ、聖水かけてこなかったのか⁉」

「む、村を出るときかけてきたんだが……」

「一本かけたきりか？　聖水なんてそんなに長く効果が持つもんじゃないぞ。むしろここまでよく無事で来られたな？」

隼人はその場に座り込み、もはや体を支えていることもできず地面に両手をついた。

「おい、大丈夫か？」

尋常でない様子に気づいたのか、遠野が慌てて体を支えてくれる。

「……さっきのイノシシは、やっぱり、モンスターか？」

「そうだ。聖水の瓶をぶつけたから多少怯(ひる)ませることはできたみたいだな。それより、なんで村から出てきたんだ？」

隼人は青い顔で遠野を見上げ、村の上空に黒く四角い闇が発生したことをたどたどしく説明した。最初は要領を得ない顔で話を聞いていた遠野も、事態を理解するにつれて深刻な表情になって慌てて頭上に目を向ける。

「俺がいない間にそんなことになってたのか……！　この辺りはまだ大丈夫か？」

隼人も一緒に空を見上げるが、すっかり夕日も沈んでしまい、上空にあの四角い闇が浮かんでいるのかよくわからない。

「とりあえず、ここからだったら隣村に行った方がまだ近い。行くぞ」

隼人の手を掴んだまま遠野が茂みを飛び出す。その後は、遠野が道具袋に山ほど詰めていた聖水を互いにかけ合いながらなんとか隣村まで到着した。

隣村は旅立ちの村とさほど規模の変わらない小ぢんまりとした村だった。

遠野は一度この村までやってきたものの、道中からすでに胸騒ぎが収まらず、道具屋で毒消し草を購入するなり村の様子を見て回ることもせず引き返してきたらしい。その途中で隼人と遭遇したそうだ。

「もうすっかり日も暮れたし、今日のところはこの村に泊まろう」

遠野に提案され、二人で村の宿屋に入る。宿屋の受付には若い娘がいて「いらっしゃいませ」と笑顔で声をかけてくれた。旅立ちの村とは違いこの村の人々はきちんと動いて喋っていて安堵の息をついた。

客室に向かいながら、遠野が心配顔で隼人を振り返る。

「旅立ちの村では、突然村人たちが動かなくなったって言ってたな……？」

「ああ……みんなマネキンのようになってしまった」

「お前自身は特に何もなかったのか？　急に体が動かなくなったとか」

それは大丈夫だ、と答えると、遠野もほっとしたように肩の力を抜いた。

今回泊まることになった客室は一階にあり、室内にはシングルベッドが二つ置かれていた。壁際には本棚などもあって、旅立ちの村より設備が整っている。大きな掃き出し窓からはテラスに出ることもできるらしい。外には夕涼みができそうな丸テーブルと椅子が置かれていた。

「……ビジネスホテルよりよっぽど雰囲気のいい宿だな」

無事に遠野と合流できて、周囲の状況を見る冷静さが戻ってきた。遠野も人心地ついたのか、掃き出し窓を開け率先してテラスに出る。

「ここからだったら空も村の様子もよく見える。こっちで話をしよう」

この町には酒場があるそうで、テラスに出ると遠くから村人たちの賑(にぎ)やかな声が聞こえてきた。直接店は見えないが、この声が聞こえる限り村人に異変はないと思ってよさそうだ。

頭上は満天の星だ。隙間なく星が輝くこの空なら、夜であろうと一部が欠ければ気づくだろう。椅子に腰かけた隼人は、夜空に向かって溜息をついた。

「この辺りは今のところ異変もなさそうだな。とりあえず、朝になったらもう一度旅立ちの村に戻ってみるか。もしも様子がおかしかったらすぐ引き返せばいいんだし」

向かいの椅子に腰を下ろした遠野に、「戻るのか？」と思わず聞き返す。

「空が欠けるのが一時的な現象なのか、それとも一度そうなった場所は二度と元に戻らないのか一応確認しておきたいからな。宿屋に金の大半も置いたままだし」

「そ、それもそうだな……」

遠野の言い分はもっともだが、目の前で村人が静止したり、空が欠けていったりする光景を目の当たりにしたばかりなので気が乗らない。あのまま村にいたら自分はどうなってしまったのだろうと想像すれば、今さらながら背筋が寒くなる。

黙り込んだ隼人を見て、遠野は静かな声で続ける。

「怖かったらお前はこの村で待っててくれてもいいんだぞ？　俺一人でも……」

「駄目だ、一緒に行く！」

こんなわけのわからない世界で一人取り残されるなんて二度とごめんだ。突然の大声に驚いたような顔をする遠野を見返し、隼人はゆるゆると両手で顔を覆った。

「遠野、俺はわかった。この世界は——とんでもなく危険だぞ」

お前が思うよりずっと、と続けようとしたら、ゴッと鈍い音がした。指の間から目を覗かせてみると、遠野が両手をだらりと脇に垂らしてテーブルに突っ伏している。どうした、と声をかけようとしたら、遠野が勢いよく顔を上げた。

「ようやく綾瀬もわかってくれたか……！　そうだよ、ここは俺たちの常識が何も通用しないゲームの世界で、とんでもなく危険なんだよ！　伝わって本当によかった……！」

テーブルに倒れ込んだときにぶつけたのだろう。額を赤くした遠野が噛みしめるように言う。この姿を見るに、自分は思った以上に遠野に心配をかけていたらしい。反省しつつ、隼人は真剣な表情で続けた。

「あんなふうにいつ崩壊するともわからない世界にいるのはさすがに不安だ。どうしたら元の世界に戻れるだろう？」

「おお……ようやくまともなことを言ってくれたな。最初はここがゲームの中だってことすら信じてなかったのに」

「あの光景を見ればさすがに信じる。それで、どう思う？　遠野は帰れると思うか？」

遠野はテーブルに突っ伏していた体を起こすと、難しい顔で腕を組んだ。

「どうだろうな。何か方法があると信じて探してはいるが……」

「エンディングを迎えるというのはどうだ？」

瞬間、遠野の表情に緊張が走った。何か核心をついたのだろうか。

「ゲームには当然終わりがあるんだろう？　このゲームの場合、魔王とやらを倒すのが最終目的か？　それが全部終わったら、俺たちも元の世界に戻れるんじゃないのか？」

遠野は固く腕を組んで何も言わない。それどころか、隼人と目も合わせなくなってしまった。

「なんだ？　俺はまた見当違いなことでも言っているのか？　ゲームに終わりはないのか？」

「いや、それは……当然ゲームに終わりはある。エンディングだって……」

「あるんだろう？　そこまで辿り着けたらこの世界から抜け出せるんじゃないか？　だってその先の物語は存在しないんだから」

「それはまあ……そうだな。そうなんだが……」

歯に物が挟まったような話し方をする遠野に業を煮やし、隼人はテーブルに身を乗り出した。

「なんだ？　何が問題なんだ。魔王を倒すことか？　そんなに勇者になるのが嫌なのか？」

「それも、ある。勇者は困る……」

「魔王を倒す自信がないからか？　でも、この世界でのお前の振る舞いを見ていたら絶対に無理とも思えないぞ。さっきだってイノシシを退治してくれただろう。遠野は機転が利くし度胸もある。虫の知らせも察知して俺を助けに来てくれた。きっとこの先もそうやって上手いこと危険を避けられるはずだ」

「ま、待て、そんな持ち上げられても……」

「確かにモンスターと戦えば怪我をすることもあるだろうし、最悪死ぬこともあるだろう。でもこの世界だっていつまで存在するかわからないんだぞ？　方法があるなら試してみるべきだ。お前ならできる！　危機管理能力も高いし目端も利く、何よりこのゲームの知識があるのが最大のアドバンテージじゃないか。お前が勇者にならなくて誰がなる？　お前以上の適任者なんて存在しないぞ！」

「わ、わかった！　わかったからちょっと黙ってくれ！」

遠野の耳が赤くなる。照れているのか。もう一押しだと隼人は声を張り上げた。

「できない理由があるなら言え！　全部論破してやる、お前ならできる！」

褒め言葉ならまだまだあるぞと言外に脅してやると、耳を赤くした遠野がやけくそじみた声を上げた。

「だから！　魔王を倒してエンディングを迎えるわけにはいかないんだよ！　もしも俺が魔王を倒しに行ったら、俺と一緒にいる綾瀬が死ぬかもしれないんだぞ！」

何を言われたところで即座に反論できる自信のあった隼人だが、この返しはさすがに予想していなかった。硬直する隼人を見て、遠野は重たい溜息をつく。

「……だから俺は勇者になりたくないんだ」

「だから、と言われても……俺にはさっぱり、事情が見えないんだが……？」

どういうことだと詳細を尋ねると、遠野の顔に諦めたような表情が滲んだ。

「まあ、綾瀬もようやくこの世界の恐ろしさが理解できたみたいだし、そろそろ説明してもいい頃合いだったのかもな……。いい加減、このゲームのエンディングと綾瀬の立ち位置について、ちゃんと教えておく」

そう言って、遠野は改めてレジェンド・オブ・ドラゴンのストーリーについて語り始めた。

レジェンド・オブ・ドラゴンの世界にはドラゴンがいる。ドラゴンは天空に棲み、世界の秩序を守る聖なる存在だ。そのドラゴンを魔王が封じてしまったことで、世界は混沌に呑み込まれる。

地上にはモンスターが溢れて人々を襲い、大地は痩せて野菜が育ちにくくなり、このままでは人類は滅亡だと人々が項垂れかけたそのとき、魔王に封じられたはずのドラゴンが最後の力を振り絞って地上の神殿に神託を下した。

明日、夜明けとともに森を抜けて現れる青年こそ、この世界を救う勇者である、と。神託通り森から現れるのがゲームの主人公だ。

地方の貧しい村に住んでいた主人公は、旅人から世界の窮状を聞かされ、自分も何かできないかと思い立ち遠路はるばる王都までやってくる。それに同行するのは同じ村で育った親友だ。主人公一人では心許ないと、自ら志願してついて来た。

自分たちに何ができるかわからない。だが、王都に行けば城下町を守る衛兵のような仕事もあるだろう。まずは王都の人々を守ることから始めようと語り合いながら森を抜けた二人は、たちまち馬車に乗せられて王の御前まで連れてこられる。これがゲームの冒頭だ。

王により勇者と認められた主人公とその親友は、二人で世界を巡る旅に出る。

行く先々で主人公は「勇者様」と呼ばれ、同伴している親友も「勇者様のお連れ様」と手厚く迎えられるが、物語が進むにつれて親友は言葉少なになっていく。

同じ村で、同じように育った二人だ。自分だって主人公と同じようにモンスターと戦い、ときには大怪我をすることだってあるというのに、人々は勇者たる主人公にしか目を向けない。自分はいつまで経っても「勇者様のお連れ様」のままだ。

自分にも主人公と負けず劣らぬ実力があるはずなのに、どうして主人公だけが勇者として選ばれたのか。なぜ自分に神託は下らなかったのか。

生まれ育った村にいた頃から、主人公はいつも自分より少しだけ上手に物事を進める。その少しの差で、自分はいつまでも主人公の影から抜け出すことができない。

旅を続けるうちに親友の嫉妬と劣等感は募っていき、やがてその心の隙間に魔王の手が伸びる。魔王にそそのかされた親友は心を乱され、魔王城にやってくる頃にはすっかり正気を手放して、最終決戦の直前で猛然と主人公に襲い掛かってくるのだ。

主人公が必死で呼びかけても親友は正気に戻らない。主人公は泣く泣く剣を振り上げて、長い旅路をともに歩んだ親友に自らとどめを刺す。

親友を手にかけて打ちひしがれる主人公に、いよいよ魔王が襲い掛かってくる。

ここで自分が魔王に倒されては親友が報われない。主人公は最後の気力を振り絞って魔王を倒す。魔王に封印されていたドラゴンは復活し、世界に平和が取り戻される。

「……それで終わりか？」

テラスの椅子に腰かけ、隼人はぽかんとした顔で尋ねる。最後にドラゴンの力で親友が生き返るとか、せめて死んだと見せかけて実は死んでいなかったとか、そういう展開になるのではと期待したのだが、遠野は沈痛な表情で頷いた。

「これで終わりだ。親友は死んで、二度と生き返らない。おかしな話だよな。ゲーム内では死んだ仲間を生き返らせる魔法とか道具とかいくらでもあったのに、親友だけは最後まで生き返らないんだ。ＲＰＧにはそういう展開が多い。主要キャラがイベントで死ぬときだけは、どう足掻いても生き返らせることができないんだよ」

「なかなか後味が悪い結末だが……」

「俺も子供心に『そんなのありか？』って思った。親友を殺したショックから立ち直れないままラスボス戦に突入するから、動揺しすぎて初回は敗退したなぁ……」

溜息をつきつつも、遠野はどこか懐かしそうな顔をしている。少々ビターなラストも含めてこのゲームを気に入っているのかもしれない。

「魔王を倒した後、主人公は玉座の裏に隠し通路があるのを発見するんだよ。奥には転移の泉がある。転移の泉は世界各地に点在していて、その泉に飛び込めばどこか別の泉に移動できるんだ」

復活したばかりのドラゴンが主人公を呼び止める。このまま城に戻れば貴方は世界を救った英雄だ。傷つくことも多かった旅路の末に、せめて相応の報酬を受け取るべきだとドラゴンは言うが、主人公はこう答える。

親友を殺しておいて凱旋パレードになんて参加できるわけもない。自分は世界を救えても、唯一の親友は救えなかった。せめてもの罪滅ぼしに、友人を弔う旅に出る。

「そのまま主人公は泉に飛び込んで、エンディング前にモノローグが流れる。『その後、勇者の姿を見た者は誰もいない』みたいな……」

喋るうちに、だんだん遠野の声が小さくなってきた。まるで隼人に聞かせたくない内容であるかのように。逆に隼人は大きく目を見開いて身を乗り出す。

「泉に飛び込んだ後、主人公は行方をくらませるんだな？　この世界からいなくなったも同然だ。だったら泉に飛び込めば、俺たちも元の世界に戻れるんじゃないか？」

「俺たち、じゃない。その場合、元の世界に戻れるのは俺だけだ」

期待に弾んだ言葉は、遠野に鋭く切り捨てられる。

きょとんとする隼人の胸に人さし指を押しつけ、遠野は厳しい表情でその体を押し返した。

「最初の森を出たとき、城の連中は俺を勇者扱いした。ってことは、そのとき隣にいたお前は勇者の親友だ。実際はどうあれゲームの中ではそういうことになってる。このままゲームを進めたら、最終的にお前は俺と戦って命を落とすかもしれないんだぞ」

遠野の真剣な表情と、胸を押す指先の力に押し負け椅子に座り直す。

できのいい主人公と、彼に対し嫉妬と劣等感を抱く親友という構図が、自分と遠野の関係にいくらか重なっているのは事実だ。

特にこの世界に来た直後の自分は、大事な仕事を引き渡すことになった遠野にひがみのこもる眼差しを向けていた。この世界に来た直後に今の話を聞いていたら、自分は遠くない未来、遠野に襲い掛かって死ぬのだろうと素直に納得していたかもしれない。

だが、今ならば自分の後任者に遠野が選ばれた理由も納得できる。己に対するふがいなさは感じても、遠野に対する敵愾心は湧いてこない。

検討の末、隼人は力強く頷いた。

「大丈夫だ、俺は遠野に襲い掛かったりしない。そうする理由がない」

確信を込めて言いきったが、遠野は険しい表情を崩そうとしない。それどころか、諭すような口調で言う。

「今はそう思ってても、いざ最終決戦を前にしたときまで同じ気持ちでいられるかはわからないだろう。それに、ゲームの強制力ってものもあるし……」

「強制力というのは？」

「本人の意志に関係なく、ゲームのシナリオ通りに事態が進む不思議な力のことだ。自分の行動を周りが曲解したり、誤解を解こうとしてますます誤解が深まったり……」

「誤解が解けるまで話し合えばよくないか？」

「だから、そうできないような不思議な力が働いてだな……」

「それはまた随分と都合のいい力があるものだな」

呆れるでもなければ馬鹿にするでもなく、本気で隼人は感心する。空が欠けるような異常事態を目撃し、ここはゲームの中だと腹の底から理解した後なので、強制力なる不思議な力も理解できないなりに受け入れることができた。

感心しきりの隼人を見て、遠野は唇に微苦笑を浮かべた。

「綾瀬は本当にお約束を知らないんだな」

「そうだな。だからやっぱり、俺さえ気をしっかり持っていれば最悪の状況は避けられるような気がする。強制力とやらを疑ってるわけじゃないが、俺は体験したことがない」

「俺だってないよ」と苦笑して、遠野は気が抜けたような顔でテーブルに頬杖(ほおづえ)をついた。

「なんだか俺まで、綾瀬ならお約束なんて蹴っ飛ばして思いもかけないルートを開拓してくれそうな気がしてきたな」

「じゃあ、早速エンディングを目指してみるか?」

一度は表情を緩めた遠野だが、この問いかけにはまた渋い顔になってしまう。

「多分、他に手立てもないんだろうな。でも本当にこの世界じゃ何が起こるかわからない。せめて俺が勇者認定されなければ、お前にも被害が及ばないんじゃないかと思ったんだが……」

「そうは言っても、王様はもうお前を勇者と認めていたぞ?」

「俺が勇者らしからぬ行動をとっていれば、いずれ撤回されるかもしれない」

「勇者らしからぬ行動というのは……」

なんだ、と尋ねようとしたのに、思考が言葉を追い越して、隼人は自ら答えを出してしまう。

たとえばそれは、城から物を盗むことだったり、困っている村人の頼みを無視することだったり、モンスターと意地でも戦おうとしないことだったり、そういうことだろうか。

「……お前のあの行動は、全部俺のためだったのか？」

遅ればせながら遠野の真意を理解した。遠野は困ったような顔で言葉を濁したが、即答しない時点でもう認めたようなものだ。

「だったら最初からそう教えてくれればよかっただろう！　そうとも知らずお前を詰るようなことばかり言ってしまったじゃないか……！」

声を荒らげる隼人の前で、遠野はますます困ったような顔をして頰を掻く。

「俺も言うべきか迷ったけど、綾瀬のゲーム知識が壊滅的に乏しかったからな。ストーリーの都合で綾瀬だけ死ぬ、なんて言ってパニック起こされても困るし、逆に俺の話を完全否定されて『いいから魔王を倒しに行くぞ！』なんて先走られるのも怖かった」

パニックは起こさないかもしれないが、後者の展開は大いにありそうだ。

（そんな理由で、俺に盗人だのなんだの言われても反論せずにいたのか）

この世界に来て間もない頃、遠野は一度だけ、俺だって勇者になれるものならなりたいと口にした。思い入れのあるゲームの世界にやって来たのだ。あれは遠野の本心だろう。でも遠野は、隼人の安全を優先してそれを思い留まってくれた。

罪悪感で胸がつぶれそうになった。遠野を盗人と呼んだ過去の自分を殴ってやりたい。あれもこれも、すべて隼人のためだったのに。

「……遠野、すまん。俺は何も知らず、お前の言うことも聞かないで勝手なことを……」

深々と頭を下げる隼人を見て、遠野は慌てたように身を乗り出した。

「いい、謝るな。俺だってどうするのが正しいのかわからないで右往左往してたんだから。それより、これからは綾瀬も一緒にどう動くか考えてくれ。これまではお前にゲームのラストのこととか言えなくて、俺も心苦しかったんだ」

そういうことなら、と隼人は姿勢を正す。ゲームの知識は一切ないが、今のところ考えられる案は一つだけだ。

「やはり魔王を倒して泉に飛び込むのが、元の世界に帰れる可能性が一番高い方法だと思う」

「でも、そうすると魔王と対決する前にお前が死んじまうぞ?」

遠野は少しだけ言いよどんでから、低い声でこうつけ足した。

「実は……適当な村人を仲間にして、魔王戦の直前にそいつを綾瀬の身代わりにして倒しちまえば、もしかしたらお前だけは助かるかも、なんてことも考えたんだが……」

「ば……っ、駄目だ！　俺の代わりに誰かを殺すなんて！」

猛然と反論する隼人に、わかってる、と遠野は頷いてみせる。

「そもそもＮＰＣを連れ歩くのが難しそうだからな。この案は俺もなしだと思ってる。それに、綾瀬なら絶対にこんな計画止めるだろうと思ったんだ。ゲームの中だろうと殺人は殺人だって。

お前、真面目だから」

当たった、と遠野が笑う。その顔を見返して、隼人は小さく口を開いた。何かが喉元まで出かかったが、上手く言語化することができずに再び口を閉ざす。

遠野は頭上の星空を見上げると、「空に妙なバグも発生してないみたいだし、そろそろ寝るか」と言って椅子から立ち上がった。隼人もその後を追って室内に入る。

今日の宿はシングルベッドが二つ用意してある。それぞれ別々のベッドに入り、お休み、とどちらからともなく言い合った。程なく室内に遠野の寝息が響き始める。どこに行っても寝つきのいい男だ。

遠野の寝息に耳を傾けながら天井を見上げていると、自分の代わりに村人を犠牲にしようと遠野に言われたとき、上手く言葉にできなかった感情がゆっくりと胸で膨らんでいく。

ゲームの中だろうとなんだろうと殺人はいけない。それはその通りだが、あのとき隼人の胸を掠めたのは、善悪より何より、遠野を人殺しにしたくないという思いだった。

半日前、旅立ちの村で突然動かなくなった村人たちを見ていたせいかもしれない。NPCはゲームの中にしか存在しないのかもしれないが、確かにこの世界で生きている。息をして、瞬きを繰り返し、こちらが呼びかければ振り返る。そして何より、生き物としての揺らぎがある。

NPCが事切れて地面に倒れ伏せば、それはやはり死体にしか見えないだろう。

ゲームの中だろうがなんだろうが、NPCを殺めれば本当に人を殺めた気分を味わうはずだ。

そうなったら、きっと遠野は後悔する。心に深い傷を負うかもしれない。自分のためにそんな思いはしてほしくなかった。

あの瞬間、正しいとか正しくないとかそんな考えは浮かばなかった。いつもなら真っ先に頭に浮かんだだろう祖母の顔すら出てこなかったくらいだ。

(……遠野のことしか考えてなかった)

こんなことは初めてで、隼人はベッドに入ってもなかなか眠りにつくことができない。

遠野の寝息に耳を傾けているのに眠れないのも、この世界に来てから初めてのことだった。

翌朝、夜が明けると同時に隼人たちは村を出た。

歩き始めてすぐ、遠野がしみじみと呟く。

「ゲームの世界は便利だよな。昨日あれだけ歩いたのに筋肉痛一つないんだから」

「……言われてみればそうだな。六時間もぶっ通しで歩いたはずなのに」

疲労感も全く残っていないなんて現実ではあり得ないことだ。

他愛もない話をしながら、今後の方針についても話し合う。何はなくとも魔王城を目指す方向で互いの意見が一致した。主人公と親友の戦闘は、魔王が待ち構える玉座の間に入る直前で発生するらしい。そこまでいかない限りは安全だろうというのが遠野の見立てだ。魔王城までの道のりは遠いが、聖水を駆使すればなんとかなりそうだ。

「綾瀬と俺が別々に行動して、俺一人で魔王を倒したらどうかとも思ったんだが、別行動中にまた昨日みたいなことが起こっても困るしな……」

歩きながら遠野が空を見上げる。頭上に広がる空は春先のような薄い水色だ。雲も少なく、空のどこにも四角く切り抜かれたような闇はない。

「それでちょっと考えたんだが、綾瀬に親友以外の役どころを与えたらどうだろう?」

一緒になって空を見ていたら横から急に顔を覗き込まれ、驚いて歩調が乱れた。「役どころ?」と問い返すと、真顔で頷き返される。

「たとえば、恋人同士のふりをしてみるとか」

隼人は遠野の横顔を見上げ、たっぷりと五秒は沈黙してから声を上げた。

「恋人って、俺とお前がか?　男同士で?」

「他に妙案があったら教えてくれ。俺には何も思いつかなかった」

前を向いて答える遠野の顔は真剣そのものだ。本気らしい。

これまで恋人を作ったこともない隼人はうろたえて、遠野の横顔から目を逸らす。

「さ、さすがに不自然だろう、男同士で恋人なんて。せめて兄弟とか……」

「俺とお前は同い年だろ。そっちの方が不自然じゃないか?」

「じゃあ従兄弟とか、親戚でもいいだろうが」

「それも考えたんだが、主人公と親友は小さな村で育った幼馴染みだ。この世界の村は本当に住人が少ないからな。村人全員に血縁関係がある可能性も否めない」

従兄弟や親戚では、ゲーム内の展開を覆せるほど大きな変化にならないということか。

意外と真面目に考察しているようで、「馬鹿馬鹿しい」と一蹴（いっしゅう）することができなくなってしまった。

遠野は最初から、隼人を助けることを第一条件に行動している。今回の提案も軽いノリや冗談で口にしているわけではないのだろう。遠野が勇者であることをやめようとしているように、自分もゲーム内で与えられたポジションを外れるべく努力をするべきなのかもしれない。

「でも、遠野はそれでいいのか？　俺と恋人のふりなんかして、嫌じゃないのか……？」

「お前の生死がかかってるんだ。恋人のふりくらい嫌じゃない」

即答して遠野は笑う。無理をしているようには見えない笑顔だった。少しでも嫌そうな顔をされたら「そこまでしなくていい」と断るつもりだったのだが、これでは断りにくい。

「……そういうことなら、よろしく頼む」

他に案もないので了承し、でも具体的にどうやって恋人のふりをするのだ、と尋ねようとしたら横からむんずと遠野に手を摑まれた。ぎょっとして腕を引こうとしたが、遠野の力が強くて振り払えない。

「な、な……っ、何を急に……⁉」

「何をって、恋人のふり。あ、手をつなぐより腕でも組んだ方がよかったか？」

けろりとした顔で問い返され、無言で首を横に振った。

「だよな、腕組んでるととっさのとき動きにくいし」

片手をしっかり隼人とつないだまま遠野が笑う。

隼人はどんな顔をすればいいのかわからず、とっさに遠野から顔を背けた。

「こんな、誰もいない場所で手をつなぐ意味なんてあるのか……？」

「ゲームの判定システムがわからないからなんとも言えないが、恋人らしい行動をとってる時間がカウントされてるような気がするんだよな。ＮＰＣなんて俺たちの行動ほとんど見てないし。検証も兼ねて、とりあえず起きてる間はこうして手をつないでおこう」

遠野は至って冷静だ。手をつなぐことなどなんとも思っていないらしい。城の後ろの山に登ったときも隼人の手を取って歩いていたし、他人と手をつなぐことに躊躇（ちゅうちょ）がないタイプか。

けれど隼人は落ち着かない。恋人を作ったこともなく、他人と触れ合った経験だって極めて少ないだけに、いつまで経っても指先がじたばたしてしまう。

せめて気を逸らすように空を見上げ、頭上に黒い欠けが現れないか何度も確かめた。

旅立ちの村が近づいてくるとさすがに遠野も緊張した面持ちになったが、一日ぶりに戻ってきた村はすっかり元の平穏さを取り戻していた。村人たちはこれまでと変わらず辺りを歩き回り、声をかければ「ここは旅立ちの村だよ」と笑顔で返してくれる。

宿屋の主人も普段通りだ。隼人たちが泊まっていた客室のキャビネットには、城の備品を売り払った金がそっくりそのまま残っていた。

「見た感じ、綾瀬が言ってたような異変はないみたいだな」

窓辺に立った遠野が空を見ながら言う。村が元通りになっていたのは何よりだが、自分が見たあの光景はなんだったのだろう。隼人は客室の椅子に腰を下ろして大きな溜息をついた。

「……何か、おかしなことが起こるタイミングとか、条件のようなものがあるんだろうか」

独り言のように呟くと、遠野もテーブルの向かいに腰を下ろした。

「俺もちょっと考えてみた。綾瀬が見たのは、前に俺たちが山に登ったとき遠くに見えた、あの歪んだ景色だったんだよな?」

「そうだ、空が四角く切り抜かれたように見えた」

遠野はしばし沈黙した後「これは俺の想像なんだが」と前置きしてから言った。

「この世界は、俺を中心にした半径数キロぐらいしかちゃんと生成されないんじゃないか?」

言いながら、遠野はテーブルの上に指先で長方形を描いてみせた。

「昔のRPGはテレビ画面の中央に常に主人公がいて、カーソルを右とか左に動かすと周りの画面が移動したんだよ。どこまで行っても主人公はテレビの中央から動かないけど、周りの景色が動いてるから移動してるように見える」

指先で描いた長方形のど真ん中に遠野は指を立てる。

「この世界も同じ作りになってるんじゃないか？　すべてのフィールドが完全に存在しているわけじゃなくて、俺が近づいて初めてきちんとした形になる。そう考えると、俺がこの村を離れた途端に空が欠け始めたのも納得がいく」

テーブルに突き立てられた遠野の指先を無言で見詰めていた隼人は、ゆっくりと遠野の言葉を呑み込んで顔を上げる。

「山頂から周囲を見回したとき、遠くの景色だけ黒く塗りつぶされたように見えたのはそのせいか。なるほど、遠野を中心に……。安全なのは半径何キロくらいだろう」

「俺一人で城に行く程度ならなんの問題もなかったし、結構範囲は広そうだよな。ここから隣村までの距離がぎりぎりのラインってとこか」

「お前のそばにいる限りは、あんなふうに世界が崩れることもないというわけか？」

「多分な。まだ確証はないけど」

遠野が片手を差し出してくる。握手を求めるような仕草につられ、うっかり自分も手を差し出すと、しっかりと手を握られた。

「これでもう、絶対離れ離れになれなくなったな。恋人のふりをするって理由ばかりじゃなく、どこにいても手はつないでおいた方がいいかもしれない」

横並びで歩いているときならまだしも、こんなふうに向かい合った状況で手をつながれてどきりとした。どこを見ていればいいのかすらわからなくなって目が泳ぐ。

「そ、それほど警戒しなくても、何キロも離れない限り問題ないんだろう？」

「でも外を歩いてるとき、うっかりお前が川に転げ落ちたり、谷底に足を滑らせたりしたらどうする。数キロ離れるのなんてあっという間だぞ」

そこまで間抜けではない、と言いたいところだが、わからない。何しろ自分はこの世界の知識が少なすぎる。

「……だとしても、今は手をつなぐ必要もないだろう」

ぼそぼそと反論すると、ようやく遠野の手が離れた。勢いよく手を引っ込めると、芝居がかった仕草で肩を竦められる。

「仮にも恋人同士なんだからそう露骨に嫌がるなよ。傷つくだろ？」

冗談めいた口調の中に一抹の本音が隠れている気がして、隼人は慌てて首を横に振った。

「嫌というより、慣れないだけだ。恋人も、いたことがないし……」

うっかり言わなくてもいいことを口にしてしまった。遠野も驚いたような顔をしている。

「恋人、作ったことないのか？　綾瀬が？　意外だな」

「何が意外なんだ、こんな不愛想な男にそうそう恋人がいてたまるか」

「そうか？　お前、言うほど不愛想じゃないだろ。頑固で融通が利かないところはあるけど、説明すればちゃんと納得してくれるし」

「それはお前が気長に説得してくれたからだ。普通は途中で放り投げるぞ、俺みたいに面倒くさい奴」

きっと遠野だって、こんなわけのわからない世界に放り込まれなければ隼人と深く関わることもなかっただろう。入社から五年も同じ部署で働いていたのに、ここに来るまでお互いほとんど相手のことを知らなかったくらいだ。

フォローは結構とばかり仏頂面を浮かべた隼人を見て、遠野は苦笑を漏らす。

「そういう面倒くさいところを差し引いても、これだけ綺麗な顔してるんだ。恋人の一人や二人いそうなもんだけどなぁ」

ごく自然な仕草で遠野が隼人に手を伸ばす。客室に置かれたテーブルは小さく、あっという間に指先が隼人の前髪に触れた。前髪を横に払われ、正面から互いの視線が交差する。

これまでだって何度となく顔を突き合わせてきたはずなのに、なぜか遠野は初めて隼人と視線を合わせたかのような表情で目を見開いて、それきり動かなくなってしまった。

どういう反応だ、と訝しく思いながら、「お前だって随分男前だろうが」と言い返そうとして、やめた。互いを褒め合うのが急に恥ずかしくなったのと、改めて遠野の顔立ちが精悍であることを実感してしまったからだ。

（遠野が男前なのはわかっていたが……ここまでだったか？）

長くそばにいるうちに解像度が上がったのだろうか。むしろこれまで自分は遠野の顔にちゃんとピントを合わせていたのかと疑うほどだ。まじまじと遠野の顔を見ていたら、ぱっと視線を逸らされた。同時に前髪に触れていた手も離れる。

「まあ、こういうのはご縁だからな」

口早に言って遠野は椅子を立ってしまう。そのまま窓辺に近づいて、あ、と小さな声を上げた。

「綾瀬、村はずれに毒消し草を探してる人がいたんじゃなかったか?」

呆けたように遠野の背中を見ていた隼人は、我に返って椅子から立ち上がった。

「そうだった！　危ない、余計に一日待たせてしまうところだった。届けに行ってくる！」

隣村で買ってきた毒消し草を引っ摑んで廊下に出ると、遠野も振り返って「気をつけろよ」と手を振ってくれた。

宿から外に飛び出した隼人は、村はずれまで一直線に駆け抜ける。走りながら頰に手の甲を押し当てると、なんだかやけに熱く感じた。遠野に前髪を払われた瞬間、互いの間に流れた妙な空気を思い出すとますます熱が上がっていく。

なぜあんな空気になってしまったのだろう。面と向かって互いを褒め合うのがいけなかったのか。遠野が恋人の話なんて持ち出したからか。思い返せば遠野が恋人のふりをしようと言い出したときから、ふわふわと気持ちが定まらない。

(遠野は本気で俺の身の安全を守ろうとしてくれているのに……こんな浮ついた気持ちでどうする！)

毒消し草を村人に渡して宿に戻ったら、普段通りの顔で遠野に話しかけよう。恋人なんて言葉一つで動揺したことが遠野にばれないように。

そう自分に言い聞かせ、隼人は村はずれまでの道をひた走った。

とにもかくにも魔王の城へ到着する。運がよければその道中で、魔王を倒す以外に元の世界に戻れる方法が見つかるかもしれない。そう結論づけ、二人は再び旅立ちの村を出た。

村を出る際、隼人はなるべく平静を装って遠野に片手を差し出した。

「つないでいくんだろう?」

なるべく自然に、当たり前の顔で切り出すつもりが、緊張しすぎて仏頂面になってしまった。嫌がっていると勘違いされるのでは、と不安になったが、遠野は前日の微妙な空気など払拭した笑顔で「よっしゃ、恋人つなぎしようぜ」などと言って隼人の手に指先を絡ませてきた。

節の高い遠野の指が指の間に滑り込んできてぎょっとする。遠野はそんな隼人を見て楽しそうに笑っていて、底なしに明るい笑顔に救われた。

こまめに聖水を振りかけながら隣村へ向かう。一人でこの道を歩いたときは、自分の進んでいる方向が正しいのかわからずずっと不安だったが、今回は隣に遠野がいる。遠野がそばにいれば空が欠ける現象も起こらないようだし、ようやく周囲に目を向ける余裕も出てきた。

辺りに視線を配りながら歩いていると、頭上で乾いた布がはためくような音がした。空を見上げて目を見開く。尾の長い大きな鳥が二十羽ほど、V字の隊列を組んで空を翔けていた。

鳥の胴体はメタリックな紫で、巨大な翼は鮮やかな赤に黄色の模様が交じっている。飛行の軌跡を空に残すような長い尾は金色だ。赤と金の華美な鳥が隊列を組んで飛んでいくのは、緻密なペルシャ模様の絨毯を空に広げたような壮麗な光景だった。

ぽかんと口を開けて鳥の飛翔を見上げていたら、ふっと空気の掠れるような音がした。隣を見れば、遠野が口元に拳を押し当てて笑いを噛み殺している。けれどすっかり興奮した隼人には、遠野の表情の意味を考えている余裕もない。

「遠野、今の見たか？　なんだあのド派手な鳥は！」

つないだ手を隼人に振り回され、耐えきれなくなったように遠野が噴き出した。

「何がおかしい」

「いや、お前が口開けて空見てるから、飛行機見てる幼稚園児みたいで、つい」

「飛行機どころじゃないだろう！　なんだあの鳥は？　こっちの野生生物か？」

「極楽鳥ってモンスターだけど……いい加減痛いって」

言われてようやく、興奮のあまり力いっぱい遠野の手を握りしめていたことに気がついた。

「す、すまん、つい……」

「いや、面白いからいい。口開けて全然動かないんだもんな。引っ張っても反応しないし」

「引っ張られてたのか？　気がつかなかった……」

「見惚(みほ)れるのもわかるよ。ゲームの中で見るよりずっと鮮やかで、俺もびっくりした」

「あんな色の鳥は初めて見た。もういないか？　間近で見たいな」

　再び上空に目を向けかけ、隼人は慌てて顔を前に戻した。観光に来ているのではないのだ。気を引き締めて歩き出したが、どうしても見慣れぬ動物や植物、日本とは異なる風景に視線が吸い寄せられてしまう。

　海外はおろか国内旅行もほとんどしたことがないだけに、何もかもが目新しい。都内ではお目にかかれないだだっ広い草原や、切り立った崖(がけ)、うっそうと茂る森の入り口を見るだけでも感嘆の声が上がった。そこに架空の生き物まで出てくるのだから素通りできるわけもない。

　何を見ても子供のように目を丸くする隼人につき合って、遠野もあれこれ解説をしてくれる。遠野はこのゲームの設定資料集まで買っているそうで、ゲーム内の気候や風土にもやたらと詳しい。ここはかつて海だった場所で、ここでは昔戦争があって、なんて話を聞きながら異世界を歩いて回るのは楽しかった。

　旅路を楽しんでいる場合ではないと何度も自分に言い聞かせたが、そのたびに遠野が「難しい顔してれば解決策が浮かんでくるってわけでもないだろ」と気楽に背中を叩いてくる。その笑顔があまりに明るいものだからつい気が緩んで、気づけば自ら遠野の手を引っ張り「あれはなんだ？」「これは？」と尋ねるようになっていた。

旅立ちの村から隣村へ。さらに進んで少し大きな町へ。海辺の村に立ち寄って、山を一つ越えてまた次の町へ。

移動中、遠野とはずっと手をつないでいた。町の中はもちろん、外を歩くときも。

遠野は行く先々で出会う人たちに、悪戯でも仕掛けるように隼人を恋人だと紹介した。相手はNPCなので動じることなく笑顔で相槌を打ってくれるが、不意打ちにうろたえるのは隼人の方だ。慌てふためく隼人を見ては、遠野は子供のように声を立てて笑った。

そうやって手をつないだまま村から町へ、また村へと渡り歩いていると、そのうち遠野が隼人の気持ちを先読みして言い当ててくるようになってきた。

たとえば森の近くを歩いているとき、ぶぅん、と低い羽音がして、隼人が視線だけで辺りを警戒していたりすると、すぐさま遠野が「ただの蜂だ、モンスターじゃない」と声をかけてきてくれたりする。道端に咲いた花に隼人が視線を奪われたときも、先んじて歩調を緩めてくれた。頭が二つある大蛇が道の向こうを横切ったときは、こちらが何も言わないうちから「綾瀬は爬虫類系が苦手なんだな？」とからかうように言ってきた。そして、わざわざ迂回路を通って蛇から隼人を遠ざけてくれる。

隼人が爬虫類を苦手としているのは事実だ。中でも蛇は一番恐ろしい。だが、どうしてそれが遠野にばれてしまったのかわからない。蛇が苦手だなんてばれるのは気恥ずかしいので、遠くに蛇が見えたときもなるべく怯えを顔に出さないようにしていたはずなのに。

不思議に思い、「どうして俺が蛇は苦手だってわかったんだ？」と尋ねると、遠野の唇に人の悪い笑みが浮かんだ。

「相手の心の中を覗き見できるアイテムがあるんだよ」

「はっ⁉　そんなものがあるのか⁉」

だとしたら、こちらの考えていることはすべて遠野に筒抜けではないか。動転して手を振り払おうとしたら声を立てて笑われた。

「冗談だ、ないよそんな都合のいいアイテム」

「な、ないのか？　本当に？」

もちろん、と頷かれて肩の力を抜いた隼人だったが、すぐにむっとした顔で声を荒らげた。

「こっちはこの世界のことを何も知らないんだぞ、妙な嘘をつくな！」

「そうか、そうだよな。悪かった、そんなに怒るな」

言葉とは裏腹に悪びれた様子もなく、遠野はなおも笑っている。慌てて手を引こうとした隼人の焦り具合がよほどおかしかったらしい。

隼人は唇をへの字に結び、ぐいぐいと遠野の手を引っ張った。

「遠野、あれはなんだ。あの石の像は」

「ん？　あれは妖精の女王の像。昔この辺りには妖精の村があったんだよ。モンスターに襲われて今はもう跡形もないけどな」

「やけにゴミが溜まっているな。少し片づけていくか」

遠野の顔からすっと笑顔が消える。「またか」とうんざりした声で呟かれたが聞き流し、ずんずんと妖精の村の跡地に向かって歩き出した。

「お前はもう……廃村を通り過ぎるたびに後片づけしようとするのはやめろって……！」

「廃材が積み上げられたままになっていては放火される危険もあるだろう」

「ＮＰＣはストーリーに関係のない犯罪はしないぞ」

「わからないじゃないか。ほら、行くぞ」

これまでも隼人は、町の広場にゴミが落ちていれば拾い集め、年老いた村人の住む家の周りに雑草が生えていれば黙々と草をむしり、村人から頼まれごとをすればどれほど遠野に「そのイベントを引き受ける必要はない」と言われても引き受けてきた。

「サラリーマンは世を忍ぶ姿で、実は修行僧とか、そういう話か？」

背後で呆れたように遠野が言う。隼人とて、する必要のないお節介だという自覚はあった。だが、目についてしまうと放っておけない。転がっているゴミ、伸びすぎた雑草、困った顔の人を見ると、ほとんど反射のように駆けつけてしまう。修行というより悪癖に近い。

一度だけ、毎度遠野を巻き込むのも悪いので困っている村人を無視しようとしたこともあったのだが、駄目だった。

——今、見て見ぬふりをしましたね？

そんな祖母の声が耳の奥で蘇り、足が竦んで動けなくなった。息さえ苦しくなって、あのときは急に具合でも悪くなったのかと遠野にいらぬ心配をかけてしまったものだ。

祖母のことを思い出すとそれだけで背筋が強張る。体の末端からすぅっと血の気が引いていく。

「綾瀬、どうした。蛇でもいたか？」

ふいに後ろから遠野に手を引かれ、反動をつけて歩みが止まった。振り返ると、遠野が心配そうな顔でこちらを見ている。

「へ、蛇……？　どこに——……」

「違う、蛇がいたわけじゃなくて、綾瀬がなんか怖い物でも見たのかと思ったんだよ」

どうして、と隼人は小さな声で呟く。

どうしてわかってしまうのだろう。頭の中に浮かんだ祖母の顔は、蛇より何より隼人が恐れるものだ。そんなこと、遠野にわかりようもないはずなのに。

隼人はじわじわと眉間を狭め、体を反転させて遠野に詰め寄る。

「遠野、やっぱりお前、人の心の中を覗き見するアイテムでも持ってるんじゃないか？」

「は？　いや、そんなもんあるわけないだろ」

「じゃあ何か勇者の特権で他人の心の声が聞こえるとか、そういう特殊能力があるんじゃないだろうな？　まだ俺に語っていない秘密はないか？」

遠野はたじろいだように後ずさり「あるわけないだろ」と答えるが、なんだか視線が定まっていないような気もする。

「遠野には前科があるからな。ゲームのラストで俺が死ぬことも黙っていたし……」

「それはお前を無駄に怯えさせないためだって言っただろ？」

「本当に俺の心は見えてないいんだろうな？」

「当たり前だ。それよりこの辺を軽く片づけていくんだろう？　早くしないと日が暮れるぞ」

先程とは一転して、今度は遠野に手を引かれて歩きだす。

隼人は遠野の背を見詰め、声には出さず心の中だけで遠野の名前を呼んでみた。心の声が聞こえているなら振り返るかな、と思ったが、遠野は振り返らない。

（遠野、おーい……、えー……、遠野のバーカ）

悪口を言ってみたが遠野は振り返らず、悪態をつくにしてもこんな小学生のような悪口しか思い浮かばない自分に呆れた。何をしているのだと思ったらおかしくなってきて、遠野の背後で笑いを噛み殺す。

学生時代、悪口を言えるほど親しい友人など隼人にはいなかった。友達が欲しいと思ったこともなかったが、周りの同級生たちが小突き合っている姿を見て、ほんの少し羨（うらや）ましく思っていたのだと今になって自覚する。

結局遠野に心の声が聞こえているのかどうかは確認できなかったが、下らない話に興じていたおかげで、頭に浮かんだ祖母の顔はいつの間にやら消えていた。

遠野が初めてレジェンド・オブ・ドラゴンをプレイしたのは小学六年生のときだそうだ。

小学生の頃、遠野は少年サッカーに所属していた。しかし同級生に自分よりずっと巧みな選手がいて、なかなか試合に出られない。同じように練習をしているはずなのになぜ、と思い詰め、中学に進学するのを待たずサッカーはやめてしまったらしい。

そんな遠野にとって、レジェンド・オブ・ドラゴンのラストは衝撃だった。主人公よりその親友に感情移入してしまい、親友が生き残る隠しエンディングなどは存在しないのかと何度もゲームをプレイし直したそうだ。

そんな経緯もあり、遠野はゲーム内の様々なことに精通していた。新しい村へ移動するときも、遠野の後をついていけば道に迷うこともない。

とはいえ遠野も人の子だ。ときには判断を誤ることもある。

その日は珍しく遠野が道を間違えて、途中で引き返すことになった。急ぐ旅でもないので時間をロスする分にはどうということもなかったが、問題は聖水のストックだ。聖水の効果は一瓶につきせいぜい三十分程度。今回は道に迷った分移動距離も増え、次の町に着く前に聖水が尽きた。

「……っ、あっぶねー！　今回こそ死ぬかと思った！」

日も暮れた空の下に町の光が見えてきたところでモンスターに襲われ、命からがら町に飛び込んだ隼人と遠野は、町に入るなり崩れ落ちるようにその場にへたり込んだ。

今回は鋭い爪をはやしたサルの集団に襲われた。キラーモンキーというらしい。長い爪以外は動物園で見るサルとほとんど変わらぬ見た目だったが、数頭のサルに取り囲まれて威嚇されるのは怖かった。本気で死の恐怖を覚えたほどだ。

地面に座り込んだまま、遠野は汗で額に張りつく前髪をかき上げる。

「綾瀬が小麦粉取り出したときはびっくりした……もう本当に駄目かと思った……」

「煙幕に使えるかと思ったんだ。実際あれで逃げられた部分もあるだろう」

「そうだけど、あれは通常アイテムじゃなくキーアイテムだ。本来だったら戦闘中に『使う』ってコマンド選んでも『使えません』って表示されるはずなんだよ。それを無理やり……」

「ゲーム用語を出されても俺にはさっぱりわからないんだが」

視線を落としてぼそぼそと喋っていた遠野が、キッと隼人を睨みつけてくる。

「それにお前、戦闘中に剣抜いただろ！　万が一のために武器は持たせたが、基本は逃げる一択だ！　嬉々として武器を抜くな！」

「嬉々とはしてない。だが、子供の頃は剣道を習っていたから少し懐かしくて……」

「どうりで様になってるはずだよ！　そうかと思ったら急に剣ぶん投げて、木の枝拾って敵に投げつけたりするし……！」

「思ったよりも鉄の剣は重くて扱いにくそうだったからな。でも小麦粉と木の枝をぶつけたおかげで敵も怯んで、どうにか逃げ出せたじゃないか」

「だとしても、お前の行動は完全に状態異常で錯乱してる奴の行動だからな⁉　その前だって、入れないって言ってる山に無理やり入ろうとするし……」

「あれは不思議だな。目の前に道があるのにどうして山に入れないんだ？　木々の間をすり抜けて先に進もうとすると強い風が吹いて押し戻される」

「そういう仕様だからだよ！　あの山は障害物みたいなもんなの！　ゲーム内じゃ、同じ山でも緑の山は越えられて黄土色の山は越えられないって明確な線引きがあるんだよ！　面白がってめげずに何度もチャレンジするな！」

遠野にとっては自明の理でも、ゲームに触れたことのない隼人にはさっぱりわからない。隼人としては現実にいるときと変わらぬ行動をしているだけなのだが。

とはいえ、ここのところ自分がはしゃぎすぎていた自覚もある。子供の頃から旅行やキャンプなどほとんどしてこなかった隼人には、連日珍しい土地を歩いて回るのが興味深くて仕方ない。聖水さえ絶やさなければ外歩きもさほど危険ではないらしいと認識してからは、気になるものを見つけては「あれは食べられるのか？」「あそこにいるのはモンスターか？」「こっちの道は行けないのか？」と遠野の手を引いてあちこち歩き回るようになってしまった。

「お前は本当に……幼稚園児だってもうちょっと大人しいぞ」

疲れ切った声に気づいて、隼人は遠野の手を握る指先からそっと力を抜いた。

「すまん。物珍しくて、つい……」

反省して俯いたら、緩んだ指先を強く遠野に握り返された。

「……いや、悪い。謝らないでくれ。急に敵に襲われて、ちょっと動揺した」

隣を見ると、遠野がばつの悪そうな顔でこちらを見ていた。

「八つ当たりだな。今日危ない目に遭ったのは俺が道を間違えたせいなのに」

「それは、お前が責任を感じる必要なんてないだろう。そもそも遠野がいなかったら最短ルートで旅を続けることもできないんだ。悪いというならあちこち寄り道していた俺が悪い」

「でもなぁ、山に入ろうとすると風に押し戻されるのは俺もちょっと面白くて、何度かチャレンジしちゃったからなぁ」

「お前が飽きた後も延々やめなかった俺を目の前にして、よく殊勝に反省ができるな？」

腹の底から感心した声を上げれば、遠野に肩を揺らして笑われた。

「明日からはお互いもうちょっと慎重に行くか。ちょうど気も緩んできた頃だろうし」

互いに息も整ってきたところで、遠野はゆっくりと立ち上がる。

「綾瀬もＬＯＤの世界を楽しんでくれてるなら、俺も嬉しいよ」

つないだ手を柔らかく握り返され、心臓が小さく跳ねた。言葉の通り嬉しそうに笑う遠野の顔を直視できなくて、ぎこちなく視線を逸らす。

遠野と手をつないで歩くことには慣れたつもりだが、最近ふとした拍子にどんな強さでその手を握り返せばいいのかわからなくなることがある。こんなふうに笑いかけられると特に。

今も上手く遠野の手を握り返せないまま、宿に向かって歩き出す。

日の落ちた町の中はすっかり暗い。外灯もなく、道沿いに並ぶ民家の窓から漏れる弱い光が辛うじて足元を照らしてくれるばかりだ。

人気のない通りを歩いていたそのとき、どこかで低い呻き声がした。声は遠野の耳にも届いたようで、互いに顔を見合わせる。

「遠野……今の声、どこからだ？」

「わからん。近くの家からじゃないかと思うんだが……」

声を潜めて喋っていたら、再び呻き声が上がった。今度は耳に意識を集中させていたので音の出所がはっきりわかる。右斜め前の家の中からだ。

「病人かもしれない、行くぞ」

言うが早いか隼人は遠野の手を引いて家に近づく。家の周りには囲いもない。道に面した腰高窓が薄く開いているのを見て、「どうしました！」と家の中に向かって声を張り上げた。

窓の隙間から室内が見える。寝室だろうか。狭い部屋にベッドがひとつと小さなテーブルが一つ。テーブルの上でろうそくの火が揺れる。

暗がりに目を凝らすと、ベッドの傍らに老女が倒れていた。胸元を握りしめ、苦しそうに呻いている。その姿を見るや、隼人は躊躇なく窓を開け放って窓枠に足をかけた。

「お前……っ！　ゲームじゃ玄関以外の場所から建物の中には入れないのに……！」

背後で遠野の焦ったような声がしたが、目の前には床に倒れている女性がいる。事は一刻を争うと判断して、窓枠を飛び越え家の中へ入った。

「大丈夫ですか、しっかりしてください！」

女性に駆け寄り、細い体を抱き起こしてベッドに横たえさせる。枕に頭をつけた女性はふっと目を開き、隼人を見て唇を震わせた。

「苦しい、苦しいわ……。ここのところ、お墓の掃除に行けなかったせいね。死んだ主人が悲しんでいるんだわ……」

急に説明的なセリフが始まった。背後で遠野も窓を乗り越えてくる気配がして、もしやと振り返ると渋い顔で頷かれる。これも何かのイベントのようだ。

「貴方、お願い、私の代わりにお墓の掃除に行ってちょうだい……この村の北にあるから」

女性は震える手を伸ばし、息も絶え絶えに訴える。隼人はしっかりとその手を取り、「わかりました」と力強く頷いた。直後、後ろから勢いよく肩を摑まれる。

「待て待て待て、勝手にイベントを引き受けるな……！」

「この女性を放っておけとでも言うのか？　こんなに苦しんでいるのに！」

明らかに体調を崩している病人を前に隼人の語調が荒くなる。遠野もベッドに横たわる女性を見て言葉を詰まらせたものの、迷いを振り切るように首を横に振った。

「墓掃除って、本当に掃除して終わりじゃないからな？　墓の裏からモンスターが出てきて戦闘になるんだぞ。それに、どんなに苦しんでてもその人はＮＰＣだ、放っておけ」

「できるわけないだろう、そんなこと！」

そんなことは正しくない。頭に祖母の顔が過り、一瞬で頬が青ざめる。

遠野は隼人の腕を引いて寝室の隅まで連れていくと、強くその肩を掴んだ。

「頼ってくる相手を優先して、自分を二の次にするのはお前の悪い癖だぞ。もうちょっと周りの言うことも聞け。そんなんじゃ元の世界に戻っても孤立しちまう」

そんなこと、今さら言われるまでもない。会社でも隼人は「よろしくお願いします」と頭を下げる顧客を最優先にしてきた。そうやって周りの負担も顧みず自分のやり方を押し通した結果、社内では誰からも声をかけられなくなったし、最後は顧客から激しいクレームを食らって担当を外されたのだ。

わかっている。でも放っておけない。祖母の顔が頭を過る。ここに祖母はいないのに。

理性と感情が揉みくちゃになって押し黙っていると、遠野にそっと肩を叩かれた。

「ここまで全然レベル上げもしてないのに、ポイズンワームと戦うのはさすがにキツイ。ほとんど勝てる見込みなんてないからな」

「……ポイズンワーム？」

「ああ、グリーンワームの上位互換だ。攻撃力が高いだけじゃなく、状態異常をこれでもかってほど仕掛けてくるやつで……」

曇った目で遠野を見上げた隼人は、目が覚めたように瞬きを一つする。

「グリーンワームって、あれか？　背中に棘のついた、南京玉すだれの……」

「そういえば、綾瀬は旅立ちの村でグリーンワームと戦ってたか」

「やっぱり、あの芋虫だな？　なら問題ない、対処できるはずだ」

打ち沈んだ表情から一転、隼人は自信に満ちた顔でベッドに駆け戻って女性に声をかけた。

「ご安心ください。明日にもお墓に行ってきます。あ、鍋だけ貸してもらえますか？」

「鍋？」と背後で訝しげな声が上がる。隼人は遠野を振り返り、力強く頷いた。

「確かに俺は社内で孤立しているが、その分いろいろな相手と衝突してやり合ってきた。見ていろ。植木職人とケンカしながら仕入れた知識は本物だぞ」

翌日、隼人は朝も早い時間から宿屋を出て、村の周囲に植えられた木を一本一本見て回った。

この世界には季節に関係なく様々な植物が茂っている。ナツメにユズリハ、モミジにマンサク、ドウダンツツジ。そしてやはりここにもあった、小さな花をつけたアセビだ。

旅立ちの村でやったのと同じ要領でアセビの殺虫剤を作り墓地に向かう。現れたポイズンワームはグリーンワームより一回り大きかったが、即席の殺虫剤をかけて回ればあっという間に退治できた。

「……またレベルが上がった」

隼人を案じて一緒に墓地までついて来た遠野が力ない声で呟く。空になった鍋を手に「よかったな」と声をかけると「よくはない」と怒ったような困ったような呆れたような、複雑な顔で言い返された。

ふと目を落とすと、墓地に転がっていたポイズンワームの死体がさらさらと風化していた。この世界のモンスターは命を失うと原形を保っていられなくなるようだ。

「よかった、死体の処理をする手間が省けて。さすがにあれを運ぶのは気色が悪い」

ポイズンワームのいた場所を見下ろして呟くと、遠野にさも意外そうな顔をされた。

「綾瀬もそんな普通のこと言うんだな。わりとまっとうな感覚の持ち主で安心した」

「まっとうだ。虫はそれほど苦手じゃないが、あの大きさはさすがに抵抗がある」

「だからって墓地に放置しようとは思わないんだな」

当然だ、と言い返そうとしたら、遠野に肩を叩かれた。

「なんだかんだとポイズンワームも倒しちまうし、さすが綾瀬」

遠野の唇に笑みが浮かぶ。その表情と、ごく短い言葉に、不覚にも息を詰めてしまった。

上司以外の人間から褒められるのは慣れていない。まあな、なんてさらりと言い返せたらよかったのだが、とっさに上手く反応ができなかった。言葉もなく鍋の取っ手を握りしめると、今度はぐしゃぐしゃと頭を撫でられる。

「そこで偉そうな顔の一つでもしてくれればなぁ。これっきりにしろよ、とか釘を刺せるんだけど、お前妙なところでいじらしい反応するよな」

「だ、誰がいじらしいだ！　それよりあの女性の家に行くぞ。病状が気になる」

動揺している顔を見られたくなくて、遠野の手を引っ張り足早に女性の家へ向かう。

家は昨日と同じく道路に面した窓が薄く開いていて、声をかけると窓際まで女性が出てきてくれた。

「貴方たち、お墓参りに行ってくれてありがとう。おかげで今朝はすっかり体調がいいわ。よかったら、お礼にこれを持っていってちょうだい」

女性は背中に手を回すと、なんの予備動作もなくその背後から剣を取り出した。小柄な女性の背丈の半分はあろうかという長い剣を見て、隼人は目を丸くする。

「……手品ですか？」

思わず尋ねてしまったが、女性はおっとりと笑って無言で剣を差し出してくる。

せっかくの好意を無下にすることもできず、隼人は礼を言って窓越しに剣を受け取った。

「あの程度のことでこんな高価そうな剣なんてもらっていいのか？」

女性と別れた後、剣を見せながら遠野に尋ねた。持ち手にも鞘にも美しい装飾が施された、見るからに値打ちがありそうな一品だ。遠野もしげしげと剣を眺めて首をひねる。

「墓参りイベントでもらえるのはこんな剣じゃなかった気がするんだけどな。それなりに防御力の高い盾かなんかだったような……」

「じゃあ、あの女性が渡す物を間違えたってことか？」

「NPCがそんな人間みたいなミスするわけもないし、単に俺の覚え間違えだと思う。しかし本当に、随分と綺麗な剣だなぁ」

隼人はしばらく剣を見詰めてから、それを遠野に差し出した。

「売るか？　少しは旅費の足しになるだろう。でなかったら遠野が持ったらどうだ？　見た目よりずっと軽くて扱いやすそうだぞ」

女性が感謝の気持ちを込めてくれた剣だ。手放すのは惜しかったが、資金も無尽蔵にあるわけではない。なるべく惜しむ気持ちが表情に出ないよう気をつけたつもりだったが、横目でこちらを見た遠野は、何もかもわかっている顔で微かに笑った。

「綾瀬は剣道習ってたんだろ？　俺は全然剣の使い方とかわからないし、お前が持ってた方がいい。あのばあちゃんだってお前が使ってくれた方が喜ぶだろ。今回は綾瀬のお手柄だしな」

「……いいのか？　今回も、俺の独断でイベントを引き受けてしまったが」

アセビの殺虫剤がポイズンワームにも有効だったからよかったようなものの、失敗したら遠野まで危険な目に遭わせていたかもしれないのだ。

危ないことをしている自覚はあった。それでも自分は、目の前で困っている人がいると素通りできない。正義感でもなんでもなく、射るような祖母の視線を思い出して足が竦む。

祖母が怖いなんて、いつまでも子供のような自分が恥ずかしくて俯くと、額に遠野の人さし指が添えられた。そのままぐいぐいと額を押され、力任せに顔を上げさせられる。

無理やり互いの視線を合わせると、遠野は少し困ったような顔で笑った。

「もう少し人の話を聞いてほしい気もするが、こうして結果を出されたらもう何も言えないだろ。お前の勝ちだよ」

勝ちも負けもないような気もするが、遠野はそんな言葉で隼人の独断を許した。

隼人は唇を引き結ぶ。そうしないとだらしなく口角が緩んでしまいそうだったからだ。「素直に喜べよ」と遠野が手荒に頭を撫で回してきて、やめろ、と言いながらも笑ってしまった。

笑いながら、この世界に来る前に打ち砕かれた自信がゆっくりと回復していくのを感じた。

(俺のやり方は、思ったほど間違ってなかったんじゃないか?)

旅立ちの村では、粘り強く村人に声をかけ続けて依頼を得ることができた。今回だって遠野からは危ないと止められたが、これまでの知識と経験を動員することで依頼を達成できた。

現実世界でも、多少強引に相手に踏み込んで要求を聞き出し、誠心誠意相手の要望を叶えようと努力すれば最後は顧客に満足してもらえた。この世界に来る直前には派手なクレームを食らってしまったが、あれはあの顧客に対する応対が間違っていただけで、根本的な仕事のやり方を改める必要はないのかもしれない。

　こちらの世界に来てからというもの、薄雲のようにずっと胸を覆っていた悩みが晴れていく。自然と足取りが軽くなり、遠野とつないだ手も大きく揺れた。だが、当の隼人はそんな自分の行動に気づいていない。必死で嬉しさを隠し、澄まし顔を保っているつもりでいる。

　隣を歩く遠野が笑いをこらえていることも知らないで、隼人はスキップでもしそうな足取りで歩き続けた。


　ＲＰＧゲームのプレイ時間は長い。単純に道のりが長いばかりでなく、途中で様々なイベントが挿入されるからだ。スタートからゴールまで、一直線に進んで五分で到着してしまっては誰も面白がってくれない。エンディングを迎えるまで、イベントという形であらゆる困難がプレイヤーには降りかかる。

　旅立ちの村を出てから順調に旅を続けていた二人にも、いよいよ避けがたい困難が立ちふさがった。

「やっぱりいるよなぁ、トロールが」

　武器屋と道具屋、あとは宿屋くらいしかない山間の小さな村の片隅で、切り株に腰かけた遠野が溜息交じりの声を上げる。隼人もその傍らに立ち、目の前の小さな畑を眺めた。畑は無人で、ほとんど野菜も育っていない。村には数名の老人がいるばかりで、真昼だというのに森閑とした雰囲気だ。

切り立った山に囲まれたこの村を抜けてしばらく進むと、行く手をふさぐように横たわる大きな山に、ぽっかりと開いたトンネルが現れる。遠野によるとトンネルを抜けた先には港町があり、そこから船に乗って新しい大陸に移動することができるらしい。

かつては多くの人がトンネルを行き来して、山間にあるこの村も活気に満ちていたそうだが、数年前からトンネルにトロールが棲みついて人々を襲うようになり、港町へ行き来する手立ても失われたきりだという。

魔王城に行くには、港から船に乗って新たな大陸へ向かわなければならない。隼人たちもトンネルを抜けたいのだが、問題はトロールだ。

遠野によるとトロールとは「半裸でどデカい角材を振り回してくる巨漢のオッサンを想像しておくと近い」らしい。そんな不可解な存在と対峙したいわけもなく、なんとかトンネルを通らず山の向こうに行けないか模索しているのだが、それらしきルートを見つけることもできないまますでに三日もこの村で足止めを食らっている。

「無理やり山を越えていくことは、やはりできないんだな」

周囲の山並みを見回し、隼人も小さな溜息をついた。

遠野と二人で何度か無理やり山越えをしようとしたが、少しも行かないうちに山頂からとんでもない強風が吹き降ろしてきて、前に進むどころか目も開けていられなくなった。この世界の山は踏破できるものとできないものが明確に線引きされているらしい。

ならばトロールに気づかれないようトンネルを抜けることはできないかと、今日は足音を忍ばせてトンネル内に潜入してみた。

村人たちが言う通り、トンネルの奥にはトロールがいた。しかも五体。トロールたちは通路のど真ん中で焚火を囲み宴会をしていて、どう足掻いてもその目を盗んでトンネルを抜けることは不可能だ。

実際にトロールを目の当たりにするまでは戦うことも念頭に置いていた隼人だが、「半裸でどデカい角材を振り回してくる巨漢のオッサン」という遠野の言葉が誇張でもなんでもないことを知り、すごすご村に帰ってきた。まさかトロールが身の丈二メートルもある巨体で、隼人の背丈とほとんど変わらない大きさの棍棒を軽々と振り回しているとは。ゲームの世界はいつだって隼人の想像を軽々と凌駕してくる。

「どうする。あいつらを倒さない限り先には進めないようだが」

隼人の言葉に、遠野は「そうは言ってもなぁ」と暗い声で応じた。

「レベル三十くらいあればトロールともまともにやり合えるだろうが、俺たちのレベル、多分三くらいしかないぞ。挑んだところで歯が立たないのは目に見えてるし、ゲームの中みたいに死んでも生き返れるのかどうか、今一つ確信が持てない」

「トロールに聖水をかけてみたらどうだ？」

「聖水はモンスターを怯ませることはできても、大したダメージは与えられない。聖水で倒そうと思ったら、二十五メートルプール一杯分くらい必要だろうな」

　他のアプローチを考えた方がよさそうだ。

「倒せなくても、トンネルからトロールを追い出せればいいんだろう？　だったら催涙ガスのようなものを使えば、トロールもトンネルから出ていくんじゃないか？」

「催涙ガスなんて、そんな都合のいいアイテムは……」

「ないなら作ればいいじゃないか。グリーンワームのときも作っただろう？　殺虫剤を。唐辛子のようなものがあれば、催涙ガスくらい作れるぞ」

　切り株に腰かけていた遠野が顔を上げる。雲間から日が差すように、こちらを見上げる顔に希望が差した。けれどそれはすぐに搔き消え、再び険しい表情になって首を振る。

「グリーンワームとトロールじゃ危険度が違いすぎる。一度上手くいったからって、元の世界の知識を過信するのもどうかと思う」

　話を打ち切るように、遠野が切り株から立ち上がる。

「今日のところはここで一泊して、明日は山を下りて町に戻ろう」

「墓参りをしたあの町か？」

「そうだ。いったん装備も整えたい」

「その前に、可能性があるなら一度くらいチャレンジしてみてもいいんじゃないか?」

遠野は横目で隼人を見て、これ見よがしな溜息をついた。

「……お前、宿屋に泊まってるオッサンのこと気にしてるんだろ?」

図星を指されて口ごもる。この村の宿屋には、隼人たちの他に五十代の男性宿泊客がいるのだ。港町に住む母親が病で倒れたと連絡を受けてこの村までやってきたそうだが、母親の病状を思うと夜も眠れないらしく、毎晩宿の外に出て空を見上げている。なまじ隼人たちの客室からその姿が見えてしまうだけに気になっていたのは本当だ。

そんな隼人の気持ちを見越したように遠野は断言する。

「何度も言うが、あのオッサンは無事母親に会える。そのオッサンも母親もNPCだ。ここでどれだけ足踏みしたってあのシナリオは変わらない。NPCのために焦って無理するな」

遠野に手を差し出され、何も言い返せずその手を取った。

遠野の言うことは正しい。だが、可能性があるならチャレンジしてみるべきではないか。

歩きながら村の周囲に目を向ける。山間の村は深い森に囲まれ、平地とは異なる植物も茂っているようだ。都合よく唐辛子が自生しているかはわからないが、唐辛子のように強い刺激を備える植物はあるかもしれない。

病に臥せっている母親を想い毎晩宿の外で立ち尽くしている男性を見過ごすのはやはり難し

い。たとえそれがＮＰＣであったとしてもだ。

（気づいているのに見逃すのは正しいことじゃない）

遠野と旅を続けるうちに、隼人の胸には元来の自信が戻りつつある。大人しく遠野に手を引かれて宿屋へ向かいながらも、その横顔には確信めいた表情が浮かんでいた。


「聖水が少なくなってるな」

翌日の早朝、山を下りる前に荷造りをしていた遠野がぽつりと呟いた。

「綾瀬、そっちにはあと何本くらい聖水残ってる？」

「十本くらいだな」

「それじゃ町までもたないか。ちょっと教会に買いにいってくる」

この世界の町や村には必ずと言っていいほど教会がある。ゲーム内で教会は、セーブポイントとも呼ばれているそうだ。

わざわざ二人で行くまでもないと思ったのか、「行ってくる」と言って遠野は一人で宿を出ていった。

宿に残った隼人は荷造りの続きをしたが、すっかり支度を終えてしばらく待っても、なぜか遠野が戻ってこない。早朝でまだ教会が開いていなかったのだろうか。

（それとも、また武器屋でも覗いているのか？）

遠野は武器屋に立ち寄るのが好きだ。何を買うわけでもないが、店に並んだ武器を眺めては「ドラゴンアックスって実物はこんな形なのか」「鎖鎌って戦闘中にどうやって使うんだろうな？」などと目を輝かせている。

暇を持て余し、隼人も宿を出ることにした。狭い村だ。外を歩いていれば遠野と合流するかもしれない。落ち合ったらすぐにでも出発できるよう、道具袋と剣を持って宿を出る。

（せっかく時間もあるんだし、唐辛子のような刺激のある植物がないか探してみるか）

遠野に言えば「ＮＰＣのためにそこまでしなくていい」と止められてしまいそうだし、今のうちにと村のはずれに向かって歩き出す。

村と森の境のような場所までやって来ると、じっくりと草木を見て回った。見慣れぬ植物を見つけたときは葉をちぎって匂いをかいでみたが、どれも青臭いばかりで期待したような刺激臭は感じない。

目を転じると、木々の向こうで何か赤い物がちらりと揺れた。

隼人とさほど背丈の変わらぬ木の枝に、濃い桃色の花が咲いている。キョウチクトウだ。

（キョウチクトウも、確か毒があったな……）

催涙ガスで怯ませるのではなく、もっと直接的な毒を与えてもいいのかもしれない。これも仕事で関わった植木職人からの受け売りだが、キョウチクトウは花だけでなく枝や葉、根、果物のすべての部分と、周囲の土壌にも毒性があったはずだ。

（枝にも毒が含まれているなら、生木を燃やした煙も有害物質を含むのでは？）

その煙でトロールたちを燻し出してはどうだろう。隼人は村を囲む木々を掻き分け、大股でキョウチクトウに近づき枝に手を伸ばした。

この状況を打開できるかもしれないと思ったら興奮して、勢い枝を折ってしまった。白い樹液が飛び散り、それが手にかかって慌てて後ずさりする。

樹液に触れたくらいでは問題ないだろうと思ったが、アセビの例もある。心なしか樹液のかかった手がひりひりしてきたような気がして、隼人は慌てて道具袋の中を探った。

（聖水で樹液を洗い流せば……いや、遠野から念のためにと毒消し草も持たされてたな。あれを使えば……？　でも毒消し草をどう使えばいいんだ、塗るのか、飲むのか？）

焦って道具袋を引っ掻き回したら、手元を狂わせ袋を地面に落としてしまった。中から聖水の瓶が転がり出て、慌ててその場に膝をついたら腰に佩いた剣の先が地面に当たり、剣まで取り落としてしまう。

地面に転がる聖水を右手でかき集め、空いた左手で剣を掴む。何をしているのだと自分に溜息をついたところで、背後からがさがさと木々を掻き分ける音がした。

「綾瀬⁉　何してんだ、そこはもう村の外だぞ！　聖水も撒かずに何やってんだ！」

言われてようやく村の外に出ていたことに気がついた。村を囲う木々を見ているつもりで、いつの間にか森の中に足を踏み入れていたらしい。振り返ればすぐそこに村が見える距離だったので全く気づかなかった。

すまん、と謝って立ち上がろうとしたら、駆けつけた遠野に腕を掴まれた。骨が軋むほどの強さに息を吞む。よほど怒っているのかとうろたえてその顔を見上げたが、遠野は隼人ではなく、キョウチクトウの花の向こうに視線を向けていた。

隼人も遠野の視線を追う。密に木々が生えているせいで、朝だというのに周囲は薄暗い。風が吹くと木々が揺れ、枝葉の間に凝った闇も揺れる。

影ではなく、何か黒い物体が木々の向こうで揺れていると気がついたのはその直後のことだ。柔らかく風になびくそれは、大きな布だろうか。

(黒い……マント?)

理解した瞬間、木々の間を泳ぐように大きなマントが近づいてきた。一直線にこちらに飛んでくるそれがただのマントではなく、黒いマントをかぶった何者かであると気がついたところで力任せに腕を引っ張られた。

「綾瀬、逃げろ!　ヤバい奴だ!」

まだ地面にしゃがみ込んでいた隼人は、勢い余ってその場に尻もちをつく。ゆるゆると近づいてくるマントの奥にちらりと髑髏の顔が見えて、ようやく目の前にいるのがモンスターなのだと理解した。

遠野は隼人の腕を引っ張ってなんとか立ち上がらせると、余裕を欠いた口調で叫ぶ。

「なんであんな奴がフィールドに……！　別のダンジョンの最深部にいるボスのはずだぞ！」

走りながら肩越しに振り返ると、はためいたマントの中からギラリと大きな鎌が現れた。白骨化した手が鎌を振り上げる。あんなものを振り下ろされたら一撃で首を刎ね飛ばされそうだ。

「あ……っ！」

焦るあまり木の根に爪先が引っかかった。体が宙を泳ぐ。転ぶことを覚悟して目をつぶったら、背中から遠野に勢いよく体当たりされた。

足が地面から離れかけていた隼人は村の中へと吹っ飛ばされる。地面に倒れ込み、慌てて振り返った先にあったのは遠野のほっとしたような顔と、その背後で振り上げられた大きな鎌だ。

ギロチンの刃のような大鎌が遠野の背中に振り下ろされる。ヒュッと鋭い風が立ち、村と森のはざま、薄暗い木々の間に血しぶきが散って、隼人は絶叫じみた悲鳴を上げた。

「遠野！　遠野！」

ドッと遠野が地面に倒れ伏す。その背後で再びゆっくりと鎌が振り上げられ、隼人はがむしゃらに地面を蹴って遠野に飛びついた。遠野の体のどこを摑んでいるのかもわからぬまま、死に物狂いで村に飛び込む。

首の裏で、鋭い刃物が空気を切る気配がして身が竦んだ。遠野と一緒に地面に倒れ込み、慌てて背後を振り返ると髑髏がゆっくりと顔を上げたところだった。

村の中まで追ってこられたらもう打つ手がない。歯の根も合わず髑髏の顔を見上げていると、木々の向こうに立つその姿が煙のように掻き消えた。

森に静寂が戻ってくる。必死で視線を巡らせるが髑髏の姿はどこにもない。さらさらと鳴る葉の音に耳を傾け、詰めていた息をドッと吐いた。

（逃げきれた、のか……？）

隼人は肩で息をしながら遠野に目を向け、鋭く息を呑んだ。地面にうつ伏せに倒れた遠野のシャツは背中が切り裂かれ、鮮血でぐっしょりと濡れていたからだ。

「と、遠野、しっかりしろ……！」

呼びかけてみても返事はない。近くを村人が通りかかり、震える声で呼び止めた。

「すみません！　どこかに医者はいませんか！　誰か、傷の手当てができる人は……！」

村人が隼人の声に気づいてこちらを向く。しかし返ってきたのは「さあ、それは知りませんが、この村に旅の人が来るのは久しぶりですよ」などという切迫感の欠片もない笑顔だ。

この瞬間まで隼人はまだ、NPCといえども自分たちと同じように思考し、感情を持っているのだと心のどこかで思っていた。

そうではなかったのだと、事ここに至って痛感した。瀕死の怪我を負っている人間を目の当たりにしても、NPCたちはそのことに言及しない。眉一つ動かさないのだ。

そうこうしている間も遠野の体からは血が流れ続ける。隼人は顔面蒼白になりながらも、遠

野の腕を肩に回して立ち上がった。ほとんど意識のない遠野を、引きずるように宿へと運ぶ。

なんとか宿まで戻って客室のベッドに遠野を寝かせると、隣のベッドからシーツを引きはがして遠野の胴に巻きつけた。傷口の上からきつくシーツを縛って止血をする。それくらいしか応急処置のしようもない。

山間の村には病院などなく医者もいない。そもそもこの世界に病院という施設があるのかどうかも謎だ。少なくとも、ここまでに立ち寄った村や町でそれらしい建物を見た記憶はなかった。

隼人はなす術もなくベッドの傍らに膝をつく。うつ伏せに寝かせた遠野の頬は紙のように白い。胴体に二重、三重に巻きつけたシーツにも、もうじわじわと血が滲み始めている。

（……俺のせいだ）

村から出たことに気づかずモンスターと遭遇してしまうなんて迂闊としか言いようがない。気が緩んでいた証拠だ。手製の殺虫剤が功を奏して調子に乗って、遠野に褒められていい気になって、余計なことをした結果がこれだ。自分が傷つくならまだしも、遠野をこんな目に遭わせるなんて。

「……遠野、ごめん、俺が悪い……俺が……」

両手で顔を覆ってぶつぶつと呟いていたら、額にふっと風がかかった。びくりと肩を震わせ、指の間から目を上げれば、うつ伏せになった遠野がこちらを見ていた。

遠野は相変わらず青白い顔で、苦しそうな顔をしているくせに無理やり笑う。

「……悪い、しくじった」

掠れた声で遠野がそう口にした瞬間、隼人の目からぼろりと涙が落ちた。

もうこのまま遠野は目を開けないかもしれないと危ぶんでいただけに安堵して、遠野をこんな目に遭わせてしまった罪悪感にすりつぶされ、医者も呼べない状況に絶望して、全部の感情が煮詰まって目から溢れてしまったようだった。

驚いたように目を見開いた遠野が何か言おうとしたのを遮り、隼人は涙声で言った。

「どうしてお前が謝る。悪いのは全部俺だろう、お前の言うことも聞かないで……」

傷が痛むのか、遠野は息を整えるように何度か肩を上下させてから口を開く。

「お前は、気づかないうちに、うっかり村の外に出た、だけだろ……」

「うっかりで済む話じゃない！　唐辛子の代わりになるものなんて探しに行こうと思わなければよかったんだ！　宿で大人しくお前の帰りを待っていればよかった……！」

喉を引きつらせて叫ぶ隼人を見て、遠野がふっと唇を緩める。

「俺が、すぐ帰らなかったのも悪い……。武器屋なんて覗いてる場合じゃなかった、な」

自嘲気味に呟かれ、隼人は激しく首を横に振った。

「遠野の言う通り、ＮＰＣのことなんて放っておくべきだった。見て見ぬふりをすればよかったんだ。お前がこんな目に遭ったって、村の人間は誰も振り返らないのに……」

項垂れると、またしても額に遠野の息がかかった。手を伸ばす代わりに、額に息を吹きかけて隼人を呼んでいるらしい。

青白い顔で緩慢な瞬きを繰り返しながら、遠野は微かに笑った。

「……気にすんな。恋人を守るのは、当然だろ」

軽口に応じる余裕もなく「誰が恋人だ」と返すと、遠野の目元に浮かんだ笑みが深くなった。

「お前に決まってんだろ……。これだけ体を張ったんだ、絶対このイベントで、確変来て……お前は俺の、恋人認定されてる……はず……」

だんだんと遠野の声が小さくなってきて隼人は息を吞む。遠野の瞼が完全に落ちて、あわや悲鳴を上げそうになった。寸前でそれを吞み込んだのは、遠野の肩が規則正しく上下しているのを見たからだ。眠ってしまっただけらしい。

隼人は部屋の入り口を振り返る。ベッドから入り口まで、点々と血の跡が残っていた。縫合と輸血が必要なレベルの大怪我だ。だが、この世界には医者も病院も存在しない。

（せめて薬を……なんだ、薬草か？　でもあれは、飲むのか？　傷口に塗るのか？）

毒消し草のときも同じことを考えた。この世界のことをあまりにも隼人は知らない。せめて何か役に立つ情報の一つもないのかと頭の中を引っ掻き回し、はたと目を見開いた。

遠野の呼吸が安定しているのを確かめ、慌ただしく立ち上がって客室を出る。そのまま隣の客室に向かい、おざなりにドアをノックして室内に押し入った。

隣の客室には、隼人たちと同じくこの村で足止めされている男性客の姿があった。病気の母親が心配で眠れていないのか、目の下に深いクマを作った男性に口早に尋ねる。

「突然申し訳ない！　以前貴方が話していた、妖精の秘薬について教えていただきたい！」

男性は突然部屋に乱入してきた隼人に怯むでもなく「妖精の秘薬ですか」と覇気のない声で応じた。

「妖精の秘薬は、妖精たちが月の雫（しずく）で作る薬です。どんな怪我や病気もたちどころに治ってしまう薬だとか。かつては妖精の村で手に入ったそうですが、村はモンスターに襲われ、妖精たちもどこかへ行ってしまいました。私も母のために探してみたのですが見つからず……。ただ、こんな噂（うわさ）を聞いたことがあります。妖精の村には、地下に続く隠し階段があったとか。もしかすると妖精たちは今も村の地下に潜んでいるのかも――」

数日前、初めて隼人たちが男性と喋ったときとそっくり同じ会話が繰り返される。

妖精の村には覚えがあった。以前遠野と立ち寄ったことがある。空き地の隅に風化しかけた妖精の女王像が立っていたあの場所だ。初めてこの会話を聞いたとき、なぜあの場で隠し階段のことを言わなかったのか遠野に尋ねたら「この会話を聞いた後じゃないとどんだけ探しても階段は見つからないんだよ」と返され、どういう意味だと首をひねった記憶がある。

どんな怪我も病気も治る薬。それさえあれば、きっと遠野の傷もふさがる。

隼人は慌ただしく部屋に戻ると、遠野が横たわっているベッドの傍らに再び膝をついた。

「遠野、俺は妖精の村に行ってくる。秘薬を持ってくるから、それまでどうにか持ちこたえてくれ」

声をかけてみたが遠野が目覚める気配はない。血の気は失せているが、その顔は深く眠っているようにしか見えない穏やかさで、無理に起こすことはせず宿を飛び出した。

ここから一番近いのは、以前墓参りイベントをしたあの町だ。妖精の村の跡地は、そこからさらに戻った場所にある。かなりの距離があることは間違いない。

山を駆け下りながら、聖水を出して全身に振りかける。ストックは十本程度。町まで持つかぎりぎりだったが、今は教会に寄っている時間も惜しい。一刻も早く薬を持って戻らなければ遠野が死んでしまうかもしれない。

遠野があんな大怪我を負ったのもすべて自分のせいだ。村と森の境界がわからなかったなんて言い訳にもならない。軽率すぎた、NPCを捨て置けなかった。

――今、見て見ぬふりをしましたね？

子供の頃に幾度となくかけられた祖母の言葉が耳について離れなかった。この世界に祖母はいないのに行動規範を変えることができない。その愚かさに、遠野が怪我を負うまで気づけなかった。そんな自分を走りながら何度も何度も罵った。

途中でモンスターに遭遇しかけ、聖水の効果が切れていることに気づいて慌てて聖水をかけ直しながら、なんとか山を下りたときにはもう太陽はてっぺんを過ぎていた。

聖水はすでに残り少ないが、ここから先は平地が続いている。山の中は視界が悪くてモンスターを避けることが難しかったが、ここなら遠くからモンスターを見つけて迂回して進むことも可能だろうと高をくくる。

山を下りてからも休まず走り続け、墓参りをした町の前までやって来る。

聖水を補充していくこともちらりと考えたが、モンスターと鉢合わせしても相手が身構える前に駆け抜ければなんとか逃げきれることもわかっていたので素通りした。追いかけてきたモンスターに後ろから体当たりされたり、石を投げられたりすることもあるので無傷で逃げ切れるばかりではないが、遠野の状況を思い出せばこんなものかすり傷とも言えない。

走りながら空を見上げる。だんだんと暮れてきた空には、四角い闇が点々と浮かび始めていた。遠野から離れすぎたせいだろう。

このまま走り続けたら、そのうち空だけでなく地面にまで四角い闇が現れ、ぬかるみに足を取られるように先に進めなくなってしまうのだろうか。闇が完全に辺りを呑み込んだらどうなるのだろう。

怖い。不安だ。

自分が闇に呑まれることよりも、妖精の村に辿(たど)り着くまできちんとこの世界が存在しているかどうかが怖かった。万が一妖精の村まで行き着けなかったら遠野に薬を渡せない。

（俺のせいだ、俺の――俺が悪い、俺が正しくなかった、俺が――……！）

今ならば、自ら納戸に飛び込んでも構わないと思った。

子供の頃、隼人を恐怖の底に突き落としたあの真っ暗な部屋。死の匂いが染みついた冷たい空気。閉じ込められると呼吸もままならなくなって、納戸に入りたくない一心で正しさを追い求めた。それは祖母の求める正しさだ。自分の願望が入り込む余地はない。

あの場所から二度と出られなくなってもいいから、遠野だけは助けたい。

苦しい息を抑えつけて必死で走っていると、突然背中を殴り飛ばされた。

衝撃に息が止まる。体が前に吹っ飛んで、前のめりに地面に倒れ込んだ。遅れて重たい痛みが背中全体に広がり、唾とも血ともつかないものを吐いて背後を振り返る。

もはや周囲の地形も曖昧な暗がりの中に、赤い光が二つ浮かんでいる。ブレーキランプのようなあれは、以前出会ったイノシシの目か。

目の動きからイノシシが体を低くしたのがわかる。再び突っこんでくるつもりだ。

隼人はもがくように立ち上がって近くの茂みに飛び込んだ。がさがさと草を掻き分ける音と、自分の心臓の音が耳について周囲の状況がよくわからない。背後からまだイノシシは追いかけてきているのだろうか。このまま進んで妖精の村に辿り着けるのか。

わからないがもう立ち止まれない。遠野のことしか考えられない。

茂みの中を闇雲に走り続けていたら、後ろからがぶりと肩に噛みつかれた。腕の一本や二本くれてやるつもりで勢いよく腕を振り回すと、背後で「いてっ！」と人の声がした。

聞き慣れた声に、隼人はびくりと肩を跳ね上げる。

極力空に視線を向けないように走っているうちにすっかり日は落ちて、空には大きな月が浮かんでいた。

月明かりに照らされたのは、山間の村で寝込んでいるはずの遠野だ。

「……遠野？」

信じられず名前を呼ぶと、遠野に荒々しく肩を掴まれた。後ろからイノシシに噛まれたと思ったのは、これと同じ力で遠野に肩を掴まれただけらしい。

「馬鹿！　一人でこんなところまで来るとか正気か⁉」

遠野は両足で大地を踏みしめ、腹から声を出して怒鳴る。肌がびりびりと震えるほどの声量だ。ほんの半日前、背中に大怪我を負って血を流していたというのに。

「遠野、お前、怪我は……」

「治った」

「まさか、あの怪我だぞ……！」

「治ったんだよ！　この世界はどれだけ重傷負っても、宿で休めば次の日には全快する！　医者も病院もいらない、宿屋で寝れば全部治る、ゲームのお約束も知らないで走り回るな！」

遠野の剣幕にすっかり気圧(けお)され、「す、すまん……」と小さな声で謝罪する。次の瞬間、遠野の顔が視界から消えた。

「無事でよかった……！」

遠野の肩越しに星空が見える。何が起こったのかわからず目を泳がせ、一拍置いてからようやく遠野に力いっぱい抱きしめられていることに気づいた。

「お前は本当に……今度こそ、死んだかと思った……！」

耳元で聞こえた遠野の声は震えていた。身じろぎするとますます強く抱きしめられて、合わせた胸から遠野の心音が伝わってくる。

怒っているのかと思ったが、違った。遠野は心配してくれたのだ。この世界の知識もないくせに余計なことばかりする自分を。それでも案じて、こうして駆けつけてくれた。

上手くいかない。何をやっても裏目に出てばかりだ。自己嫌悪も甚だしいが、それよりも今は、遠野が無事だったことに安堵する。


「――すまん」

他に言葉もなく呟いて、遠野の肩に顔を押しつける。その肩口がじわじわと濡れていくことに気づいていていただろうに、遠野はそれ以上何も言わず隼人の背中を叩いてくれた。


日も落ちてどこからモンスターが飛び出してくるかわからない状況で外を歩くのはさすがに危険だ。隼人はすでに手持ちの聖水を使い果たしているし、遠野のストックも残り少ない。無理に移動せず、明るくなるまでどこかに身を潜めていた方がよさそうだと判断して、隼人たちは手探りで一晩過ごせる場所を探した。

幸い近くに岩山があり、岩の割れ目に洞窟を発見することができた。中は思いがけず広く、隼人と遠野が並んで座っても十分足を伸ばせそうだ。少し身を折れば横になることもできる。

「焚火でもできたらよかったんだけどな。ライターも何もないから火起こしもできない」

隼人に追いついた瞬間は激昂を隠そうともしなかった遠野だが、岩壁に背中をつけ、隼人と隣り合って座る頃には、すっかりいつもの調子に戻っていた。

火はなくとも、月の光が洞窟に差し込んでくるので互いの顔がよく見える。こちらに横顔を向ける遠野の口元には笑みが浮かんでいて、頬にも血の気が戻っていた。

ここまで遠野と手をつないで歩いてきた隼人は、洞窟に入ってからも確かめるように何度も遠野の手を握り直した。大量の血を流していた姿を目の当たりにしていただけに、こうして隣に遠野がいるのは都合のいい幻覚ではないかと疑ってしまう。

遠野はそんな隼人を好きにさせ、夜空を眺めてのんびりと口を開く。

「目が覚めたら宿にお前がいなくて肝を冷やした。夢うつつでお前が妖精の森に行くとかなんとか言ってた気がして村を飛び出したはいいが、もうとっくにお前の周りの世界が消えてたらどうしようって気が気じゃなかった。けどお前、一度通ったきりの道順なんて曖昧で結構蛇行しながら進んでたんだな。おかげでなんとか追いつけた」

遠野はそこでいったん言葉を切ると、「まだ震えてんのか」と困ったような顔で笑った。

言われてようやく自分の肩や指先が小さく震えていることに気がついた。落ち着け、と苦笑交じりに言われ、隼人はおっかなびっくり口を開く。

「……怪我は、本当にもう、治ったのか？」

あの大怪我がほんの半日で治ったなんてまだ信じられない。あれだけ血を失ったのだしすぐに動き回れるはずもないのでは、としどろもどろに訴えると、遠野に声を立てて笑われた。

「こっちの世界に来た直後に逆戻りだな。目の前で起きてることは信じろよ。まあ、俺だって宿屋で目が覚めたときはたまげた。ゲームのキャラは宿屋に泊まれば全快するって頭ではわかってたけど、あんな大怪我も寝てるだけで回復するんだもんなぁ。でもよく考えたら、俺たちこっちの世界に来てからほとんど飯も食わずに生きてるし、現実世界の法則からとっくに外れてるんだろ」

服は台無しになったけど、などと笑って、遠野は大きく肩を回してみせる。

「基本的に敵と戦うこともないから装備は最低限でいいと思ってたけど、さすがに防具は新調した方がよさそうだな。鎖帷子(くさりかたびら)でも着込んでたらもう少しましだったろうし」

努(つと)めて普段と変わらぬ調子で喋ってくれる遠野を見詰め、隼人はぽつりと呟いた。

「……遠野。俺はもう、この世界で誰かから助けを求められても無視する。約束する」

体を遠野の方へ向け、深く頭を下げた。

「本当にすまなかった。反省してる。二度としない」

この世界に来てから、何度こうして遠野に詫びただろう。いい加減愛想を尽かされても文句は言えないと覚悟したが、返ってきたのは思いがけず穏やかな声だった。

「それが一番安全だろうけど、できるか？　お前は考える前に体が動くタイプみたいだから、難しいんじゃないか？」

「できる。どんなに難しくても――絶対に、やってみせる」

「決死の覚悟って感じだな」と遠野は苦笑を漏らす。

「どうしてお前はそんなに他人を放っておけないんだろうな？」

改めて問われ、隼人はゆっくりと顔を上げた。

「……理由なら、わかってるんだ。子供の頃から、祖母がいたから」

「祖母ちゃんに厳しくしつけられたとか、そういう話か？」

「そうだ。俺は未だに、祖母が怖い」

祖母の話を他人にするのは初めてだった。とうに成人した男が何を子供じみたことを、と笑われることも想定していたが、遠野は隼人を笑わなかった。

「未だにお前の行動を縛ってるくらいだから、よっぽどだな」

茶化すでもなく真剣に応じられ、ふいに喉の奥から空気の塊のようなものがこみ上げてきた。言葉になる前の雑多な感情が、聞いてくれ、と勢いよく喉元までせり上がってくる。

とっさに唇を引き結んだが、喉が痙攣するように震えるのを抑えられない。黙りこくっていたら、つないだ手を軽く揺すられた。

「なんだよ。そこまで言ったなら全部話せよ、気になるだろ」

こちらのためらいを見透かしたかのように、遠野が背中を押してくれる。

こいつのこの懐の深さはなんだろうなと思ったらふっと唇が緩んで、隼人は喉の辺りでわだかまっていた想いを解放する。これまで誰にも話したことのなかった個人的な話は、直前までなんの心構えもしていなかったとは思えないほどするすると言葉になって洞窟内に響いた。

隼人の父親は、いわゆる良家の出身だった。祖父の代から続く資産家の長男で、他に兄弟はなく、祖父の残した遺産で一家が悠々自適な生活を送れる、そんな環境で育った。

父は温和な性格で、学生時代から成績もよく品行方正、大学卒業後は叔父の経営する会社に就職した。

誰が見ても順風満帆だったその人生は、あるとき前触れもなく転覆する。

父親は、バーで働く女性に夢中になった。それも行き慣れている銀座の高級店ではなく、いわゆる大衆向けの安いバーだ。会社の先輩から「綾瀬君もたまにはこういう庶民の店に行ってみたらどうだ」と誘われたのがきっかけだった。

そのとき父が熱を上げていた相手こそ、後に隼人の母となる人物である。

父は母と結婚すべく隼人の祖父母を説得したが、当然二人は頷かなかった。特に祖母は目の色を変えて反対したそうだ。自慢の息子が質の悪い相手にたぶらかされたとでも思ったのだろう。綾瀬の家にそんな女はふさわしくないと、ほとんど半狂乱だったらしい。

そんな折、隼人の祖父が心筋梗塞で亡くなった。前日までぴんぴんしていたのが嘘のように呆気ない幕切れだった。

隼人の父親は、祖父の葬儀のどさくさにまぎれ母と駆け落ちをした。

家を捨て、仕事も捨て、父と母は二人きりの生活を始めて、一年後に隼人が生まれた。

母と一緒になってから、父は下町の小さな印刷会社に勤めたらしい。しかし社内の人間関係が上手くいかず退社。次の会社も、その次の会社も長く続かなかったそうだ。

それまで叔父の会社で、社長の親族としてのほほんと仕事をしていたつけが回ったのだろう。使えない、気が利かないと上司や同僚から罵られ、ふさぎ込んで家から出なくなってしまった。代わりに母が居酒屋やバーで働いていたらしいが、無理がたたって体を壊し、進退窮まった父親は最後に実家を頼ったらしい。

祖母は、隼人の父親が叔父の会社の下請け工場に就職することを条件に隼人たち一家を受け入れた。

母は祖母の家で養生をすることになったが、精密検査を受けるでもなく、家の布団に寝かされているだけだった。出戻ったばかりの両親に金銭的な余裕はなく、一度は家を捨てた負い目から、検査入院の費用を出してほしいと祖母に言いだすこともできなかったのだろう。

母が肝臓がんだとわかったのは隼人が小学校に入学して間もない頃のことだが、それから一年も経（た）たずに母は他界した。

母が生きていた頃も、亡くなってからも、祖母は一貫して隼人に厳しかった。

何か失敗すると納戸に閉じ込められた。理由はどれも些細（ささい）なものだ。学校に忘れ物をした、教科書の端を破ってしまった、算数のテストで計算ミスをした、近所の人から声をかけられたのに上手く挨拶（あいさつ）ができなかった。そんな理由で、祖母は隼人を納戸に押し込んだ。

隼人は納戸が怖かった。そこはずっと、母の病室代わりに使われていた部屋だからだ。

「ここならお台所から近いから、何かあったときすぐに私も気がつくでしょう」などと祖母は言っていたが、窓もないあの狭い部屋が病室として適していたかは甚だ疑問だ。

薄暗い廊下の奥にある納戸に横たわる母は日増しに顔色が悪くなり、隼人の中で納戸は死のイメージと直結していて、恐ろしかった。

母が亡くなった後は天井からぶら下がっていた裸電球も外されてしまい、納戸はいつも真っ暗だった。祖母がゆっくりと納戸の戸を閉める瞬間、幾度悲鳴を上げたかわからない。

「ここに閉じ込められるのが嫌なら、正しいことだけなさい」

隼人を納戸に入れるとき、祖母は必ずそう言った。

幼い隼人に、祖母の言う「正しさ」は難解だった。単に正しいだけでなく、周囲から褒められなければいけないのだとわかったのは小学校の高学年に上がる頃だ。

近所の人から「お孫さんはしっかりしてますね」「将来が楽しみですね」などと言われると、祖母は目に見えて機嫌が良くなった。というより、そういうときだけは張り詰めていた表情がほどけ、安堵して緩んだようにも見えた。

父親が駆け落ちした後、祖母は親戚からかなり心ない言葉をかけられたらしい。

「駆け落ちして家を捨てるなんて、母親の育て方が悪かったんじゃないか」

「きちんと子供を見ていなかったからこうなるんだ」

孫である隼人に対して病的なまでに厳しくなったのは、周囲から二度とそんな言葉をかけられたくなかったせいかもしれない。

一度だけ、大人しい父が祖母から隼人を庇（かば）ってくれたことがある。まだ子供なんだからそう厳しくしなくても、と。そんな父に向かって、祖母はぴしゃりと言い放った。

「甘やかした結果、貴方はそんな体たらくになったのでしょう。せめて孫だけでもまっとうに育てなければ世間に顔向けもできません。これ以上私に恥をかかせないでちょうだい」

以降、父親は仕事にかかりきりになり、ほとんど家に居つかなくなった。

家の中にいるときはもちろん、外出をする際も気の休まる瞬間はなかった。祖母は外聞を異常なほど気にする人だったので、交通ルールを守るのはもちろん、近所の人へ明るく挨拶をすること、ゴミが落ちていたら拾うこと、困っている人がいれば手を差し伸べることなど厳しくチェックされ、一つでもできていないと家に帰ってから納戸に閉じ込められた。

隼人が今もなお道端に落ちているゴミを無視できないのは、きっとそのせいだ。

ゴミだけではない。電車の中で具合が悪そうにしている人を見れば、席を譲るだけでなく一緒に電車を降りて水を買ってくるし、道を尋ねられれば道順を教えるだけでなく目的地の近くまで連れていく。やりすぎだ、と周りから言われたこともあったし、隼人が手を差し伸べた相手からさえ気味の悪そうな顔を向けられることもあった。そうすることで自分の予定が狂うこともあったが、それでもなお放っておくことができなかった。

この程度でいいか、などとごまかすと、後できっちり祖母に見抜かれた。多少自分が不利益を被ってでも最善のことをしなければ納戸に閉じ込められてしまう。その恐怖は、実家を出た今も変わらない。

「俺が他人を放っておけないのは、正義感でもなければ親切心でもなくて、ただ祖母が怖かったからだ」

そう話を締めくくると、黙って耳を傾けていた遠野に低く呻かれた。

「……それはもう、しつけの範疇を超えてる話だな」

「どうだろう。いい年をして未だに祖母を怖がっている俺がどうかしているのかもしれない」

「子供の頃からそれだけ恐ろしい目に遭ってれば、トラウマみたいになるのも当然だ」

遠野は自分のことでもないのに憤ったような声で言い、小さく息をついた。

「社内でどれほど周りと衝突しても、綾瀬が顧客の要求を最優先にするのはそのせいか」

「そうだな。それに、就職が決まって実家を出るとき祖母に訊かれたんだ。『社会に出たら貴方は一体何をするの。何がしたいの？』と」

「就活の最終面接より難しいこと訊いてくるな……。なんて答えたんだ？」

「まずは自分を採用してくれた会社に貢献したい。そのためにも、お客様を第一に考えた提案をしたい。満足度百パーセントを目指す。そう答えたら、脅された。万が一にも失敗したら、また実家に呼び戻すと」

ふんふん、と相槌を打っていた遠野の首の動きが止まった。何か聞き間違えたとでも思ったのか、「脅す？」と尋ね返され、首肯で答える。

「顧客に最大限満足してもらって、上司からも評価されるような結果を出さないとまた実家に戻されてしまいそうで怖かった。だから社内から出る不満には目をつぶって、自分のやり方を貫き通したんだ。顧客さえ満足してくれれば会社の業績も伸びるし、回り回って同僚や外注にもメリットはあるだろうと……」

でも、と続けようとして声が掠れた。ようやくふさがってきたかさぶたを無理やりはがすような痛みに言葉が途切れたが、遠野の手を強く握りしめてなんとか続ける。

「この世界に飛ばされたあの日、担当していた顧客が会社に怒鳴り込んできた」

それまで打ち合わせに参加していなかった古賀だけでなく、妻にまで「綾瀬さんとお話をしていると、上手く要望が伝えられなくて……」と言われてしまい、自分の足場が崩れていくような錯覚に襲われた。

自分のやり方は間違っていたのかもしれないと思ったら恐ろしくなった。こんなことを祖母に報告したら、すぐにも実家に戻される。

恥をかかせないでちょうだい、が祖母の口癖だ。隼人が何か失敗して、「育て方が悪かったから」などと周囲から言われるくらいなら、隼人を実家に閉じ込めておいた方がましだと考えてもおかしくない。祖母にはそれができるだけの財力もある。

想像しただけで青ざめる隼人を見て、遠野が慌てたように話に割り込んできた。

「そんなこと、わざわざ祖母ちゃんに報告しなければいいだけの話じゃないか？」

もっともだ。だが、実家に立ち寄れば必ず祖母は「仕事はどうです」と尋ねてくる。尋ねられれば答えないわけにはいかない。

「当たり障りのない返事をすればいいのはわかってる。でも『嘘と隠し事は一番恥ずべきことだ』と祖母から繰り返し言い聞かせられているだけに、上手くごまかせる気がしない……」

「……それだけ強固に刷り込まれてんだな」

遠野は唸(うな)るように呟いて、それきり黙り込んでしまった。呆れているのだろうか。まともな家でないことは自分でもわかっている。沈黙がいたたまれず、隼人は片手で顔を覆った。

「こんな理由で遠野に怪我まで負わせてしまって、本当に申し訳ない。現実世界でも周りに迷惑をかけるばかりで、俺は一体、何をやっているんだろう……」

泣き言のような言葉を漏らしてしまい、自分で自分が情けなくなる。間違ってばかりだ、と小さな声で呟くと、つないだままだった手を遠野にぐいっと引っ張られた。

「いや、別に間違ってはないだろ。お前がやってること全部を否定すんなよ」

引き寄せられ、互いの肩がぶつかって、至近距離から遠野に顔を覗き込まれる。

「前に綾瀬の案件をまとめた資料を読んだことがあるって話しただろ？　あのとき、ちゃんと顧客の意見を聞き出せるお前は凄いって本当に思ったんだよ。それから、針の穴に糸を通すようなあの工程表を見て、ちょっと感動したんだ」

洞窟内は薄暗く、相手との距離感がなんだか曖昧だ。遠野の息が頬に触れ、思った以上に互いの距離が近いことに気づいて「工程表……？」と返す声が掠れた。

「リフォーム中はお客さんが別の場所に家を借りなきゃいけないだろ？　賃貸物件をリフォームするとなったら、工事の期間は二重に家賃を払わなくちゃいけなくなる。だから工期は短いに越したことはないけど、さすがにあんなぎりぎりの綱渡りみたいな工程、俺には組めない。一日でもずれたら後の作業がめちゃくちゃになる。アクシデントとかあったらどうすんだ？」

ただでさえ距離が近いと思っていたのに、遠野がさらに顔を近づけてくるものだからどぎまぎした。

「そ、それは、アクシデントの起きる余地もないくらい徹底的に事前準備をして、それでも起こり得る不測の事態に可能な限り備えておくしかないだろう。細かく進捗をチェックして、工期がずれ込みそうなら、そうとわかった時点で関係者のところに確認に行くだけだ」

「そんなのめちゃくちゃ手間暇かかるだろ。最初から少し各工程に余裕をもたせておいた方がよっぽど安全だし手間もない」

「それは顧客のために最善を尽くしたことにならない」

脊髄反射並みの速さで言い返すと、ふっと遠野の顔に笑みが浮かんだ。

「お前のそういう信念みたいなもんがさ、あのびっしり字が並んだ分厚い資料から溢れてくるみたいで、こいつは本当にすげぇ奴だなって思ったんだよ」

「違う、俺はただ祖母が怖くて……結果が欲しくて、周りの迷惑も顧みずに突っ走ってただけだ。そんなやり方、正しいわけがない……」

　まあな、と遠野は苦笑を漏らす。

「ガッチガチに工程組んでるくせにお客さんの急な変更にも可能な限り応対してるんだもんな。そんなことしてたら社内の人間はもちろん職人さんたちにも無理を通すことになるだろうけど、お客さんは大満足だろうよ。リフォーム後に渡すアンケートの回収率も高いし、大体みんな『次回も是非綾瀬さんにお願いしたいです』って書いてる。実際お前やたらとリピート率高いし、お客さんが新しい仕事紹介してくれることなんかもあるだろ。だからあれだけ成績いいのかって納得したし、上司だってそれがわかってたからお前のちょっと無茶な仕事っぷりも黙認してたんだと思う」

つないだ手を、改めてしっかりと握り直される。

「だから、お前のやり方が全部間違ってたわけじゃないと思うぞ」

遠野の目元に浮かんだ優しい笑い皺から目を逸らせない。片手だけでなく、心臓まで大きな掌で包み込まれたようで息が浅くなった。

「クレームついたって話も、これまで打ち合わせに参加しなかった旦那が怒鳴り込んできたんだろ？　そりゃ旦那が悪いよ。全部奥さんに任せっきりで『思ってたのと違う』なんて言われても、打ち合わせにいらっしゃらなかったんだからそうなりますね、としか言えないだろ」

軽い口調で言い放たれ、隼人は途切れがちになる息を無理やり吐く。

「でも、奥さんからは……俺相手では上手く要望を伝えられないと……」

「怒り狂ってる旦那の手前、そう言うしかなかったんじゃないか？　奥さんまで一緒に怒ってたわけじゃないだろ？」

言われてみれば確かに、夫の後ろで妻は申し訳なさそうに俯いていた。

沈んでいた気持ちが浮上しかけたが、慌てて自分を戒める。

「そういう可能性もある、というだけの話だろう。それに、今回に限らず俺は随分と周りに負担をかけてきてしまったし……」

「周りに迷惑をかけてる自覚があって、お前自身がそれを気にしてるんだったら、ちょっとやり方変えてみたらどうだ？」

「か、変えろと言われても……俺はどうしても、顧客のことしか考えられない。相手の要求を断ると、理由をつけて最善を尽くすことを放棄してしまっているような気分になって……」

祖母の顔を思い出すとまた呼吸が浅くなる。肩で息をしていたら、「待て待て」と遠野が身を乗り出してきた。

「理由をつけてっていうか、実際理由があるだろ？　職人が渋るときはそれなりの理由があるんだから、その内容をちゃんと顧客に説明して、納得してもらえばいい。納得できれば客も満足する。何もかも客の言う通りに動くんじゃなく、こっちの都合も理解してもらう努力をしろよ。客だけじゃなく社内の人間も職人も納得して、万事丸く収まるのが本当の最善策だろ」

隼人は身じろぎもせず遠野の言葉に耳を傾ける。顧客だけではなく、仕事に関わるすべての人が納得する。それが本当の最善策だと言われ、目からうろこが落ちる思いがした。

「……そうか。そうだな、本当にそうだ……」

隼人は入社してからずっと、最優先にすべきは顧客で、身内は捨て置いて構わないと思っていた。ここで言う身内とは、社内の人間や外注の職人などだ。

なんの疑いもなくそう信じていたのは、隼人の祖母がそうしていたからに他ならない。

祖母は自身と家の外面を保つため、隼人や両親に無理を強いた。母親は近所の人の目に触れぬよう納戸に押し込まれ、父親は否応（いやおう）もなしに祖母の決めた職場へ通い、隼人は祖母の考える正しさを体現するために厳しくしつけられた。

そのことに、隼人は疑問を持ったことすらなかった。隼人にとって祖母は絶対だったからだ。まるで神様のように、断固とした姿勢で正しさを指し示してくれる祖母に従い生きてきた。

会社と社員、ひいては外注の関係も同じだと思っていた。会社の在り方を顧客に認めてもらうために、社員は無理を強いられても文句を言えないものなのだと。

でも違うのか。ごく小さな家族のルールを、社会に当てはめること自体が間違っていたのか。

「なあ綾瀬、もう一個気になってたんだけど、家を出るとき祖母ちゃんからなんて言われたんだ？　失敗したら実家に戻ってこいって、何をもって失敗したことになるんだ？」

目を見開いて考え込んでいた隼人は、遠野の少し憤ったような声で現実に引き戻される。

「失敗、というか……顧客に百パーセント満足してもらうことを目指すと祖母に告げたら、こう言われたんだ。『必ず実行なさい。もう二度とここに戻らずに済むように』と……」

茶の間に端座して、感情の汲み取れない冷淡な声で祖母はそう言った。

祖母と対峙したときの重圧感を思い出して身震いする隼人とは対照的に、なぜか遠野は肩透かしを食らったような顔になる。

「それ、脅しじゃなくてただの激励じゃないか？」

「激励？」と遠野の言葉を復唱する。祖母にはとても似つかわしくない言葉だ。

「……実行せよ、さもなくば家に連れ戻す、という脅しでは？」

「いや、違うだろ。あのセリフをどう解釈したらそうなるんだよ。その言い方だと俺には『こんな場所には二度と戻ってくるな』ってふうに聞こえたけどな」

まさか、と隼人は困惑気味に答える。あの祖母に限ってあり得ない。次々溢れてくる反論の言葉は、遠野にやんわりと押し止められた。

「もしかしたら祖母ちゃんも、お前に対して厳しくしすぎた自覚があったのかもしれないぞ。それにお前の親父さんは、まあ、いろいろやらかして実家に出戻ったわけだろ？　ああいうふうには戻ってくるなよ、みたいな意味もこもってたんじゃないか？」

まさか、と思ったが、今度は言葉にならなかった。遠野の言い分にはそれなりに筋が通っているような気がしたからだ。実際のところ祖母がどんな意図で隼人にあの言葉をかけたのかはわからないが、長年祖母の傍らにいた自分では一生到達できなかった解釈だとも思う。

同じ言葉でも、受け取り手によってこんなにも意味が異なってくるのかと驚いた。言葉は正しく使えば正しく伝わるものだと思っていたが、どうもそうではないらしい。

隼人はしばし沈黙してから、ゆっくりと顔を伏せる。

「俺は今まで、丁寧にヒアリングをして、できるだけ正しく顧客の要求を吸い上げてきたつもりだったが……そもそも相手の言葉をきちんと理解できていたのか自信がなくなってきた」

言い終えると同時に、弾(はじ)けるような遠野の笑い声が洞窟内に響き渡った。

「この流れでそんな心配するのかよ！　お前、単なる仕事馬鹿なんじゃないか？」

「……馬鹿かもしれない」

「よせよせ、お前がしょげてると調子が狂う」

遠野は洞窟の岩壁に背中をつけると、笑いすぎて乱れた息を整えるように大きく息を吐いた。

「綾瀬はもっと周りに相談とかした方がいいぞ。こうやって誰かと話すと、別の視点から物が見えるようになるだろ。問題に対するアプローチだって何パターンか出てくる」

「でも、そうやって相談を持ちかけたら相手の手を煩わせることにならないか？　祖母はいつも、自分でできることは可能な限り自分でやれと……」

「でもそうやって一人で突っ走って周りに迷惑かけることもあるだろ？」

身に覚えがありすぎてぐうの音も出ない。実際この世界でも失敗ばかりだ。また俯きそうになったら、遠野に軽く手を引かれた。

「どうせだったらこの世界でいっぱい失敗してけよ。ゲームなら安全に失敗できるんだから」

「安全？」

ほんの半日前、あれほどの重傷を負っておいて安全とは。

納得のいかない顔をする隼人を見て、遠野は苦笑を漏らす。

「この世界は完全に安全とは言い難いかもしれないが、それでも今回みたいに重傷負っても、宿で寝れば手術もしないで元通りだ。現実世界だったら多分死んでたぞ」

「それは確かにそうだが……」

「本物のゲームだったら、敵に倒されてもプレイヤーは擦り傷一つ負わないからな。失敗しても何度だってやり直せる。子供の頃、親戚のオッサンに『現実世界はそう簡単にリセットできないいんだぞ』とか絡まれたけど、現実じゃできないことができるって凄くないか？　現実の失敗にはそれなりにリスクが伴うけど、ゲームにはそれが一切ない。安心して何度でも失敗できる」

まともにゲームをしたことがない隼人にとって、遠野の言葉はときに難解だ。でも、今はすんなりと理解できた。

幼い頃から、隼人にとって失敗をすることは恐ろしいこと以外の何物でもなかった。どんな類の失敗であれ、祖母にばれれば納戸へと連れていかれる。自分の体の輪郭すら闇に溶けていくようなあの場所を思い出すと、未だに隼人の息は浅くなる。

失敗は何があっても避けなければいけないもので、だから隼人は自分が正しいと思うやり方を一本槍のように掲げ、その武器一つで周囲の状況をねじ伏せて正しい結果に持っていくしかなかった。

だが失敗が許される世界なら、武器を変え、戦略を変え、手を替え品を替えて、より良い結果を出すことだってできるかもしれない。戦略性だけでなく、粘り強さだって身につきそうだ。

「そう考えると、ゲームを単なる遊び道具と切って捨てるのももったいないな。祖母はいつも、ゲームなんて百害あって一利なしだと触らせてもくれなかったが……」

「偏見が過ぎるだろ」

「そうだな。祖母の言うことは間違っていたのかもしれない」

ぽろりと口から転げ落ちた言葉に、自分自身驚いた。これまで隼人は、祖母に反抗するような言葉を一度も口にしたことがなかったからだ。そんなことを考えることすら避けていた。でなければ、どうして自分が祖母に従わなければいけないのかわからなくなってしまう。

だが遠野と話をしていたら、祖母より遠野の言うことの方が理にかなっているように思えた。祖母は間違っていたのかもしれないとなんの抵抗もなく思えたし、神様ではなかったのだとあっさり認められた。

目の端で星が瞬く。遠い上空で星の光が弾けるたびに、自分を覆っていた呪いのような言葉がぽろぽろとはがれていくのを感じる。

夜はまだ深く、夜明けは遠い。それなのに、どうしてか視界が明るくなった気がした。

「少しは落ち着いたか？」

指先で軽く手の甲を叩かれ、頷く代わりにその手を握り返した。たちまち遠野の目元がほどけ、優しい笑みが唇に浮かぶ。

「綾瀬は表情よりも手の方がよっぽど感情豊かだよな。緊張すると指先冷たくなるし、不安になると手汗かくだろ。動揺すると指先がバタバタして、興奮するとぎゅうぎゅう握りしめてくるからわかりやすい」

隼人は目を丸くする。完全に無意識だった。旅の途中、遠野に自分の気持ちを先読みされてしまうはずだ。他人の心を覗く不思議なアイテムでもあるのでは、といくらか疑っていたのだが、種明かしをされてしまえばこんなに他愛のないことだったのか。

遠野はゆっくりと隼人の手を握り込むと、岩壁に凭れて小さく息をついた。

「今は、ちゃんと指先まで温かいな……。落ち着いたなら、よかった……」

吐息交じりの呟きがふつりと途切れる。急に黙り込んだ遠野を不思議に思ってその顔を覗き込めば、遠野が寝息を立てていた。怪我から回復したばかりなのに走り回って、さすがに消耗しているのかもしれない。

ずるずると遠野の頭がこちらに傾いてきて、隼人はそっと肩を貸す。

洞窟内に遠野の静かな寝息が響く。この寝息に耳を傾けていると隼人もすぐ眠りに落ちてしまうのだが、今日はまるで眠気がやってこない。それよりも、つないだ手から伝わるぬくもりや、肩にかかる温かな重みを感じて目が冴えてしまう。

隣で眠る遠野の存在をなるべく意識しないように目を閉じてみたが、耳元で聞こえる寝息が鮮明になっただけだ。ああ、と声を上げてしまいそうになり慌てて唇を引き結ぶ。

幼い頃から祖母に「正しくあれ」「規範を外れるな」と叩き込まれてきた隼人は、祖母の望みに沿うべくずっと努力をしてきた。自分の中にある、世間一般の「普通」から外れるものからも必死で目を逸らしてきたが、もう限界だ。

どうやら自分の恋愛対象は、異性ではなく同性らしい。

（いや、でも、もしかしたらまだ勘違いという可能性も――……）

最後の最後で悪足掻きをしようとしたら、寝ぼけた遠野に手を握り返され心臓が跳ねた。指先までどくどくと脈を打ち、もう自分で自分をごまかすこともできなくなる。

どうしてこんなタイミングで自覚してしまうんだと頭を抱えたくなった。せめて自分の性的指向を認めなければ、どんなに遠野を好ましく思っても親愛や友愛という言葉で片づけることができたのに。

一度自覚したらもう平気なふりなどできそうもない。こうして遠野と手をつないでいるだけで心臓が破れそうなくらい激しく脈打っている。

遠野が好きだ。こんなにも、大声で叫んでしまいそうなくらい。

だが、こんな気持ちは遠野を困らせてしまうだけだろう。世の中の大半は異性愛者で、遠野だってそうに違いない。

ゲームの世界にはＮＰＣしかおらず、まともに話ができるのはお互いだけというこんな状況で一方的な恋愛感情など押しつけられたら、遠野だってどう対処すべきか悩むだろう。すでにさんざん遠野に迷惑をかけている自覚があるだけに、これ以上遠野の重荷になるのは断固として避けたかった。

（……言わなければいいだけだ）

深呼吸を繰り返し、隼人は夜空に視線を向ける。

自覚したばかりの気持ちを、そっと胸に隠しておけばいいのだ。遠野だって直接言葉にされない限り気づくわけもないだろう。

(この気持ちは、絶対に隠し通そう……)

肩に頭を預けて眠る遠野に、隼人もそっと頭を寄せてみる。

恋心を隠すのではなく、この場できれいさっぱり消せたらよかったのだけれど、遠野の寝息に耳を傾けているだけで胸が苦しい。なかったことにするのは難しそうだ。

(せめて明日から、上手くこの恋心を隠すことができますように)

星に願いをかけるつもりで夜空を見上げ、隼人は切ない溜息をついた。

洞窟で一夜を明かした隼人と遠野は、夜明けとともに町に向けて歩き出した。

「ここからなら町まで一時間くらいで戻れるだろ。聖水の残りが少ないのは心許ないが、こそこそ行けばなんとかなるか。町で態勢整えたら妖精の村まで戻ってみてもいいかもな。怪我しても宿屋で寝ればすぐ治ることはわかったけど、妖精の秘薬があると何かと便利そうだ。体力全快するだけじゃなくてすべての状態異常も回復するから。あと、薬草も使ってみよう。ゲームのルールに則(のっと)るなら、薬草を使っても瀕死の状態から全快できるはずなんだよな……って、聞いてるか？」

歩きながらあれこれ喋る遠野に無心で相槌を打っていたら、横からひょいと顔を覗き込まれて危うく悲鳴を上げかけた。

「き、聞いてるに決まってるだろう！」

「そうか？　なんか上の空だったから。あと、妙に距離が遠いけどどうした？」

遠野は不思議そうな顔でつないだ手を見る。

洞窟を出るときは努めて普段通りに遠野と手をつなげたが、やはり意識しているのは隠しきれなかったらしい。気づけば互いの間に一メートルほどの距離ができていた。これまでは肩がぶつかる距離を歩いていたのだから、遠野から不審がられるのも無理はない。

「べ、別に、普通だ！　考え事をしていただけだ！」

「考え事してたんならやっぱり俺の話聞いてなかったんじゃないか？」

慌てて遠野の隣に立つと、仕方ないなと言いたげな笑みを向けられた。

うわ、と声が出そうになる。遠野の顔立ちが整っていることは旅の始めから理解していたが、旅を続けるうちに解像度が上がり、恋心を自覚した今はいよいよ視界にフィルターのようなものまでかかってしまった。昨日の夜、洞窟から見上げた夜空のように遠野の顔の周りにちかちかと光が飛んでいる。眩しくて直視できず、勢いよく遠野から顔を背けた。

「なんだよ、機嫌悪いな。妖精の村が気になるなら先にそっち行くか？」などと見当違いな優しさを発揮する遠野に、そういうところも好きだ、と口走りそうになって気が遠くなった。

（なんだこれは、全く恋心を隠せてないじゃないか……！）

　昨晩は飽きるほど遠野の寝顔を眺めていたし、さすがに少しは耐性もついたかと思いきや、遠野の瞼が開いた瞬間、心臓が爆ぜたかと思った。全身の毛穴という毛穴が開いて、頭のてっぺんから湯気が上がりそうなくらい顔が熱くなり、そんな自分の反応をごまかすために朝からラジオ体操などする羽目になったくらいだ。

　しょっぱなから不可解な行動に出てしまったが、幸い遠野にこの恋心はばれていないようだ。どうも遠野は、家族の話という個人的でデリケートな話をした直後で、隼人が照れていると勘違いしているらしい。遠野から不自然に顔を背ける隼人を見ても、不器用な子供を見守るような笑みを向けるばかりで深く問い詰めることもしない。

　遠野が妖精の村に通じる隠し通路の話などしている横で、隼人はつないだ指先がバタバタと暴れてしまわぬよう必死で指の動きを封じる。

　昨日まで、隼人は自分の性的指向を認めることができず、気になる相手がいてもそれが恋心だと気づくところまでいかなかった。となると、遠野に対して抱いているこれが実質初恋であり、そうそう器用に隠せるはずもない。

　遠くに目当ての町が見えてくる頃にはもう片想いの相手と手をつないでいるという精神の消耗に耐えきれなくなって、隼人は呻くような声を上げた。

「遠野……もう、恋人のふりをするのはやめにしないか……？　少なくとも、こうして手をつなぐのはそろそろやめてもいいと思うんだが……」

どの程度効果があるかもわからないし、とぼそぼそつけ加えたら、手を離すどころか強く遠野に手を握りしめられて肩が跳ねた。

「駄目だ。手を離すと綾瀬はすぐどっかに行っちまうだろ。昨日だって目が覚めたらお前の姿が消えてて、本気で肝が冷えたんだぞ」

「そ、そ、それは俺が悪かった……！」

動揺すまいと思っても指先が暴れてしまう。あたふたしていると、隼人の手を握る指の力がふっと緩んだ。離してくれるのかと思いきや、遠野は互いの掌を合わせて指先を絡める、いわゆる恋人つなぎをしてきて絶句する。

その反応を見て、遠野は悪戯が成功した子供のように屈託なく笑った。

「恋人同士なんだから、今さら嫌がるなよ」

こんなのただの冗談だ。わかっていてもドキドキしてしまう。そんな自分が恥ずかしいやら虚しいやらで、もはや溜息しか出てこない。

町に到着すると、まずは教会で聖水を大量に購入した。買い物を済ませて宿に向かう道すがら、何気なく町を囲む木々に目を向ける。

アセビにキンモクセイ、ハナミズキ。この辺りにはキョウチクトウは咲いていないのだな、などと思いながら木々を眺めていたら、遠野にぎゅっと手を握られた。

なるべく遠野を視界に入れないことで平常心を保っていたのに、あっさり心を乱された。過剰なくらいに体を跳ね上がらせ、あたふたと遠野を振り返る。

「なっ、なんだ！」

「何見てんのかなー、と思って」

「用があるなら声をかけろ、声を！」

空いている方の腕をぶんぶんと振り回したら、ベルトに引っ掛けていた道具袋に腕が当たって袋が地面に落ちてしまった。袋の口が開いて、買ったばかりの聖水が地面にばらまかれる。聖水の瓶が町の周りを囲う木々の向こうまで転がっていって、慌ててそれを追いかけた。

「そういえば綾瀬、山奥の村でモンスターに襲われたときもそうやって地面にしゃがみ込んでたよな」

「あのときもこうやって袋の中身をぶちまけたんだ。聖水をかき集めているうちに剣まで落としたものだから、空いている方の手で慌てて拾い上げて……」

こんなふうに、と左手で剣の柄(つか)を握りしめた、その瞬間だった。

木々の向こうで、ゆらりと黒いものが揺れた。そちらに目を向けるより早く、後ろから遠野に腕を摑まれ引き倒される。

町を囲う木々の隙間に大きく広がったのは、山間の村で見た黒いマントだ。その下から一瞬髑髏の顔が覗いたが、隼人が町の敷地内の地面に尻もちをつくと同時にふっとその姿は消えてしまった。

しばらくは、髑髏が現れた空間を見詰めて二人して動き出すことができなかった。

「遠野、あれ、昨日見たのと同じ……」

「……同じだな。本当ならこの先に出てくるダンジョンの最深部でしか会えないボスだ」

「なんでそれが町の外に？」

「わからん。俺たちが完全に町の中に入ると消えるのはわかったが……どういう条件で現れるんだ？　綾瀬、今何したか覚えてるか？」

隼人は目を瞬かせ、自分の両手に目を落とす。

「俺は、聖水を拾って、ついでに剣に手をかけて……」

「聖水は右手に？　何個だ？　四つ？」

遠野は少し考えるような顔をして、おもむろに道具袋から聖水を取り出した。それを四つ右手に持って、左手で自身の腰にぶら下げていた剣を持つ。そのまま町を囲む木々に近づいていくので慌てて止めたが、遠野が町の外に出ても周囲に異変は起こらない。

「……完全に持ち物が一致しないと駄目なのか？　綾瀬、悪いけどお前の剣貸してくれ」

「か、構わないが、無茶をするなよ……」

震える声で釘を刺すと「お前に言われたくない」と苦笑された。

遠野の左手に隼人の剣が渡る。瞬間、再び木々の向こうでぶわりと黒いマントが広がった。

隼人がその腕を引くまでもなく、遠野は大きな一歩で町の中に戻った。するとやはり、木々の向こうに透かし見えていた黒いマントも消えてしまう。

どういうことだと目を白黒させていると、遠野がぶつぶつと何か呟き始めた。

「ただのバグじゃない……特殊な状況を再現したら現れる……てことは、そうか、これまで綾瀬がやってきた奇怪な行動の数々は、デバッグ作業みたいなもんか……！」

一声叫ぶや、遠野が勢いよくこちらを振り返った。

「旅立ちの村でもちょっと変なことが起きたよな？　あのタイミングでは受けられるはずがないグリーンワームの退治依頼を受けてただろ。あのとき、お前どうやって依頼を受けたんだ？できるだけ詳しく教えてくれ」

遠野がぐいぐい顔を寄せてきて、隼人は激しく目を泳がせながらも必死で記憶を掘り返した。

「た、確か、畑仕事をしていた男性の後を追いかけて、歩きながら話をしたんだ。ろくに返事もしてもらえなかったが、相手が家に入るタイミングで何か困りごとはないか尋ねたら、庭に虫が大量発生して困っている、と……」

「家に入るタイミングって？　ドアノブに手をかけた瞬間か？　それともドアを開けた後？」

問われるまま、腕を組んで目を閉じる。そうすると、瞼の裏にあの日の光景がうっすらと浮かび上がってきた。

「ドアは……開いていた、と思う。相手の体は半分家に入っていたんじゃなかったか。反対の足はまだ外に残っているような中途半端な体勢で……」

「それだ！　相手の体が半分家に入ってたから、家の中にいる相手に話しかけたことになったんじゃないか？　だからイベントが発生するバグが生じたんだ」

興奮気味に喋る遠野に、はあ、と息が掠れるような声で相槌を打つ。

「バグというのは、そんなわずかなタイミングの差で発生するものなのか？」

「バグの種類もいろいろだからな。片足が家の中に入ってて、反対の足は外に出てるタイミングでNPCに話しかけるなんて、何十回もトライしてようやく一回再現できるようなバグだ。戦闘中に適当なコマンドを打ち込むことで発生するバグもある。製作者が予想していないような操作をすることで発生するバグを見つける作業を、デバッグって呼ぶんだ」

「そんな作業があるのか」

「学生の頃、ゲーム会社のバイトでやったことがある。けど……なかなかの地獄だったな。俺が担当したのはRPGだったけど、全フィールドの壁に体当たりしたり、戦闘中に意味のないコマンドを延々入力したりするばっかりで……発狂するかと思った」

あまり楽しい作業ではなかったようだが、概要はわかった。

「つまり、本来ならあり得ない行動をとることで、何かしらこの世界のルールに穴を空けることができるということだな？　だったら、そのやり方でトロールのいる洞窟を突破することはできないか？」

「いや、そう都合のいいバグばっかり起きるわけじゃないからな……。でも、全然別のゲームに、ラストダンジョン無視していきなりラスボス戦に突入するバグならあった。このゲームも、探せばもしかしたら……」

「そんなものがあるなら探すべきだ！」

いきなりボス戦に突入できるなら、その直前に起こる親友との戦闘イベントを回避できる。なぜ最初からその方法を試さなかったのかと不思議に思ったが、遠野いわくバグ探しはそう簡単なものではないらしい。

「全部のゲームに同じバグがあるわけじゃない。いきなりラスボス戦に突入するバグがこのゲームにあるかどうかもわからん。存在するかどうか定かじゃないものを探すのは難しいぞ。それに、ゲームの画面上なら三十秒で辿り着ける距離も、俺たちが実際に歩き回れば六時間だ。今行ける限りのフィールドをくまなく回るだけでも、気が遠くなるような時間がかかる」

「勝機もないのにトロールに挑んで大怪我をするよりはずっとましだ。宿で休めば回復すると言っても、怪我をすれば当然痛みはあるんだろう？」

実際に背中を鎌で切り裂かれている遠野は「それはまあ……」と言葉を濁す。

「正面突破以外の方法があるなら試すべきだ！　お前がやらなくても、俺一人で――……」

言いかけて、はたと隼人は口をつぐんだ。

自分が正しいと信じることを掲げ、周りの意見に耳も貸さず突っ走る。そうやって行動して、すでに何度も遠野に迷惑をかけてきたはずだ。現実世界でも同じようなことをして、それではいけないと気づいたはずなのに。

　もっと周りに相談しろ、と遠野は言った。その言葉を思い出し、隼人は一つ深呼吸してから尋ねた。

「俺は、遠回りでもまずはバグを探した方がいいと思う。闇雲に敵と戦うよりもそちらの方が安全だと思うが、どうだ？　遠野はどう思う？　もし他の考えがあるなら聞かせてほしい」

　他人に意見を求めることは相手を頼ることに似ていて、これまではなかなか実行することができなかった。甘えるな、と突き放されそうな気もして緊張したが、もちろん遠野はそんなことを言わなかった。

「……そうだな。魔王城まで辿り着けたとしても、ボス戦直前のイベントを回避する方法も思いつかないし、バグを探すくらいしか俺たちが元の世界に戻る方法はないのかもしれない」

　互いの意見が一致してほっとしたところで、遠野の唇に悪戯っぽい笑みが浮かんだ。

「でも、お前がやろうとしてた作戦でトロールを追っ払うのも、一回くらい挑戦してみようぜ。唐辛子の粉で催涙ガス作るんだろ？　この世界の唐辛子見つかったか？」

　隼人は目を丸くする。最初にそれを提案したときは、明らかに気乗りしない様子だったくせに。

「唐辛子はまだ……でも、代わりにキョウチクトウを見つけた。木の枝を燃やせば有毒な煙が出る。それをトンネル内に流し込めば、あるいは……」

「トンネルの入り口に木の枝積み上げて火をつければ話は早そうだな。山火事にだけは気をつけてやってみるか」

「い、いいのか？　危険じゃないか？」

「宿屋で一泊すれば怪我も完治するのがわかったからな。多少は危険なこともやっていこう。念のため妖精の村で秘薬ももらっておけば安心だろ」

思わずもう一度「いいのか？」と尋ねてしまった。

遠野は笑って、ごく自然な仕草で隼人の手を取る。

「いいよ。俺こそなんでもかんでも危ないから駄目だって言ってばっかりで悪かった」

「いや、それは……当然の反応だったと思う」

これまでは当たり前に手をつないできたのに、恋心を自覚した今は指先が触れるだけで緊張して声が上ずった。幸い遠野はそれに気づかなかったようで笑っている。

「綾瀬はこの世界のこと何もわかってなかったし、俺が手綱を握っとかないと何しでかすかわかんなくて怖かったけど、今はもう大丈夫そうだからな。これからは、お互いちゃんと意見をすり合わせて帰り道を探そう」

軽く手を引かれ、自然と足が前に出た。

この世界に来てから、自分は少しでも変わることができたのだろうか。遠野に引っ張ってもらうばかりでなく、隣に立って意見を出し合えるくらいには成長できただろうか。

そう簡単に人間は変われない。考え方も行動も。

それでも、大丈夫そうだ、と言ってくれた遠野の言葉に応えたいと思った。

隼人は遠野の手を握り返すと、大きく足を踏み出してその隣に並ぶ。遠野の視線が流れてきたが、もう目を逸らすことなくしっかりとその顔を見返した。

「帰ろう、絶対に」

元の世界に帰ったら、仕事の担当を外された現実と向き合わなければならない。あちらの世界には祖母もいる。気が重いことも山積みだが、ちゃんと帰ろうと思った。

遠野と一緒に。どちらも欠けることなく、二人で。

アセビもそうだったが、こちらの世界で育った植物は現実のそれより毒性が強いらしい。

トロールに占拠されていたトンネルの入り口で、風向きに注意しながらキョウチクトウの枝を燃やしたらあっさりトロールを倒してしまった。トンネルから追い出せれば万々歳だと思ったが、予想以上の効果だ。おかげでレベルも上がったらしい。

トンネルを抜けて無事港町に到着した二人は、早速船に乗り込んだ。

新大陸に向かう途中、船の甲板で遠野(とおの)からこんな提案をされた。

「戦闘中とか移動中とかに脈絡もなく道具を使うことで発生するバグもあるから、これからは詐欺商品みたいなもんもバンバン買っていこうと思うんだけど、どうだ？」

「詐欺？　ゲーム内にそんなものがあるのか？」

「あるある、戦闘中に使用すると一定の確率で敵が即死するアイテムとか、一定の確率で味方の攻撃力が二倍になるアイテムとか。一定の確率って枕詞がついてるやつは使用しても何も起こらないことが多い。でも使えばちゃんと消費される。半分ギャンブルみたいなもんだな」

「買うのは構わないが、資金はまだあるのか？」

「トロールを倒した分がいくらか。足りなくなったらまた城に忍び込もう」

それは、と言いかけて、隼人は唇を引き結ぶ。甲板の端に立ち、海風に髪を乱されながらも「わかった」としっかりと頷いた。

腹をくくったような隼人の顔を見て、遠野が眉を上げた。

「どんな状況でも窃盗は犯罪だ、とは、もう言わないんだな？」

「言わない。この世界から帰るためなら、犯罪も致し方ない」

「お、よかった。ようやく見逃してくれる気になったか。ま、主犯は俺だからお前はあんまり気に病むなよ」

相変わらず恋人のふりは続いていて、人気のない甲板でも二人は手をつないだままだ。茶化すように笑う遠野を見上げ、隼人は軽くその手を引いた。

「違う、俺も同罪だ。もうお前だけ悪く言ったりしない」

遠野がこちらを振り返る。その顔からゆっくりと笑みが引いていくのを見上げ、隼人は思う。

城の備品を奪って、他人の家の箪笥を漁って、救いを求める村人の手を振り払って、「ゲームの世界じゃこれが普通だ」と言い張ってきた遠野だが、本当は少しくらい罪の意識もあったのではないか。これまでなんだかんだと隼人の無茶を許してくれたのは、本心では遠野もそこまで冷酷にこの世界の人たちを捨て置けなかったからではないか。

遠野に相談したり、頼ったり、そういうことをしようと思ったら、自然と遠野が何を見て、何を考えているのかを考えるようになった。お互いに支え合わなければいけないのだ。相手がどんな状況にあるのかきちんと見定めなければ共倒れになってしまう。

海風に煽られながら、隼人はしっかりと遠野の手を握り直した。

「ここはゲームの中だ。窃盗を裁く法律はない。金目のものはどんどん換金しよう。生身の人間は俺たちだけだ。NPCが苦しんでいても無視して進もう。俺もそうする。俺たちは、元の世界に戻ることだけ考えればいい」

ひと際強い風が吹いて、遠野が目を眇める。潮風が目に染みたのか少しだけ眉根を寄せ、遠野は不器用な笑みを作った。

「――この旅が始まってからだいぶ経つけど、今が一番心強いよ」

強く手を握り返され、隼人も微かに笑い返す。旅の初めからこうやって遠野と同じ方向を向けていたらよかったのにと後悔した。

甲板で潮風を受け、今後についてぽつぽつと相談しているうちに新大陸へ到着した。

船を降り、到着した港町で早速二人はバグ探しを始めた。

町の中をくまなく回り、家々の壁に触れ、たまに体当たりをして、どこかすり抜けられるような場所はないか調べる。人と話をするときも、会話の途中で急に相手に背を向け走り出してみたり、剣の手入れをしてみたりと思いつく限りの行動を試みた。

町の外でもモンスターに回復薬を投げたり、意味もなく防具を叩いて気を引いてみたりと思いつくことは全部試したが、そう簡単にバグは見つからない。

とにかく通常と異なる行為をしなければと思い詰め、「鋼の剣が必要なんです」と懇願する相手にわざと異なるアイテムを渡してバグが発生しないか確かめたこともあった。相手をがっかりさせるのは忍びなかったが、これも元の世界に帰るためだ。

正しくないことをする覚悟を決めてデバッグを始めた隼人だったが、それでもやはり、ときどき祖母の面影が頭を過って呼吸が浅くなる。そういうときは、すぐに遠野が察して声をかけてくれた。

「相手の反応も大体見られたし、そろそろ鋼の剣を渡してやったらどうだ？」

「……でも、元の世界に戻るためには」

「イベント達成した後で発生するバグもあるかもしれないだろ。ちょっとやってみよう」

そうやって、神経をすり減らした隼人を絶妙のタイミングで気遣ってくれるから、なんとか心折れずにデバッグを続けることができた。

デバッグを始めてから二週間ほど経った頃、隼人たちは少し大きな町に立ち寄った。

職人の町とも呼ばれているその町には防具や武器の店がずらりと並び、珍しい装飾品も売っている。以前にも立ち寄ったことのあるその町は今日もバザーの真っ最中で、大通りには露店も出ていて賑(にぎ)やかな雰囲気だ。

この数日間、期待と落胆を繰り返しながらひたすらデバッグを繰り返し、さすがにお互い疲労が色濃い。少し息抜きをするつもりで、毎日がお祭り騒ぎのこの村にやってきた。

宿に着くと、遠野は靴を脱ぐのもそこそこにベッドに倒れ込んだ。

「あるかないかわからんバグを探すのはさすがに疲れるもんだな」

シングルベッドが二つ用意された客室で、隼人も空いている方のベッドに腰かけ同意する。

二階の客室からは露店の並ぶ大通りが見える。そろそろ夕闇が迫る頃だが、通りはますます賑やかになって、遠くの喧騒(けんそう)がここまで響いてくるほどだ。

「遠野、露店でも見に行ってきたらどうだ？　珍しい武器が売ってるかもしれないぞ」

ゲーム内ではどの店も常に同じ商品を並べているが、この町の露店だけは日替わりで商品が変わるそうだ。以前この町に立ち寄った際、遠野が楽しそうにそんな話をしていた。

「綾瀬(あやせ)、ありがとう」

急に礼など言われ、驚いて室内に視線を戻した。だんだんと薄暗くなってきた部屋の中、遠野が腕枕をしてこちらを見ている。

「なんで急にこの町に行こうなんて言い出したのかと思ったら、俺の気晴らしにつき合ってくれるつもりだったんだな」

目元に笑みを浮かべた遠野に見詰められ、隼人は慌てて顔を背けた。こういうときはやはり動揺が顔に出てしまう。

「別に……俺も久々に、露店を見て回りたくなっただけだ」

「そっか。じゃあ一緒に見て回ろう。飯も売ってるみたいだから買ってみるか」

言うが早いか、遠野がベッドから立ち上がる。行こう、と笑顔で手を差し伸べられ、隼人はこっそりと深呼吸をしてからその手を取った。

外に出ると、大通りから響く人の声が大きくなった。まるで夏祭りの縁日のようだ。風に乗って甘辛い料理の匂い(にお)いが漂ってくる。

隼人の手を引いて歩いていた遠野が、屋台の前で足を止めた。早速目新しい武器でも見つけたのかと思いきや、遠野が覗(のぞ)いていたのは食べ物を売る屋台だ。薄く焼いた小麦粉の皮に、とろりとしたソースを絡めた肉と刻んだ野菜を挟んだクレープに似た料理が並んでいる。遠野はそれを二つ買い、片方をこちらに差し出してきた。

「ほら、お前も食え」

焼きたてのクレープは思ったよりも熱い。クレープに挟まれた肉は角煮に似ている。この世界では空腹を感じることもないが、甘辛い匂いをかいでいたら口の中に唾液が広がった。

「腹は減らなくても、やっぱり食事はいいよな。美味い物を食うとストレス発散になる」

早速クレープにかぶりついた遠野は、口の端をソースで汚しながら目を細める。

こんな所で、歩きながら食べるのかと思ったらうろたえた。

隼人は立ち食いをしたことがない。祖母と一緒に生活していたときは、必ず正座で食事をしていた。社会人になって仕事の合間にコンビニでサンドイッチなどを買うときでさえ、どこかきちんと腰を下ろせる場所を見つけられないと食事ができない。

遠野はすでにクレープを半分近く食べていて、まごまごしていると食べ終えてしまいそうだ。迷った末、思い切ってクレープにかぶりついた隼人は、一口食べて低く唸った。

とっさに言葉も出ないほど、久々の食事は美味かった。空腹感など感じていなかったはずなのに、いざ食べてみると胃袋が張りきって動き出す。舌も喜んで跳ねているようだ。

立ち食いに対する抵抗感も忘れて無心で口を動かしていると、先に食べ終えた遠野に顔を覗き込まれた。目が合うと、やけに嬉しそうな顔で「美味いだろ？」と問われる。

無邪気な笑みに心臓が跳ね、慌てて手元に視線を落とした。

「……確かに美味いが、いいのか？　こんなことに金を使ってしまって」

最近は聖水以外にもいろいろなアイテムを買い、妙なタイミングで使ったり壊したりしているので出費が馬鹿にならない。せっかくの食事の必要もない体だ。こんなことに金をかけるべきではないのではないかと思ったが、遠野は気にしたふうもなく笑う。

「いつまで旅が続くかわからないんだ。たまには息抜きしないと倒れるぞ。それに、最近は下級モンスターを綾瀬が倒してくれるから小銭くらいは貯まってる」

「あのクラゲだか風船だかわからないモンスターなら遠野だって倒せるだろう」

「簡単に言ってくれるけど、あいつら風に乗ってふわふわ動くから剣を振っても全然当たらないんだよ。その点綾瀬は居合みたいにスパッと切ってくれるから惚れ惚れする」

軽い口調でつけ足され、どきりとしてクレープを握りつぶしてしまった。皮から肉が転げ落ちそうになって慌ててかぶりつく。結果口の周りを派手に汚してしまい、遠野に声を立てて笑われた。

「お前は本当に、仕事できるくせに褒め言葉に慣れてないな」

気楽に笑っている遠野を横目で睨みつける。こっちの気も知らないで、と喉元まで出かかった。俺は本当にお前に惚れてるんだぞ、下手に喜ばせるようなことを言うなと言ってやりたい。

だが、言えるわけもないので別の言葉を口にする。

「褒められる機会なんて滅多になかったからな」

「お？　子供の頃は意外とやんちゃ……ってことはないか。あの祖母ちゃんだもんな」

隼人は指先で口元を拭い、残りのクレープを口に放り込んだ。

「祖母にとっては、勉強も運動も『できて当然』だったからな。何をやっても及第点で、褒められたことはほとんどなかった」

喋(しゃべ)りながら大通りを歩いていたら、少し先に武器を並べた店が見えてきた。あれが遠野の目当てだろうと歩幅を大きくしたら、遠野に軽く手を引かれた。

「お前はよくやってるよ」

遠野はゆったりとした歩調で、隼人に手を引かれながら続ける。

「ゲームもやったことないしラノベのお約束も知らないのに、ちゃんとこの世界に順応してるんだから大したもんだ。デバッグのこと思いついたのだって綾瀬がＮＰＣに何度も声かけてたおかげだしな。今日は俺の気晴らしにもつき合ってくれたし、なんだか最近はお前に引っ張ってもらって旅をしてるような気がする」

厳しい祖母に育てられた隼人を憐(あわ)れんでくれたのかと思ったが、それにしては遠野の声には実感がこもっていたし、こちらを見る目が優しかった。

褒められるとうろたえる。慣れていないからだ。でも嬉しい。相手が遠野ならなおのこと。じわじわと顔に熱が集まっていく。

「……よせ。浮かれさせるな」

赤くなった顔を隠そうと前を向いたが、すぐに遠野が隣に並んで顔を覗き込んできた。

「浮かれてるんだ？　綾瀬は案外素直だよな。もっとツンケンしてるタイプかと思った」

「してるだろう。間違っても人当たりがいいタイプじゃないぞ」

「もうちょっと冷淡な奴だと思ってたんだよ。でも、そうじゃなくて不器用なだけなんだな」

目の端で笑う遠野をなるべく視界に収めないようにしていたら、ふいに頬に指先が触れた。

驚いて反射的にそちらを見ると、思ったよりずっと近くに遠野の顔があった。

「意外と全部顔に出る。手にも」

目を伏せて緩く微笑んだ遠野の顔に見惚れ、頬についていたソースを遠野が拭ってくれたのだと気づくまでに時間がかかった。状況を理解した途端、カッと頬に熱が集まる。

「う、うかうかしてるとまたトラブルを起こすかもしれないぞ！　気を引き締めろ！」

動転して声を荒らげると、「今日くらいいいだろ」と笑われた。

「たまには息抜きも必要だ。そうだ、酒も飲もう。そっちに売ってた」

「武器は見なくていいのか？」

「酒飲みながらぶらぶら見て回るのがいいんだよ」

再び遠野が前に出て、人が行きかう大通りを軽やかな足取りで歩いていく。縁日を回る子供のような笑顔を見ていたら、隼人も楽しくなってきてしまった。今だけは自分たちが置かれている状況も脇に置き、バザーの雰囲気を満喫することにする。

ワインとよく似た色と風味の酒を飲みながら大通りを行き来して、たまに屋台で足を止める。

遠野はあれこれ武器を見て回るが、「使い方がわからん」と言って買おうとはしない。代わりに店主相手に武器のうんちくを披露している。普段は自分からNPCに話しかけないのだが、いい塩梅に酒が回ってきたらしい。ちゃんと店主も相槌を打ってくれるので楽しそうだ。

何度か通りを往復して戻ってくる頃には、遠野だけでなく隼人も少し千鳥足になっていた。

「そういえば、さっき一つ変なバグ思い出したんだった」

遠野がそんなことを言い出したのは、大通りを離れ、宿屋に戻る途中のことだ。

どんなバグだ、と尋ねる前に、遠野は宿の近くを歩いていた女性に「こんばんは」と声をかけた。夜更けに見知らぬ男に話しかけられたというのに、相手は怯えた様子もなく「こんばんは」と笑顔で返事をしてくれる。

「ようこそ、職人の町へ。今はバザーの最中なのよ。たくさん買い物していってね」

決まりきったセリフを口にして、女性は隼人たちに背中を向ける。しかし数歩進んだところで立ち止まり、また振り返ってこちらに戻ってくる。NPCたちはいつもこんな調子で、どこに行く当てもなく村の中をうろうろしていることがほとんどだ。

「綾瀬、ちょっとここに立っててくれ」

遠野はつないでいた手を離すと隼人から一歩離れた所で立ち止まり、互いの間に人が一人通れるだけの隙間を作った。

「で、もしもあの女の人が俺たちの間を通り過ぎようとしたら、その瞬間右、左、右って動いてくれるか。ステップ踏むみたいに」

「なんだ急に？　酔ってるのか？」

「酔ってるけど正気だ。ほら、俺とお前と同時に動かないと意味ないんだって。右、左、右」

困惑しつつ、隼人は言われた通り遠野の動きを真似してみる。遠野は満足そうに笑って、「あとはあの人が俺たちの間を通り抜ける瞬間を待つだけだな」と言った。

「……それで何かバグが発生するのか？」

「する。実際にゲーム内で再現するときはカーソルを斜めに押し込んで主人公と親友の間に隙間を作るんだよ。この調整もなかなか難しくてな」

喋っている間も、隼人たちの周囲を女性が行ったり来たりしている。

傍らを通り過ぎた女性を振り返り、「いつまで続けるんだ？」と遠野に尋ねようとして口をつぐんだ。一度は通り過ぎた女性が身を翻し、ゆっくりとこちらに近づいてきたからだ。

「お、もしかして後ろから近づいて来たか？」

「……来た。もうすぐ俺たちの間を通るぞ」

遠野が何をやろうとしているのかは知らないが、女性が近づくにつれ緊張が高まってきた。

隼人と遠野の間を女性がすり抜けようとする。瞬間、遠野が「右！」と叫んで、言われた通り右に足を踏み出した。するとなぜか、女性も隼人たちと同じく右に足を踏み出した。驚く間もなく「左！」と声がかかって左に足を踏み出すと、やはり女性も同じ動きをする。最後に右に足を出したときも、女性はぴったり隼人たちの動きについてきた。

「あ、できたできた。これ、村人を仲間にできるバグ」

そう言って遠野が歩き出すと、女性がぴったりと遠野の後にくっついて歩き始めた。遠野がジグザグに歩けば全く同じ足取りでついてくるし、遠野が走ると女性も走る。かつてない動きに目を丸くしていると、遠野が女性とともに戻ってきた。

「面白いだろ？　ゲームの中じゃ主人公と親友は常に一列になって動いてるんだけど、間にＮＰＣが入った瞬間素早くカーソルを右、左、右って入れると村人もパーティーに入るんだよ。でも完全に仲間になるわけじゃなくて、村の外に出るとＮＰＣだけ消えてるんだけどな」

「そ、そうなのか……」

「まあ、本当にそれだけのバグで恐縮です」

遠野がぺこりと頭を下げる。思った以上に酔っているらしい。顔を上げたと思ったら、今度は隼人の肩に腕を回してきた。

「下らないわりにタイミングが結構シビアでさ、初めて成功させたときはラスボス倒したときよりデカい声出たもんな。正味一時間くらいかかった」

「そ……っ、そうか、それは……凄い バグだな！　わかった、そろそろ部屋に戻ろう！」

隼人の声が裏返る。肩にずしりとかかる重みや、頰にかかる息を感じると目を回しそうだ。

こっちの気も知らないで、と再び口走りそうになったが、「凄いだろ」と機嫌よく笑っている遠野を見たら悪態も引っ込んだ。

遠野と腕を組んだまま、火照った頰を掌で扇いで歩き出すと、遠野の後ろにいた女性も一緒について来た。

振り返ると目が合った。隼人たちと同年代だろう若い女性だ。肩まで伸びた髪は鮮やかなオレンジ色で、こちらを見上げる大きな瞳が印象的だった。

相手は長い睫毛を瞬かせると、隼人が何か言う前にぺこりと会釈をして踵を返す。その後ろ姿を見送り、あれ、と隼人は首を傾げた。

（町から出るまでついてくるんじゃなかったか……？）

不思議に思って女性の背中を見送っていたら、遠野がずるずるとこちらに凭れてきた。眠たくなってきたのかしきりと瞬きを繰り返し、隼人の肩に顔をすり寄せるような仕草をする。

「と……っ、遠野！　ちゃんと歩け！」

「ええ、そんなに嫌がるなよー」

けらけらと笑う遠野に言ってやりたい。嫌じゃないから困ってるんだ、と。

本音を口にすることはできず、隼人は奥歯を嚙みしめて遠野を宿まで引きずっていった。

翌朝、目を覚ますとすでに遠野が起きていて、ベッドに正座をしていた。隼人が目を覚ましたとみるや、遠野はその場でシーツに両手をつく。

「昨日はご迷惑をおかけして申し訳ありませんでした。羽目を外しすぎました」

思いがけずきちんとした謝罪だった。しかもベッドの上とはいえ土下座までしている。

隼人は目をこすりながら身を起こし、起き抜けのしゃがれた声で答える。

「謝るな、大したことじゃない。それに、昨日お前も言ってただろう。たまには息抜きしないと倒れるぞ、と。あの程度、羽目を外したうちにも入らない」

「いや、でも、なんか申し訳なく……」

「俺だってこの世界に来た日は城で飲んだくれてお前に迷惑かけたからな。お互い様だ」

初日の醜態を思い出して苦笑交じりに返すと、ようやく遠野も表情を緩めた。

「悪かった。こっちの酒って思ったよりも回るんだな。次から気をつける」

最後にもう一度頭を下げ、「そういえば」と遠野は顔を上げた。

「昨日、ちょっとしたバグを再現しただろ？　NPCを一瞬だけ俺たちのパーティーに入れるやつ。あの人どうした？　お前が町の外まで連れてってくれたのか？」

「あの人だったら俺たちが宿に入る前に勝手にいなくなったぞ」

「勝手に？　え、町から出ない限りずっとついてくるはずだけど……？」

「ゲーム内とは少し反応が違うのかもな。それより、今日はこれからどうする？　しばらくこの町でバグ探しをしてみるか？」

まだ納得のいかない顔をしている遠野に声をかけると、遠野も気を取り直したように頷いた。

「この町は結構デカいし人も多い。二、三日はここでいろいろやってみよう。それにこの町、子供が多いんだよな。あの子供たちが上手く使えたらなぁ……」

「子供を何に使うんだ？」

遠野は窓辺に歩み寄り、「バグ探しに決まってんだろ」と真顔で言った。

「現実世界でも、ゲームのバグを探し出すのは大抵暇な子供だ。町中の壁に体当たりするとか、一歩ごとに誰もいない空間に向かって話しかけるとか、賽の河原で石を積むより虚しい作業を無心でできる。俺もよくやった。ストーリーの展開上絶対倒せない敵をどうにかこうにか倒そうって血眼になったのも懐かしい」

「そんな無為なことをしていたのはお前くらいじゃないのか？」

隼人も身支度を整えて遠野の傍らに立つ。外に目を向けると、宿の下に誰かがいるのが見えた。鮮やかなオレンジ色の髪には見覚えがある。昨日の夜、遠野が声をかけた女性だ。

女性は立ち止まって隼人たちのいる窓辺をじっと見ていた。のみならず、隼人たちと目が合うと笑みを浮かべ、こちらに向かって手を振った。

「えっ」

ほとんど同時に声を上げ、二人そろって顔を見合わせる。こちらから話しかけない限り目線も合わないはずのＮＰＣから手を振られるなんて初めてのことだ。

「と、遠野、あの人、手を振ってる……俺たちを見てるぞ」

「……見てるな、確実に。何かのイベントが発生したわけでもないのにNPCからリアクションを取ってくるなんて初めてじゃないか？」

「昨日お前がバグに巻き込んだ相手だぞ。あれが原因じゃないのか？」

これも新たなバグかもしれないと、隼人たちは宿の階段を降りて外に出る。外にはまだあの女性が立っていて、隼人たちを見ると「おはよう」と自ら挨拶をしてきた。昨日までは何度話しかけても「ようこそ、職人の町へ」と決まりきったセリフしか言わなかったのに。

意を決したように、遠野が一歩前に出て女性に声をかけた。

「おはようございます。昨日の夜も、ここでお会いしましたよね……？」

問いかけに、女性はにっこりと微笑む。

「ええ、あの後ちゃんと宿に戻れた？　随分酔っていたみたいだけど」

隼人は鋭く息を呑む。遠野も言葉を失っているようだ。

「あ……の、すみません、貴方は……その、一体……？」

何をどう尋ねればいいのかわからなかったのだろう。漠然とした質問を投げかけてきた遠野に、女性は微笑んで答えた。

「私はマリア。貴方たちは？」

名前まであるらしい。隼人と遠野は唖然とした顔のまま自己紹介だけ済ませると、会話もそこそこに宿屋へ戻った。

客室に入るなり、隼人は遠野の腕を掴む。ほとんど同時に遠野も隼人の腕を掴んできて、お互いの体を掴み合う格好になった。

「遠野、さっきのは一体なんだ？　どうなってるんだ？」

「わからん、あのＮＰＣに名前がついてたことすら知らなかった。昨日までは他のＮＰＣと変わりなかったよな？　受け答えも普通で……」

「そうだ、昨日の夜、遠野が声をかけたときだって――……」

そこで言葉が途切れる。やはり昨日、遠野が起こしたバグに原因があるとしか考えられない。

「……もう一回、別のＮＰＣにも同じことやってみるか？」

遠野がぼそりと口にした言葉に、隼人も迷わず頷いた。

デバッグ作業のアルバイトをしていたとき、バグを見つける以上に大変だったのはバグを再現することだった、と遠野は言った。せっかくバグを見つけても、ぼんやりプレイしていたせいで自分がどのボタンをどのタイミングで押したのかわからない。そういうときはバグを再現するのにとんでもなく時間がかかったそうだ。

今回のバグは手順こそわかっているが、実行するとなると意外にタイミングが難しい。隼人と遠野の間をＮＰＣが通り過ぎるのをじっと待つのは時間がかかるし、ようやく来たと思っても隼人たちの息がぴったり合っていないとNPCも一緒に動いてくれない。昨日、一発で成功したのは相当に運がよかったようだ。

ほぼ一日かけてパーティーにNPCを強制参加させるバグを数件発生させることに成功した隼人たちは、こんな結論に至った。

どうやらこのバグが発生したNPCには、人格なようなものが生じるらしいと。

ゲーム内とは異なり、このバグが発生したNPCたちは一定時間隼人たちの後を歩き回ると急に勝手に動きだす。その後は定型文以外のセリフを喋るようになり、名前を尋ねればそれぞれ自分の名を名乗るようになるのだ。NPCに人格が生まれたとしか思えなかった。

夜になり、宿に戻った遠野はすぐに「子供にバグを発生させよう」と言った。

「あいつらが人格を持ったら子供同士でとんでもない遊びを始めるぞ。この町にはテレビもなければゲームもない、娯楽らしい娯楽がないからな。賭けてもいい。子供は暇を持て余すとろくなことをしないんだ」

翌日から、隼人たちは町にいる子供たちに片っ端からバグを発生させた。

二日目となれば隼人もだいぶ要領がわかってきて、夕暮れが迫る頃には町にいた十名ほどの子供たち全員にバグを発生させることができた。

その成果は、翌日の朝に早速現れた。

「凄いな、すっかり荒れてる！」

宿を出るなり隼人は驚嘆の声を上げる。昨日までとりどりの花が並んでいた町の花壇がすっかり踏み荒らされていた。現場に残された足跡の大きさから察するに子供たちの仕業だろう。

遠くで笑い声が弾(はじ)けて目を向けると、小学生くらいの男の子たちが町の隅に植えられた木に上っていた。近くを初老の男性が通り過ぎたが、特にバグの発生していないＮＰＣなのでそちらに視線を向けることもしない。

「予想以上の無法地帯だな」

なんの躊躇(ちゅうちょ)もなく木の枝を折りまくっている子供たちを眺め、遠野は感心したように呟く。

「……木から落ちたら危なくないか？」

「危ないかもな。でもここは現実世界じゃないし、宿屋に泊めてやれば翌日には全快だ」

「それはそうだが……」

自分の背よりも高い木の上から果敢にも飛び降りる子供たちを見ていると、今すぐ止めたい衝動に駆られた。危なっかしくて仕方ない。

町の中をぐるりと回ると、子供たちがそこら中で好き勝手に遊び回っていた。女の子たちは露店に並べられた商品を勝手に引っ張り出しておままごとを始めているし、男の子たちはよその家に上がり込んで鬼ごっこをするなどやりたい放題だ。

この調子で町の外に出てしまったら危ないのではとはらはらしていたら、案の定子供たちが町の入り口に向かって走り出した。慌ててその後を追いかけたが、子供たちは一歩町の外に出ると回れ右して戻ってくる。その後は、元のＮＰＣに戻ったかのように目的もなく辺りをうろうろし始めた。声をかけても決まりきったセリフしか口にしない。町を出ると元のＮＰＣに戻るという法則は生きているようだ。

町の中を一通り見て回り、最後に広場にやってくる。広場の隅には藁や野菜を載せる荷車が置かれているが、その周囲には積み荷が散乱し、今や子供たちがすっかり荷車を占拠していた。

荷車の轅部分を鉄棒代わりにしている子供を見て、万が一にも荷車がひっくり返らないかと青ざめていたら、遠野ののんきな笑い声が耳を打った。

「どこの世界も子供は動きがトリッキーだな。次の行動が予測できない。バグ探しにはもってこいだろ」

「でも、危なくないか……？」

「危ないな。俺たちは山ほど薬草用意して、怪我人が出たらすぐ駆けつけよう」

本来なら子供たちが怪我などしないよう、事前に対策を練るのが大人の役目だ。

今すぐ子供たちのもとに駆けつけたくなったが、すんでのところでぐっとこらえた。

「……そうだな。薬草は買えるだけ買っておこう。子供たちにも怪我をしたら俺たちに声をかけるよう言っておくか」

遠野が意外そうな顔でこちらを見る。てっきり止められると思っていたようだ。

そんな遠野の顔を見上げ、隼人は仏頂面で言った。

「子供たちには悪いが、俺も他の方法が思いつかない」

元の世界に帰るため、正しさを放棄する覚悟ならもうとっくに決めたつもりだったのに、また正論を振りかざしそうになってしまった。その上「いいのか」だの「危なくないか」だの、判断を遠野に委ねようとした自分を反省し、自ら率先して子供たちに近づいていく。

「早速声をかけて回ろう。遊んでいる最中に妙なことが起きたら俺たちに報告に来てほしいとも伝えておかないと」

数歩進んだところで遠野が隣に並んだ。

「どうせだったらご褒美もつけたらどうだ？　妙なバグを見つけた奴にはメダルでもプレゼントしよう。子供たちのやる気が爆上がりするはずだ」

「いいかもな。露店でキラキラしたものでも買っておこう」

すぐに深刻になってしまう隼人の横で、遠野はいつも楽しそうに笑う。本心はどうか知らない。もしかすると隼人以上に子供たちを案じているのかもしれない。それでもこうして遠野が笑ってくれるから、隼人もなんとか前に進むことができる。

露店で買った金色のメダルをちらつかせると、子供たちは目を輝かせてバグ探しに協力してくれた。隼人たちは広場で子供たちの報告を待つことにする。

広場の隅の花壇に腰かけ、今後の計画についても話し合った。子供たちを巻きこむことでデバッグ作業が進むなら、別の村や町でも同じことをするべきだろう。

「ある程度デバッグが終わったら子供たちを外に出して元の状態に戻すべきかなぁ。俺たちがいなくなったら本当に村の中が無法地帯になりそうだし」

「なら最後は全員町の外に出してバグを解除しよう。子供たちがバグを探している間は、俺たちもその村や町から動かない方がいいんだろうな」

「だな。一瞬で消えるバグなんか見逃したらそれっきりだし」

花壇に腰かけて二人でそんな話をしていたら、背後から「こんにちは」と声をかけられた。

オレンジ色の髪を揺らしてこちらに近づいてくる女性は、マリアだ。

「マリアさん、こんにちは。お散歩ですか?」

無言で会釈をする隼人とは対照的に、遠野は人好きされる笑みを浮かべてマリアに返事をする。マリアは遠野を見て、「お天気がいいから」とはにかんだように笑った。

そんな二人のやり取りを眺めていたら、隼人の胸にこんな疑問が過った。

(NPCも恋をするんだろうか……)

遠野と一緒にいる時間を少しでも伸ばそうとするかのように、マリアはあれこれ熱心にお喋りをしている。

「よかったら一緒にバザーに行かない? 私、掘り出し物を見つけるの上手なの」

「ありがとうございます。でも俺たちはここで子供たちを待ってるので」

遠野が口にした「俺たち」という言葉で、ようやくマリアは隼人のことを思い出したような顔をした。花壇から一歩下がって、遠野と隼人の姿をまじまじと見る。しっかりとつながれた二人の手を見て、不思議そうに首を傾げた。

「貴方たち、手をつないでいるの？　ずっと？」

　マリアの視線がこちらを向く。いろいろと事情がありまして、と答えようとしたら、急に遠野がつないだ手を顔の高さまで持ち上げた。

「そう、俺たち恋人同士なんだ。少しも離れたくない」

　それまでの敬語を放り出して遠野が言う。

　持ち上げた手を強く握りしめられてどきりとしたが、それ以上に遠野の声に真剣味があって息が止まった。演技にしても真に迫りすぎていて遠野の横顔を凝視しそうになったが、マリアがじっとこちらを見ていることに気づき慌てて自分も遠野の手を握り返す。

　マリアはどこか面白くなさそうに「ふぅん」と呟き、広場から去っていってしまった。

　掲げていた手をゆっくりと下げる遠野を、緊張した面持ちで見詰める。しかし、こちらを向いた遠野の顔に浮かんでいたのは子供のように無邪気な笑顔だ。

「今までＮＰＣ相手に『俺の恋人です』って紹介しても全然反応ないから虚しかったけど、これは手応えあっていいな。子供たちの前でも積極的に恋人発言していこう」

　のんきなことを言う遠野に、それでいいのか、と思ったが、口には出せなかった。

　手をつないだ自分たちを見下ろすマリアの顔を見て、ＮＰＣは恋をするのか、という疑問に答えが出た気がした。きっとマリアは遠野に恋をしている。

（……もしも俺たちが恋人のふりをしていなかったら、遠野はどうしただろう）

ゲームの世界の住人とはいえマリアは美しい女性だ。人格が生まれたことで会話も普通の人間と遜色（そんしょく）なくできるようになった。わかりやすい好意まで向けられて、彼女ともっと個人的な話をしてみたくなったりはしないのだろうか。

「どうした？　手が冷たくなってるぞ」

ぎゅっと遠野に手を握られて息を呑む。

不安が指先に出てしまっていたらしい。こうして手をつないでいては上手く本心を隠すこともできない。慌ててごまかそうとしたら、「ねえ、見て！」という明るい声が広場に響いた。

早速子供たちがバグを見つけたのかと思いきや、現れたのはつい先程広場を出ていったばかりのマリアだ。広場に駆けこんできたマリアは、笑顔で遠野に何かを手渡す。

「露店で掘り出し物見つけたの。よかったら貴方たちにあげる」

遠野の手に渡ったのは、野球ボールより少し大きい黒い球だ。表面は艶（つや）を帯び、ずっしりと重量があるように見える。ところどころ突起がついているが、突起の先は尖（とが）っておらず、巨大な金平糖のようにも見えた。

「マリアさん、これは……？」

さしもの遠野も受け取った物がなんであるのかわからないようだ。

マリアは体の後ろで手を組むと、子供のような含み笑いを漏らした。

「それね、『慈悲の鉄球』っていうんだって。凄く珍しいアイテム」

名前を聞いてもなんだかわからなかったが、遠野は勢いよく花壇から立ち上がった。

「慈悲の鉄球⁉」

ほとんど絶叫に近い声で叫ぶと、遠野は呼吸を忘れたような顔で手の中の鉄球を凝視し、ふらふらとマリアに近づいた。

「マリアさん、これ、本当？　本当に、慈悲の鉄球……？」

「そう。珍しいでしょ？　言ったじゃない、掘り出し物見つけるの得意だって」

「凄い……！　レアアイテムどころかこんなの、都市伝説級のアイテムだ……！」

よほど興奮しているのか声を上ずらせる遠野を見て、マリアはくすぐったそうに笑う。

「喜んでくれた？」

「もちろん！」

遠野は瞳を輝かせ、マリアにハグの一つもしそうな勢いだ。先程までとはマリアに向ける表情が明らかに違う。

慈悲の鉄球がどんなアイテムかより、遠野の態度が豹変(ひょうへん)したことの方に気を取られてその横顔ばかり目で追っていたら、視線を遮るようにマリアがひょいとこちらの顔を覗き込んできた。

「貴方も喜んでくれた？」

「え……っ、あ、も、もちろん……？」

よくわからないまま答えると、マリアの顔にぱっと笑みが浮かんだ。

「じゃあ、みんなで一緒に露店を回りましょうよ。もっと凄いもの見つけてあげるから」

言いよどんだ隼人に代わり「行こう」と即答したのは遠野だ。

「マリアさん、他にも何か珍しい物があったら教えてほしい。それからこのアイテム、本当にもらっていいの？」

まだ隼人が立ち上がらないうちに、遠野はマリアを伴い広場を出ていこうとする。その横顔は興奮しきっていて、隼人の存在など頭から抜け落ちているようだ。

「私はそういうの使わないから、あげる」

「ありがとう！　凄く嬉しいよ。マリアさん、本当に……ありがとう」

嚙みしめるような口調で遠野は言う。マリアは照れくさそうに笑っていて、隼人は花壇から立ち上がるのも忘れて二人の後ろ姿を眺めた。

背の高い遠野と、オレンジ色の髪をなびかせるマリアの姿は絵になっていた。遠野の視線はマリアにしか向いていない。少し行ったところでようやく思い出したようにこちらを振り向いたが、立ち止まることなく「綾瀬も早く来いよ」と言っただけだ。

隼人も緩慢に立ち上がり、二人の後を追いかける。

露店を回る間も遠野はずっとマリアを見てばかりで、隼人とは手をつなごうともしなかった。

露店を回った後、宿屋の前でマリアと別れた。

仲睦まじく買い物をするマリアと遠野の姿を言葉少なに眺めていた隼人は、宿に戻ってもすぐに言葉が出てこない。慈悲の鉄球とやらがなんなのかということ以上に、遠野がマリアに対してどんな感情を抱いているかが気になってしまう。

(随分マリアさんと楽しそうにしていたが……)

探りを入れたら恋心がばれてしまわないだろうか。悩みながら客室に入ったら、遠野が勢いよくこちらを振り返った。

「綾瀬！　朗報だ！」

大きな声に驚いて後ろによろけたら、遠野が背中に腕を回して支えてくれた。互いの顔が近づいてどきりとしたが、遠野は気にせず興奮した様子でまくし立ててくる。

「まさか本当にあるとは思わなかった！　これさえあればラスボス戦もどうにかなるぞ！」

「え？　な、そ、それの話、か？」

露店を回る間も遠野がずっと大事そうに抱えていた鉄球を指さすと、大きく頷き返された。

「そう、これ。慈悲の鉄球！　これはな、プレイヤーと敵のレベル差が大きければ大きいほど威力がデカくなる攻撃アイテムだ！」

宿屋のテーブルに鉄球を置き、遠野はその上にそっと手を置いた。

「俺たちはこれまでほとんどレベルを上げずにここまで来てる。この世界で一番強い敵、つまり魔王にこれを使えば、尋常でなく効果があるはずだ。もしかするとワンターンで魔王を倒せるかもしれない。一発逆転アイテムだ」

慈悲の鉄球の真価を理解して、隼人も大きく目を見開いた。

「そんなに都合のいいアイテムがあるなら、どうして今まで探さなかったんだ？」

「そりゃ、本当に存在するんだかよくわからなかったからだよ」

遠野が言うには、慈悲の鉄球は一時期ネットで噂（うわさ）されていた隠しアイテムだそうだ。バグとは違い、製作者がきちんとゲーム内に仕込んでいるアイテムだが、表向きはその存在が公表されず、攻略本やネット記事にも掲載されていないらしい。

「俺が調べたときも、『一定の条件を満たせばどこかの町でもらえるらしい』ってあやふやな情報しかなかったし、デマじゃないかって疑う声も多かった。一定の条件ってのが皆目見当もつかなくて、俺もいろいろ縛りプレイを試してみたんだが……」

「縛りプレイってなんだ？」

「わざとプレイヤーの行動を制限してクリアを目指すことだよ。最初から最後まで魔法を使わないとか、初期装備から変えないとか。最低レベルでクリアとかも試したかったけど……」

「極力レベルを上げないということか？　今の俺たちの状況と同じだな」

饒舌(じょうぜつ)に喋っていた遠野の言葉がぴたりと止まった。隼人を見て目をぱちくりさせる。

「……言われてみれば、そうだな。てことはもしかして、最低レベルでこの町に来るのが慈悲の鉄球を手に入れる条件だったのか？　俺たちのレベルは今、十かそこらだから……本来だったら無理だよな、まずトロールが倒せない。そりゃ見つからないわけだ……」

しこたまぶつぶつと呟いた後「とにかく」と遠野は声を張る。

「これで魔王を倒せる可能性が出てきた。俺も実際に慈悲の鉄球を使ったことはないからどの程度威力があるのかわからないが、普通に戦うよりは断然勝機がある！　後はどうやってお前の死亡イベントを回避して魔王のところに行くかだ」

拳(こぶし)を握り、ふつふつと闘志をたぎらせる遠野を見ていたら、隼人の体にも震えが走った。

少しずつ、元の世界に近づいている。そんな予感が、体の中心からさざ波を立てるように全身に広がっていく。

この世界に来て間もない頃、グリーンワームの退治を依頼されたときと似ている。とても突破できそうもない困難の壁を、自分たちの手で一つずつ突破していくような。

頬に血が上ってきて、「遠野」と震える声でその名を呼んだ。

「帰れるかもしれないぞ、俺たち」

「帰るんだよ、絶対に」

即答して、遠野は露店で手をつないでいなかった分まで取り返すように、力いっぱい隼人の手を握りしめた。

魔王を倒す手段を得た隼人たちは、ますます張り切ってバグを探すようになった。

と言っても、実際にバグ探しをしているのは村の子供たちだ。頑張ってくれ、と思う。同時に、やりすぎないでくれ、とも願う。

子供は何をしでかすかわからない。本当に行動が読めない。

物理法則を理解していないせいだろうか。木の枝に三人も四人もいっぺんにぶら下がったら枝が折れるということも、ガラス窓に石を叩きつけたら割れるということも、屋根から飛び降りたら衝撃に耐えきれず骨が折れるということも全く想定せずにやり遂げてしまう。

そのたびに隼人と遠野は現場に駆けつけ、壊れた物は可能な限り直し、怪我をした子供も薬草で治した。この世界ではどんな傷も薬草をすりつぶして患部に塗れば完治するのは実践済みだ。おかげで骨を折った子供も数分後にはまた辺りを駆け回っている。反省する素振りもない。

地獄絵図の様相を呈してきた村の中、唯一の救いは隼人たちが配るメダルを求めて子供たちが積極的にバグを見つけてくれることだ。

テーブルに体当たりしたらテーブルの上に置いていた花瓶だけその場に残って宙に浮いたという手品のようなものや、町角でままごとをしていたら姿の見えない誰かが会話に参加してきたという心霊現象めいたものまで、バグの種類は様々だ。実際のゲームでは再現できないのではないかと思う内容も多い。

広場で子供たちの報告を待っていると、必ずマリアもやってきた。

慈悲の鉄球をもらって以来、遠野はマリアと一緒に露店に行くようになった。他にもゲームを攻略するのに有利になるアイテムが見つかるかもしれないからだ。

そういうとき、隼人は一人広場で待機している。露店に行っている間に子供たちがバグの報告に来るかもしれないし、何よりこのゲームの知識がない自分がついていったところで、貴重なアイテムか否か見分けることなどできないからだ。

マリアは案外武器に関する知識が豊富らしい。遠野との露店巡りを終えて広場に戻ってきてからも、すぐには帰らず雑談などしていくようになった。遠野も武器のこととなると話が弾むようで楽しそうだ。

「はい、お土産」

いつものように遠野と一緒に露店を回ってきたマリアが、広場で待っていた隼人にジュースを買ってきてくれた。最初に遠野は隼人を恋人だと告げているのに、隼人を邪魔者扱いして嫌がらせめいたことをすることも、さりとてすごすご諦めることもせず、遠野に堂々と好意を伝え続けるその姿が隼人にはなんだか眩しかった。

じゃあね、と手を振って帰っていくマリアを見送り、隼人はもらったジュースに口をつける。

甘酸っぱい、柑橘系のジュースだ。

花壇の縁に座っていた隼人の隣に遠野も腰を下ろしたが、そちらに目を向けることなく一心にジュースをすすった。

最近、マリアと露店から帰って来た遠野の顔を見るのが怖い。自分と一緒にいるときより満足げな顔をしているのを目の当たりにしてしまったら、きっと傷ついた顔を隠せない。しっかり心構えをしてからでないと遠野に目を向けることもできなかった。

「……マリアさんは優しいな」

遠野が何も言わないので、マリアが買ってきてくれたジュースを飲みながら場つなぎのように呟いた。返ってきたのはなんとも気のない生返事で、やはり自分と会話をしていても楽しくもないのだろうかと目を伏せたら出し抜けにこんなことを言われた。

「そろそろ、別の町に移動するか？」

唐突な話題転換だった。あまりにも脈絡がなく、自分の言葉が何か違ったふうに遠野に伝わってしまったのかとすら疑う。

「移動するのか……？　露店でまたマリアさんが貴重品を見つけてくれるかもしれないのに」

「あれから何日か経ったけど、慈悲の鉄球以外これといった掘り出し物も見つからないし、この町ではあれ以上の貴重品は出てこないんじゃないかと思う。それに……もしかして綾瀬はこの町に飽きてきたんじゃないかな、と思って」

「俺が？」と語尾を跳ね上げた隼人を見遣り、遠野は自信なさげに目を伏せた。

「なんとなく、最近綾瀬がふさぎ込んでるような気がしたんだが……違ったか？」

そろりと遠野が手を伸ばしてきて、隼人の手に触れる。手をつないだらまた指先から本音が伝わってしまいそうでぎくりとしたが、ここで手を引いては遠野の疑念を肯定したも同然だ。

膝の上に置いていた手に遠野の手が重なる。柔らかく握り込まれると息が苦しくなった。遠野の方に向けた頬が熱くなる。

こんな状態では自分の恋心が遠野に伝わってしまうのも時間の問題だ。遠野に返事をすることも、その手を握り返すこともできず俯いていると、広場に子供たちが駆け込んできた。

「おじさん、新しいバグ見つけた！」

やってきたのは小学校の高学年だろう年頃の少年たちだ。「おじさん」と呼ばれることに最初こそ若干ショックを受けたが、今はすっかり慣れてしまった。遠野も隼人との会話を中断させ、「今度はなんだ？」と苦笑で応じている。

「来て、家の鏡の中に変な物が映ってた」

少年たちは立ち止まることもせず来た道を引き返していく。隼人と遠野もその後を追った。

「ここ、俺の家」

少年の一人が案内してくれたのは、二階建ての小さな一軒家だった。隼人たちを家の中に招き入れると、一階の奥にある寝室らしき部屋に案内してくれる。

ゲームの中とわかっていても、他人の家の寝室に立ち入るのは抵抗がある。なるべく室内をあれこれ見ないようにして、少年に導かれるまま部屋の隅に置かれた姿見の前に立った。縦一メートル程度の細長い鏡には、遠野と隼人の姿しか映っていない。

「この鏡に変な物が映ってたのか？　特に変わったものはなさそうだけどな……」

「違うよ。こうやって見るんだ」

そう言って、少年が姿見の隣に置かれていた両開きの箪笥(たんす)を開ける。

箪笥の扉の内側には長方形の鏡がついていた。扉を開けると、姿見と箪笥の鏡がちょうど向かい合わせになる。合わせ鏡だ。

「へえ、懐かしいな。俺も子供の頃よくやった。夜中の二時に合わせ鏡をするとなんか見えるとかいう噂なかったっけ？　結婚相手がわかるとか、奥から悪魔が出てくるとか……」

「初耳だ」

「綾瀬はこの手の噂にも疎いのか。残念」

昔の話などしていたら、子供たちから不満そうな声が上がった。

「おじさんたち、ちゃんと見てよ。奥に変なものが見えるでしょ」

「ああ、悪い悪い。そうだな、不思議な感じがするけど、これはバグじゃなくて――」

子供たちに何か言い聞かせようとしていた遠野の言葉が途切れる。不自然な沈黙を不思議に思い、隼人も鏡の中に目を戻して、動けなくなった。

本来なら、合わせ鏡はどこまでも鏡が連なり、最後は何も見えなくなるはずだ。だが、姿見に映った合わせ鏡には行き止まりがあった。合わせ鏡の最後に、切手サイズの風景が映し出されている。

遠野と一緒に鼻先が触れるくらいまで鏡に顔を近づける。奥に映っているのは、ごつごつと岩肌が剝き出しになった洞窟内の風景だろうか。玉座に誰かが腰かけている。玉座は隼人たちから見て横向きに置かれているのでよく顔が見えないが、やたらと頭が大きい。冠でもかぶっているのか。

懸命に目を凝らしていると、隣で遠野がぽつりと呟いた。

「……魔王だ」

あまりに小さな声だったので、一瞬聞き逃しそうになった。背後で子供たちが「メダルは？」「メダル早く」と大騒ぎしていたせいかもしれない。

隼人は取り急ぎメダルを子供たちに手渡して部屋の外に出すと、改めて遠野と向き直った。

「魔王って、あの玉座に座っている奴か？　あれが？」

「……そうだ、あの場所は玉座の間だ。あそこで魔王に声をかけるとラスボス戦に突入する。魔王を倒せば転移の泉に辿りつける」

鏡の中を凝視していた遠野がこちらを向く。その目の奥に微かな興奮がちらついているのがわかって、隼人の背筋にも震えが走った。

「でも、あくまで玉座の間が見えただけだろう？　どうやってあそこまで行く？」

ぬか喜びしても仕方ないだろうと、隼人は姿見に片手をつく。次の瞬間、指先がずるりと鏡の中に滑り込んだ。

「どぅわっ⁉」

ぬかるみに指を沈み込ませたような感触に驚いて、隼人は大声を上げて腕を引く。

遠野もぎょっとした顔で、鏡と隼人の顔を交互に見た。

「綾瀬、今何した⁉　この鏡の中、入れるのか？」

「し、知らん！　でもなんか、ずるっといったぞ、今！」

遠野は半信半疑の顔で、慎重に鏡へと手を伸ばす。指先が鏡の表面に触れたと思ったら、ずぶずぶとその中に沈み込んだ。水に手を入れるかのように抵抗はない。見る間に遠野の腕はつけ根まで鏡の中に呑み込まれ、慌てて後ろからその肩を摑んだ。

「お、おい！　どこまで行く気だ……！」

「最終的には玉座の間まで行きたい。綾瀬、悪いけど俺の腕を摑んでてくれ。頭突っこんでみるから。ヤバそうだったら腕引っ張って引っこ抜いてくれるか」

「馬鹿！　早まるな！　勢いが良すぎる、熟考という言葉を知らないのか！」

「お前に言われたくない」と笑い交じりに言い放ち、遠野は躊躇（ちゅうちょ）なく頭から肩まで鏡の中に突っ込んでしまう。そのままずるずると上半身を鏡にめり込ませていく遠野の腕を、隼人は指

先が白くなるほど強く摑んだ。もしも遠野の体が鏡の中から戻ってこられなくなったらと思うと心臓が痛いほどに脈打って、掌に冷たい汗が浮かんだ。

遠野はそのまま片足まで鏡の中に入ってしまう。不思議なことに中に入った遠野の姿は一切鏡に映らず、その上半身がどうなっているのか全くわからない。もういい加減戻ってこいと伝えるつもりで強く腕を引くと、ようやく遠野が鏡から体を引き抜いた。

「普通に通路になってた！」

鏡から出てくるなり、遠野は興奮気味に隼人を振り返る。

「狭いトンネルの中に鏡がいくつも並んでる感じだった。足元もしっかりしてたし、鏡を潜り抜けていけば玉座の間に辿りつけそうだ。主人公が親友と戦うイベントは玉座の間に到着する前に発生するから……この道を通って魔王のもとへ向かえば綾瀬は助かる！」

ほとんど叫ぶように言って、遠野が隼人に体当たりをしてくる。とんでもない勢いだったが後方に吹っ飛ばされることはなかった。背中に遠野の両腕がしっかりと回されていたせいだ。

体当たりをされたのではなく抱きしめられたのだと、気がつくまでに時間がかかった。

ひ、と小さく声を上げてしまった。魔王の玉座に一足飛びで到着できるルートを見つけたことより、自分の死亡イベントが回避できることより、遠野に抱きしめられている事実に驚愕して全身が硬直する。好きな相手に抱きしめられているというのに、嬉しいよりも緊張して呼吸もままならない。

こちらの動揺も知らず、遠野はますます強く隼人を抱きしめる。

「お前が死なずに済む方法が見つかって、本当によかった――……！」

耳元で、万感の思いを込めた遠野の声がする。その乱れた息遣いを耳にしたら、がちがちに強張(こわば)っていた体からふっと力が抜けた。

隼人を抱きしめる腕が微かに震えているのを感じて、今日ここに至るまでに遠野がどれほどのプレッシャーと戦ってきたのかを垣間見る。二人で異世界にやって来たのに、どうしたわけか勇者に選ばれたのは遠野の方で、隼人はこの世界が始まった瞬間から命を落とすことが決定づけられていた。しかもその命を奪うのは、誰あろう遠野自身なのだ。

「……ありがとう。遠野のおかげだ」

腕を伸ばし、隼人も遠野の背中を軽く叩く。

「お前が最後まで諦めないでいてくれたから、ここまで来られた」

笑顔の裏で、どれだけ遠野は必死だったのだろう。どこに行くにも隼人と手をつないで離さなかったあの指先で、どれだけ小さな可能性に縋(すが)っていたのだろう。

子供をあやすように遠野の背中を叩き続けていると、背中に回された腕にますます力がこもった。

（遠野はいい奴だな）

隼人のように正しさに拘泥しなくたって、こんな底なしの善人も存在する。

これは善意だ。それ以上の意味はない。だからこそ、こうして遠野に抱きしめられて胸を高鳴らせるのはいけないと思った。

(俺の恋心は、この世界に置いていこう)

無事元の世界に戻れたら、そのときは遠野とたまに昼食でも一緒に食べられる程度の同僚になりたい。それだけで十分だ。それ以上は望まない。遠野を困らせたくない。

でもやっぱり好きだ、諦められない。

初めての恋心の手綱を取るのは難しくて押し殺した溜息をついたら、遠野が我に返ったように身を離した。

「わ、悪い。興奮して――」

見上げたその顔が少し赤い。ような気がする。目を凝らそうとしたが、遠野は顔を背けるように踵を返してしまった。

「作戦会議をしよう」

家を出ると、きっぱりした口調で遠野に言われた。一向にこちらを見ようとしないのは、感極まって抱擁などしてしまったのが照れくさいのかもしれない。

「玉座の間まで行く方法も見つかったし、装備を整えたら明日にも魔王を倒しに行こう」

隼人は無理に遠野の隣に並ぶことはせず、斜め後ろからその顔を見上げた。太陽はすでに西に傾き、夕日で照らされた遠野の耳朶が赤い。

「慈悲の鉄球を使うのか？」

「そうだ。十分勝機はあると思う。ただ、どうしたって一発勝負だからな。万が一ってこともあり得る」

「……わかった。覚悟しておく」

返事をしつつ、遠野とつないだ手に視線を落とす。

合わせ鏡の通路を辿っていけば魔王のいる玉座まで一直線だ。隼人が遠野と戦うイベントは発生しない。だからもう遠野の恋人を演じる必要もないのだが、外に出たらどちらからともなく互いの手を取っていた。

（元の世界に戻ったら、もうこんなふうに遠野と手をつなぐことも二度とないんだな……）

これっきりかと淋しく思っていたら、「どうした」と遠野に手を揺らされた。

「なんか指先がもぞもぞしてるぞ。気になることでもあるのか？」

互いの手が離れたら、こうして遠野から水を向けてもらうこともきっとなくなる。ならば今のうちにできるだけ素直な気持ちを口にしようと、隼人は静かに口を開いた。

「魔王と戦って、遠野がまた怪我でもしないか心配なんだ」

「怪我したって宿に泊まれば次の日には全快するぞ」

「だとしても、お前が怪我をするのはもう見たくない。寿命が縮まる。せめて俺を最前線に立たせろ。こっちが怪我をした方がまだましだ」

溜息交じりに呟くと、ますます遠野の歩調が緩んだ。俯き気味に歩く隼人の隣に並び、くすぐったそうに肩を竦める。

「なんだよ、やけに優しいな？」

「お前には、これまでさんざん世話になったからな。感謝してるんだ」

こんなふうに肩を並べ、手をつないで歩けるのも今日で最後かもしれない。そう思ったらこの時間がひどく惜しくなって、隼人は夕日に照らされる遠野の横顔を眩しく見上げた。

「……元の世界に戻っても、またこうして話をしてくれるか？」

遠野はぽかんとした顔でこちらを見て、子供のように破顔した。

「当たり前だろ、なんだよ今さら！」

「だが、こういう状況でなければお前と話をすることもできなかっただろうし、帰ったらそれきりになる可能性も……」

「なわけないだろ。お前と喋るの面白いし。なんだったら元の世界に戻った後、一緒にＬＯＤやるか？　移植版予約してるから」

「いいのか？」

「もちろん。なんだよ、そんな理由で深刻な顔してたのか？」

隼人の不安など笑顔で蹴散らす遠野を見上げ、思わず「うん」と頷いてしまった。

遠野にとっては大したこともない話でも、隼人にとってはこの上なく重要だ。頷くだけではこの気持ちは伝わらない気がして、懸命に言葉を探す。

「俺も、遠野とゲームで遊んでみたい。元の世界に戻ってからもこうやって話ができたら嬉しい。俺と一緒にいることをお前が嫌がっていなくてほっとした。すごく……嬉しい」

他に言葉が思い浮かばず、嬉しいを二回も言ってしまった。営業トークならよどみなくできるのに、本心を相手に伝えるのは難しい。伝わっただろうかと遠野の表情を窺うと目が合って、ぱっと顔を逸らされた。

「……綾瀬はときどき、素直すぎてびっくりするな」

ぼそぼそと呟いて、遠野は手の甲で乱暴に頬を擦った。何かごまかすように一つ咳払いをして、急に話題を変えてくる。

「それより、いよいよこの世界ともお別れになるけど、綾瀬はもうこの世界に未練とかないか？　仕事もしないでスローライフを堪能できるのも今夜が最後だぞ」

「スローライフというには危険が多い世界のような気もするが……」

全く未練がないと言えば嘘になる。たとえばあと三日、一日でもいいから、ここでもう少し遠野と恋人ごっこをしたい気持ちもあった。まだもう少し、この手をつないだままでいたい。

うっかりすると遠野の手を握りしめてしまいそうで、隼人は意図して指先から力を抜いた。未練を断ち切るつもりで、唇に笑みを浮かべて答える。

「俺はもう、早く帰りたい。お前に教えてもらったことを実践したいからな」

「俺？　なんか教えたか？　ＬＯＤの裏技？」

「違う。周りの人間を頼った方が円滑に仕事が進むって話だ」

そっちか、と遠野が笑う。その屈託のない笑顔が好きだと思った。目に焼きつけたくて瞬きを惜しむ。

「祖母とも話がしたい。就職するとき俺を脅してきた祖母が怖くて仕方なかったが、もしかしたら激励だったかもしれないんだろう？　そう考えて向かい合えば、少し祖母の印象が変わるかもしれない」

「そうだな。それは本当に、そうなるといいな」

今度の笑顔は目元を和らげた優しい表情だ。遠野は何種類もの笑い方を知っている。明るいのも優しいのも慈しむようなのも、全部好きだ。伝えられないが、本当に好きだ。

「遠野こそ、未練はないのか？　ここは憧れのゲームの世界なんだろう？」

いくらでもつき合うぞ、と言ってしまいそうになった。遠野のためではない。この旅を長引かせて、まだ一緒にいるための口実だ。自覚があったので口にはしなかったが、そうとも知らず遠野は考え込むような顔になる。

「うん、まあ……若干、もうちょっとここにいたい、というか、離れがたい気もするが、個人的な我儘に近いからなぁ……」

珍しく歯切れが悪い。下心抜きで、やり残したことがあるならやった方がいいと助言しようとしたところで、背後から「こんばんは！」と声をかけられた。誰かと思えば、またしてもマリアだ。

「今ね、貴方たちの宿に行こうとしてたの。ねえ、今夜は屋台でご飯を食べない？」

マリアの髪が夕日を受けて明るく輝く。いつだって一直線に遠野へ好意をぶつけてくるその姿を眩しく見詰めていると、隣で遠野が肩を竦めた。

「ごめんね、マリアさん。俺たち今日は早めに休んで、明日に備えておきたくて」

遠野がやんわりと断りの言葉を口にした途端、唐突にマリアが手を伸ばしてきて遠野の手を摑んだ。正確には、遠野と手をつないでいる隼人の手ごと両手で包んで身を乗り出してくる。

マリアの柔らかな手の感触にうろたえて視線を落とすと、背伸びをしたマリアが遠野の耳元で囁(ささや)く声が耳に飛び込んできた。

「私の家、町の南にあるの。赤い屋根の家。よかったら夜にでも遊びに来て」

耳朶に息を吹きかけるような囁き声に硬直して、顔を上げることができなかった。

「じゃあ、また後で」

隼人たちの手に重ねていた手をするりと離し、弾むような足取りでマリアはその場を立ち去った。

隼人はゆっくりと顔を上げ、マリアの後ろ姿を見遣った。視線を横に向ければ、遠野も同じくマリアの背中を見ている。

(……行くのか?)

軽い調子を装いそう尋ねようとした。でもできなかった。遠野がいつまでもマリアの去っていった方を見て、一向にこちらを振り返ろうとしないからだ。まるでたっぷり未練を残しているかのように。

焦燥でちりちりと胸が焦げた。こんな状態で行くのかと尋ね、「行ってもいいのか?」なんて真顔で問い返されたらどうしたらいい。「駄目だ」と即答してしまいかねない。

(そんなの、こっちの恋心を白状するようなものじゃないか)

遠野はまだマリアが去っていった方を見ている。

振り向いてほしくなって、遠野の手を軽く握ってみた。

いつもなら素早く隼人の指先の動きに反応するのに、今はよほどマリアのことが気になるのか遠野は微動だにしない。そのことに、自分でも想定していなかったくらいショックを受けた。もう一度遠野の手を握り返す勇気も失うほどに。

たった一度遠野に振り返ってもらえなかっただけなのに、なんだか一方的に手を振り払われたような気分になって、隼人はゆっくりと指先から力を抜いた。

マリアと別れた後、隼人と遠野は言葉少なに宿に戻った。

明日に備えて持ち物の点検をし、必要な物がきちんとそろっていることを確認したら早々に寝支度を整える。最後だからゆっくり話でもしようか、なんて言葉すらどちらからも出なかった。

「それじゃ、明日はよろしくな。お休み」

そう言って遠野は一足先にベッドに潜り込む。隼人も「お休み」と返して、客室のテーブルに置かれたろうそくの火を消した。

室内にろうそくの芯が燃える匂いが漂って、窓からゆっくりと月明かりが差し込んでくる。

隼人はベッドに入ると仰向けになり、胸の上で静かに指を組んだ。

今日は少し雲が出ているらしい。ときどき月に雲がかかって、窓から差す光がふっと暗くなる。けれどもう、闇に体の輪郭を見失うことはない。長いこと電気のない世界で生活をしていたせいか、月の光だけでも十分室内の様子が見えるようになっていた。

仰向けになったまま、隣のベッドで眠る遠野に横目を向けた。

遠野はこちらに背中を向けて動かないが、おそらく眠ってはいないだろう。いつもならベッドに入ると五分と経たずに響いてくる寝息が聞こえない。

眠れないのか。それとも、隼人が先に眠るのを待っているのか。

（今日が最後だから、マリアさんのところに行く気なのかもしれない）

この世界に未練はないのかと隼人が尋ねたとき、遠野はひどく歯切れの悪い返事をした。未練はあるが、言うのは憚る。そんな雰囲気で深く追及することはできなかったが、あのとき遠野の頭に浮かんでいたのはマリアの顔だったのかもしれない。

マリアは前々から遠野に秋波を送っていたが、今日ほど露骨に誘いをかけてきたのは初めてだ。なりふり構わないアプローチに、さすがの遠野もぐらりときたか。

天井を見上げ、どうしたものかと思案する。

本音を言えばマリアのもとに行ってほしくなどないが、隼人にそれを引き留める筋合いはない。ならばとっとと眠ったふりでもすればいいのだが、無理やり瞼(まぶた)を閉じても抵抗するように睫毛(まつげ)の先が震えてしまう。隣にいる遠野も寝返りを打つどころか溜息一つつかず、なんだか息が詰まりそうだ。

このままではろくに眠れぬまま夜が明けてしまう。無理に眠るのは諦めて散歩でもしてくるべきか。その間に遠野も部屋を出ていってくれればいい。マリアに会うため部屋を出ていこうとする遠野の背中を見てしまったら、引き留めずにいられる自信がなかった。

隼人はそろりと床に足を下ろすと、なるべく音を立てないようにベッドから立ち上がる。そのまま足を忍ばせて部屋を出ようとしたら、背後でばさりと布団を跳ねのける音がした。

「どこに行くんだ」

突然声をかけられたことより、室内に響いた声の低さに肩が跳ねた。そっと振り返ると、遠野が起き上がってこちらを見ている。その顔に浮かんでいたのははっきりとした苛立ちで、滅多にない表情にうろたえて視線が下がった。

やはり隼人が眠ったらマリアのもとに行くつもりだったのだろうか。それなのに隼人がなかなか眠らないから苛々していたのかもしれない。

肋骨(ろっこつ)の隙間からキリキリと太い錐(きり)を差し込まれるように胸が痛い。最後の夜にこんなふうに遠野を苛立たせたかったわけではなく、むしろ気を遣ったつもりだったのに、どうしてこう上手くいかないのだろう。

一呼吸ごとに胸を刺す痛みが深くなって、目の端にジワリと涙が滲(にじ)んだ。それを遠野に気づかれたくなくて、慌ててベッドに背を向ける。

「さ……散歩に行ってくるだけだ。しばらく戻らない、から……」

お前も好きにしろ、と続けようとしたが、声が震えてしまって言葉にならない。今すぐこの場から逃げ出したくてドアノブに手を伸ばしたら、背後で遠野がベッドを飛び降りる気配がした。荒々しい足音が近づいてきて、後ろから腕を摑まれる。

「まさかお前、マリアさんの家に行こうとしてるのか？」

硬い声で詰問されて眉を寄せる。そんな疑いをかけられる理由がわからない。誘いを受けたのは遠野なのに。まさか隼人が横恋慕しているとでも思っているのか。

なぜ好きな相手に恋敵として睨(にら)まれないといけないのだ。自分の恋心の報われなさに泣けてきた。いい年をして情けないとは思ったが、目の縁に見る間に涙が溜(た)まっていく。

「……おい、綾瀬？」

俯いた隼人の肩の震えに気づいたのか、遠野の指から力が抜けた。声からも急速に怒気が抜け、一転して遠慮がちな力で隼人の肩に触れてくる。

「ど、どうした。泣いてるのか……？」

隼人は遠野を振り返らず、無言でドアノブに手をかける。そのまま外に出ようとしたが、ノブを摑んだ手に遠野の手が重なってドアを開けられない。

「マリアさんのところに行くのは、ちょっと待ってくれ」

焦りを滲ませた声で懇願され、そんなにもマリアが大事なのかと思ったらいよいよ目の縁から涙が落ちた。

「……ただの散歩だ。マリアさんのところには、行かない」

ひしゃげた声で答えると、「本当か……？」と念押しをされた。隼人は唇を嚙みしめ、なんとか呼吸を整えてからもう一度口を開く。

「当たり前だ、誘われたのはお前だろう。俺の出る幕じゃない」

「は？ 違うだろ、誘われたのは綾瀬だろ？ 最初からマリアさん、どう見たってお前に気があるふうだったじゃないか」

隼人は眉間を狭くして、何を今さらと遠野を睨む。

「馬鹿を言うな、粉をかけられてたのはお前だ。今日だってお前の耳元で家に来ないかと囁いてたじゃないか」

「お前こそどこに目をつけてんだよ。あのとき完全にマリアさんお前のこと見てただろ」

お互いだんだん声に熱がこもってきて、隼人は身をよじって遠野と向かい合う。

「俺なんて見てるはずもない。せっかくの誘いだ。行けばいいだろう」

「だから、なんでそうなるんだよ!? 行くわけないだろ、そもそも誘われてもないのに」

「……別に、俺に気を遣う必要なんてないぞ。最後の夜くらいお前の好きにしたらいい」

どうしても不貞腐れたような口調になってしまって、隼人は盛大な自己嫌悪に陥る。こんなことが言いたいわけではないのに。気にするな、と笑って肩を押してやれたらよかったのに。

どうして好きな相手の前だとこんなに自分の感情を制御することが難しいのだろう。弁解の言葉も浮かばず項垂れていたら、真正面から遠野に両肩を摑まれた。

「なんでそう捨て鉢なんだ？　やっぱりお前、マリアさんのこと……」

「それはお前だろう、この世界に未練があるのだって、あの人がいるから……」

「違う、お前こそマリアさんが広場に来るといつもぎくしゃくした態度になって、気があるのが丸わかりだったぞ」

「馬鹿言うな！　お前は彼女に気があるからそういうふうに見えたんだろう！　いいからさっさと行け！」

「だから――……っ、行くわけないだろ！　俺が好きなのは綾瀬なんだから！」

もどかしげに足を踏み鳴らした遠野が、やけくそじみた大声で叫ぶ。

大きな声に驚いて肩が跳ねた。おかげで言葉の内容を理解するのが一拍遅れる。ぽかんとした表情から一転、じわじわと目を見開いた隼人を見遣り、遠野は苦々しげに呟いた。

「最後の夜に、なんでお前を残してどっかに行かなくちゃいけないんだよ……」

「……と、遠野、待ってくれ、あの」

「待たない。もう言っちまったからな。先に言っとくけど友達の好きじゃないぞ。恋愛感情が絡んだ好きだからな。こっちの世界に未練があるとすれば、四六時中お前と過ごせなくなることだけだ」

確認するまでもなく軽々と疑念を蹴飛ばされてしまった。恋愛感情込みだと宣言され、隼人は唇をわななかせる。

都合のいい展開についていけない。夢でも見ているのではないか。嬉しさよりも驚愕が先に立って涙も引っ込んだ。その様子をどう捉えたのか、遠野が口元に苦い笑みを浮かべる。

「こんな状況で告白なんてされたら、断りにくいし気まずいよな。元の世界に戻るまでは離れ離れになることもできないのに。だから、最後まで言うつもりはなかったんだけど……」

驚いたことに、遠野も自分と同じようなことを考えていたらしい。俄然遠野の告白に信憑性が湧いてきて、隼人はパクパクと口を動かす。俺も、と言い返したかったが、身を屈めた遠野が肩に額を押しつけてきて、息と一緒に声まで呑み込んでしまった。

頰に遠野の髪が当たる。あまりの近さに息すら詰めていたら、耳元で掠れた声がした。

「……悪い。もしかしたら明日死ぬかもしれないと思ったら、黙ってられなかった」

声は弱々しい響きを伴って、隼人は横っ面を張られたような気分になる。

魔王のもとへ向かうと決まった後も遠野はほとんど態度を変えなかったが、やはり緊張と不安は並々ならぬものがあったのだろう。死ぬかもしれない、という言葉には、かつてない切実さが込められていた。

それでも平気なふりをしてくれていたのは、隼人まで一緒に不安にならないようにという気遣いだろうか。今の今までそれに気づかなかった自分の鈍感さに歯噛みした。

遠野が自分を好きだなんてまだ信じられない。けれど、力なく項垂れる遠野の言葉に応えずにはいられなくなって、隼人は喉を反らし喘ぐように息を吸った。

「と……遠野、俺も……俺もお前のこと、好きだ」

遠野の背中がぴくりと動く。ゆるゆると顔を上げた遠野は、なぜか途方に暮れたように眉を下げた。

「最後だからって気を遣って心にもないこと言わなくてもいいんだぞ……？」

見当違いな物言いにむっとして、「気なんて遣ってない！」と強い口調で言い返す。

「お、お前こそ、命の危機に瀕して脳が不具合でも起こしてるんじゃないか？」

「俺の頭の中にまでバグが発生したって言いたいのか？」

「いや、吊り橋効果的な何かが……。だってそうでもなかったらおかしい。俺は男だし、こんなだから……他人から好かれる要素なんてないだろう」

　まして相手は遠野だ。マリアのように言い寄ってくる相手が引きも切らない人生を送ってきただろう男が、なぜ自分を選んだのか本気でわからない。

　真顔で言い募れば、曇っていた遠野の顔にふっと笑みが差した。

「なんで。綾瀬なんて人から好かれる要素いっぱいあるだろ」

「扱いにくいと言われたことなら何度かある。何を考えているのかわからない、とも。仕事人間とか、融通が利かないとか言われたことも。どれも人に好かれる要素じゃない」

　生真面目に言い返す隼人に、遠野は微苦笑でもって返した。

「確かに、こっちの世界に来た頃は俺もだいぶ振り回されたな。全然人の言うこと聞かないし、自分が正しいと思ったらこっちの制止も無視して突っ走るし、なんだこいつ、とは思った」

「……ほら見ろ、やっぱりそうじゃないか」

　過去の自分の行動を振り返ると今さらながらに落ち込んでしまう。遠野はさぞ迷惑そうな顔で自分を見ていたのだろうと想像して胸がへこんだ。

「でも、ひたすら愚直にＮＰＣの話を聞いて、ゲームの知識もないのにイベントをクリアしたときは純粋に凄いと思ったぞ？」

　両肩に置かれていた遠野の手がするりと移動して、隼人の腰に回される。そのまま抱き寄せられ、心臓が喉元まで飛び上がりそうになった。

「自力でイベントクリアした後、『どうだ！』ってどや顔するのも面白かったしな。もっとお堅いタイプだと思ったから、そういうギャップは好感持てた」

「ど、どや顔なんて、してない……」

互いの胸が触れ合う距離に動転して言葉が頭に入ってこない。視線はあっちに行ったりこっちに行ったりと慌ただしくて目が回りそうだ。そんな自分を、遠野が愛しげに眺めていることすら気づけない。

「旅の途中だって、何を見ても綾瀬が感動してくれるから面白かった。初めて極楽鳥見たときのこと覚えてるか？　口半開きにして空を見上げてたお前の顔、写真に撮っておきたかった。生まれて初めて虹とか雪とか見た子供みたいな顔で、うわぁって声上げて、まんまるくした目に青空が映り込んで、綺麗だった」

いつまでもウロウロと落ち着かない隼人の目を自分の方へ向かせるように、遠野がぐっと顔を近づけてくる。月明かりしか光源のない薄暗い部屋でも黒く潤んだ遠野の瞳をしっかり捉えてしまって、いよいよ目を逸らせなくなった。

「あれはなんだ、これはどうなってる、あっちに行ってみようって俺の手を引っ張ってあちこち歩き回るお前を見てるのは楽しかった。お気に入りのゲームを友達と一緒にプレイしてるみたいで、こんなわけわかんない状況なのに悲観的にならずにいられた」

互いの距離が近づくにつれ、遠野の声はどんどん低く、小さくなる。隼人以外には聞かせまいとでもいうように、囁く声に吐息が混ざる。

「俺がモンスターに襲われて怪我したときは、この世の終わりみたいな顔してたよな。こんなに俺のこと心配してくれるのかと思ったら、痛いのなんかどうでもよくなった。その後、洞窟で綾瀬が子供の頃の話を聞かせてくれたときは嬉しかった。傷口を開いて見せてくれたみたいで。そんなもん見せるの普通は怖いだろ。相手が無遠慮に傷口に手ぇ突っこんで掻き回してくるかもしれないのに。でも、俺はそんなことしないって信用してくれたんだなと思ったら、本当に嬉しかった」

嚙みしめるような口調で遠野に言われ、隼人はさっと表情を変えた。頰に見る間に血が集まって、真っ赤になる。

「どうした？　あれ？　信用してくれたわけじゃなかったか？」

隼人は口元を手で覆い、いや、とくぐもった声を出す。何光年もの距離を隔てて星の光が届くように、今になって遠野と語らった夜の心境が鮮明に蘇って耳まで熱くなった。

「お……俺は、あんな特殊な話をしたら奇異な目で見られるのも仕方がないと思ったし、半分はそういう、自罰的な気分で喋っていたつもりだったんだ……。でも、よく考えたら確かに、遠野なら一方的に相手を責めたり否定したりすることはしないんじゃないかと……そういう、甘ったれた気持ちもあったんだなと、今になって……」

あのとき自分は、「お前もお前の家族もおかしい」と無遠慮に断じられるのも覚悟して昔の話をしたつもりだった。でもその覚悟の裏に、遠野なら、という信頼感があったのは否めない。

言われるまで気がつかなかった。自分の甘えを見せつけられたようで恥ずかしく、血の上った顔面を両手で覆って「すまん」と呻いたら、のけ反るほど強く遠野に抱きしめられた。

「ぐ……っ、な、なんだ、おい……っ」

「いやぁ……お前がそうやってときどき見せる、無防備すぎて心配になるくらい素直なところに最後は撃ち抜かれたんだよなぁってしみじみ思い出して……」

隼人の首筋に顔を埋めた遠野が、深く長い息をついた。

「洞窟から帰った後くらいからかな。お前がえらく素直になって、一生懸命自分の気持ちを伝えてこようとするのを見て、なんかぐっときたんだ。でもそのときは、不器用な後輩を見守るみたいに微笑ましく見てるつもりだった。それまでは俺、女の子しか好きになったことなかったし」

自分の気持ちを咀嚼できないながらも、浮かれていることだけは自覚していたと遠野は言う。

きっと社内の人間は、隼人がこんなに意地っ張りで、不器用で、軽く押したらへこんでしまうくらい弱いところがあることなんて知らない。そう思うと胸が疼いた。隼人と手をつないで異世界を回る自分だけが知る事実だ。くすぐったいような優越感に、にやつきそうになる口元を何度引き結んだことだろう。

「その頃から、手をつなぐとお前が緊張したみたいに指先バタつかせるようになって、無表情なのにわたわたしてるのが指先から伝わってきて、可愛いな、と思うようになった。でも、可愛いにもいろいろ種類があるだろ？」

　可愛いという気持ちの分類は難しい。片想いの相手や恋人はもちろん、不器用な友人や一生懸命な同僚、小動物やぬいぐるみにだって抱ける感情だ。

「お前に対する『可愛い』はどういう種類の感情だろう、なんてわりと悠長に考えてたんだけど、マリアさんに言い寄られてるお前を見てはっきり嫉妬(しっと)したんだ。マリアさんに」

「い、言い寄られてたのは、俺じゃなくて、遠野だろう……」

「まだ言うか」と苦笑しながら遠野が顔を上げる。互いの鼻先が触れるほどの至近距離から覗き込まれて息が途切れた。

「……マリアさんのところには行かないよな？」

　唇に吐息が触れる。自分の息も遠野の唇に届くだろうか。恐る恐る口を開いて、なるべく小さな声で答えた。

「い、行くわけない。俺は、お前のことが好きなのに――……」

　どうしてわざわざ他人のところに、と続けようとした言葉は声にならず、遠野の唇に呑み込まれた。

　目を閉じる暇もなかった。押しつけるように触れた唇はすぐ離れ、そっと顔を覗き込まれる。

「……嫌じゃなかったか？」

問われても返事ができない。辛うじて頷いたらまたキスをされた。唇を触れ合わせたまま「本当か？」と囁かれて腰が抜けそうになる。

言葉の代わりに、遠野の背中におずおずと手を伸ばした。返事は正しく伝わったようで、軽く押しつけるようなキスが繰り返される。

「ん……、っ」

舌先で唇の隙間を辿られて肩が跳ねる。開けろということだろうか。確信が持てないまま唇を開くと、遠野の舌がゆるりと唇を割って入ってきた。

初心者相手に手加減をしてくれているのか、遠野はゆったりとした動きで隼人の口内を掻き回していく。舌先がとろりと絡まって背中がのけ反った。くすぐったいような、気持ちがいいような、不思議な感覚だ。

自然と遠野の背に回した腕に力がこもって、互いに固く抱きしめ合う。

腰を抱き寄せられると薄い布越しに下腹部がこすれ合った。遠野がゆるゆると腰を揺すってきて、合わせた唇の隙間から濡れてくぐもった声が漏れる。

「ん、ん……っ、ぅ……」

気がつけば、隼人も自ら腰を揺らしていた。はしたないと思うのに止まらない。腰を押しつけてきた遠野がひと際深く舌を押し入れてきて、息苦しさに背筋が震えた。気持ちいいと苦しいが交ざり合って、甘くて苦い酒のように腹の底を熱くあぶる。

だんだん膝が震えてきて、助けを求めるように遠野の背中に爪を立てた。ようやく唇が離れると、ぎらつくような目に見下ろされる。初めて見る目だ。背筋にぞくぞくと震えが走ったが、遠野はその眼差し(まなざ)しを隠すように深く目を閉じてしまう。

「明日はいよいよラスボス戦なのに、悪い。こんなことしてる場合じゃないよな。万が一失敗なんてしたら……」

失敗したら、どうなるだろう。

ゲームなら敵にやられても主人公は蘇る。キャラクターを蘇生(そせい)させるアイテムもある。だが、生身の自分たちはどうだ。瀕死の状態から回復することはすでにわかっているが、死亡からの復活はあり得るのか。試していないからわからない。どうしたって一発勝負だ。

きっと明日にはすべて終わる。そう思ったらもうじっとしていられず、離れていこうとする遠野の体をがむしゃらに抱き寄せた。

「むしろ今しなくてどうする！　明日より先があるかどうかもわからないのに！」

不意打ちによろけた遠野が、「縁起の悪いこと言うなよ」と焦ったような声で言う。

「本当のことだろう！　だったら最後に悔いは残したくない……！」

自分にとってはこれが初めての恋で、最初で最後になるかもしれない。物分かりのいいふりをして引き下がる気になれず全力で遠野にしがみつくと、同じくらいの力で抱き返された。

「綾瀬の思い切りのよさには負ける」

苦笑交じりに呟かれ、腰を抱かれてドアから離れた。遠野のベッドに腰かけるなりキスをされ、そろってベッドに倒れ込む。のしかかってきた遠野が、唇、頬、額に瞼と、雨のようにキスを降らせてくるので目も開けていられない。

キスの合間に服を脱がされ、恥ずかしがっている暇もなかった。あっという間に着ているものをすべて取り払われ、隼人の足を跨（また）ぐようにして座る遠野が服を脱ぐのを見上げる。

服を脱いだ遠野の体は思いがけず逞（たくま）しい。広い胸やがっしりした肩回りに見惚れていたら視線がかち合って、とっさに目を逸らしてしまった。

「なんだよ、今さら恥ずかしがるなよ」

からかうような口調で言って遠野が身を倒してくる。

剝き出しの胸が触れ合って息を呑む。とんでもない速さで脈打つ鼓動が伝わってしまいそうだ。自分ばかり緊張しているようで居（い）た堪（たま）れなくなったが、合わせた胸から伝わってくる遠野の鼓動も同じくらい速いことに気づいて目を丸くした。

ちらりと遠野の顔を見上げると「なんだよ」と笑われた。少しだけ照れくさそうなその顔を見たら、痛いくらいに胸が高鳴る。

「し、心臓が持たない……」

息も絶え絶えに呟くと、胸の上に遠野の掌が乗せられた。

「本当だ、凄く速い」

囁いて、隼人の胸に指を滑らせる。指先が胸の尖りに触れ、脇腹に震えが走った。

「く、くすぐったい……」

うん、と遠野は返すものの、隼人の胸を弄る指はそのままだ。指先で乳輪をなぞられ、先端を爪の先でくすぐられて爪先をばたつかせた。

「と、遠野……っ、あ……っ」

いたずらに耳朶を食まれて声が跳ねた。舌先でとろりと耳の縁を舐められるとやっぱりくすぐったくてじっとしていられない。もがくように身をよじるが、上から遠野がのしかかってきて仰向けの体勢から動けなかった。

「お、おい……っ、くすぐったいって、ん……っ」

耳に軽く歯を立てられて、抗議の言葉も切れ切れになる。しこりのような胸の尖りを指の腹で柔らかくこね回されると、なんだか腰の奥がぞわぞわした。

「よせ、もう……、や、あっ！」

先端を指先でつままれ、きゅうっと押しつぶされて高い声が出た。痛いというより、痺れにも似た鮮烈な感覚が背筋を走って両手で口を覆う。

遠野はようやく顔を上げると、顔を真っ赤にして口をふさぐ隼人を見下ろして目を細めた。

「ここを弄られるの、嫌いじゃないだろ？」

無言で首を横に振ったが、遠野に指先で円を描くようにそこをこねられると背筋が震える。

自分でも知らなかった秘密を暴かれたようで身を固くしていると、胸から遠野の手が離れた。ほっとしたのも束の間、その手は隼人の臍を辿り、さらにその下に移動して腿の間に滑り込む。

「こっちも反応してる」

緩く首をもたげていた性器を握り込まれ、掌の下で悲鳴じみた声を上げた。慌てて口元から手を離し、遠野の体を押し返そうとする。

「と、遠野！　やめろ、やだ、こら……っ」

「なんで、もういきそうとか？」

違う、と力強く言い切れたらよかったのだが、そうでもないのが問題だ。軽く握り込まれただけで屹立の先端に先走りが滲んで、遠野の言葉を否定しきれない。

口ごもっているうちに上下に手を動かされ、背筋が粟立つような快感に息を呑んだ。

「あっ、あ……っ、や、やだ……っ、と、止めろ……！　あ……っ！」

先走りをまとった掌でぬるぬると扱かれて腰が震える。本当に達してしまいそうだ。こんなのさすがに早すぎる、格好がつかない。

奥歯を嚙んで快感に抗うが、隼人を追い上げる手はまるで緩まない。さらに遠野は、もう一方の手を隼人の胸に這わせてくる。

「や、や、あ……っ、あぁ……っ」

反対側の乳首を指が掠め、それだけで切羽詰まった声が出てしまった。

「ああ、本当にここ好きなんだ。くすぐったいって言ってたのに、よっぽど感度がいいのか」

「う、う、うるさい……」

「否定しないのか。隙が無いように見えて隙だらけなんだもんな。可愛くて困る」

馬鹿にするなと噛みつこうとしたのに、最後のセリフで撃沈した。二十歳も過ぎた成人男性が可愛いわけもないだろうに、遠野はだらしないくらい目尻を下げて笑っていて、どうも本気で言っているようだから質(たち)が悪い。

「気持ちいいなら続けよう」

笑顔のまま、遠野が再び指を動かし始める。ゆるゆると性器を扱かれながら胸の先端をこね回されて、隼人は背中を弓なりにした。

「あ、あ、あぁ……っ」

「胸の方が好きか？　こうされるのは？」

先端をつままれ、弱い力でこよりを作るように弄られる。ぞくぞくと背筋が波打って、腰の奥に重たい快感が溜まっていく。けれど遠野は隼人の胸を弄る方が楽しくなってきたのか、屹立を擦る手の動きがおざなりになって、焦(じ)れったい刺激に翻弄(ほんろう)された。

あまり早く達してしまうのは情けない、などと思っていた気持ちはあっという間に裏返り、早くいきたくて自ら遠野の手に腰を押しつけた。

「と、遠野……遠野、早く……っ」

切羽詰まって涙交じりの声を上げると、遠野の顔がゆっくりと近づいてきてキスをされた。

「綾瀬、脚開いて……もっと」

唇の先でそそのかすように囁かれ、言われるまま大きく脚を開く。

遠野は隼人の脚の間に身を割り込ませると、先走りで濡れた指先をさらに奥へと滑らせた。

「ここも触りたい」

窄(すぼ)まりに指が触れる。答える前に、胸を弄っていた手が下肢へと移動した。先端を指先でなぞられ、自分のものとも思えない甘ったるい声が漏れた。

「い、いいから、早く……っ」

もどかしく身をよじると、窄まりに触れた指が少しだけ奥に入ってきた。硬い感触に息を呑む。けれどそれは、もう一方の手で屹立を扱かれた瞬間鮮烈な快感に塗りつぶされ、呆気(あっけ)なく意識から弾き飛ばされてしまった。

「あ、あっ、ん……っ」

遠野が手を動かすたび、ぐちぐちと粘着質な音が室内に響く。先端からは先走りが滴って今にも弾けてしまいそうなのに、遠野がわざと手の力を緩めてくるからなかなかいけない。代わりに後ろを探る指がずるずると奥まで入ってきて爪先が丸まる。

「や、あっ、と、遠野、やだぁ……っ」

「ん？　痛かったか？」

こんなときなのに優しいくらいの声で問われ、隼人はぐずるように首を横に振った。張り詰めた性器を撫でるように擦られ、絶頂ぎりぎりまで追い上げられてはかわされる苦痛に比べたら、奥を探られる苦しさなどまだ耐えられる。

いきたい、と涙声で訴えると、深々と埋め込まれた指をゆっくりと出し入れされた。

「あ、あ……っ、そ、そっちじゃない……っ」

「わかってる。こっちだろ?」

裏筋を親指でゆっくりと辿り下ろされて奥歯が震えた。溢れた先走りが遠野の手を濡らし、奥を突く指の動きも滑らかになる。

「あっ、あ……っ、ぁ……っ」

大きな掌に屹立を握り込まれ、期待で全身が粟立った。でも遠野は柔らかくそこを握り込んだだけで、決して大きく手を動かすことはしない。もうあとほんの少しでいけそうなのに、なかなか最後の一押しがもらえず喉を震わせた。

撫でるような動きはそのままに、窄まりにもう一本指を添えられた。ごつごつとした指で狭い場所を押し開かれて声が出る。痛みより、腹の底でぐつぐつと煮詰まった快感を解放させてもらえないのが苦しくてたまらない。

「と……遠野……お前……本当は俺のこと、嫌いなんじゃないか……?」

あまりに苦しいのでぐすぐすと鼻を鳴らしながら尋ねたら、その質問ごと呑み込むように深いキスをされた。

素直に口で否定してもらった方がよかったと思うくらい執拗に舌を絡ませた後、遠野は真顔で隼人を見下ろして言った。

「すまん。お前があんまりエロいから……」

「えろ……お、俺が？　おま、目、目は無事か……？」

「無事だ。よく見えてる。会社ではにこりともしないでストイックに仕事してたお前が、びっくりするほど快感に弱くて泣きじゃくってる姿に興奮する」

ほら、と遠野が隼人の腿に腰を押しつけてくる。見なくてもわかるくらい硬くて熱いそれに、隼人はカッと頬を赤らめた。隼人の醜態を見ているだけでそんなことになったのか。

「……お、俺も、触る」

この状態では遠野も辛いだろう。おっかなびっくり手を伸ばそうとしたら、遠野に軽く唇を噛まれた。

「それよりこっちがいい」

片足の膝の裏に腕を入れられ、前より大きく脚を開かされた。窄まりに固い切っ先を押し当てられて息を呑む。

「おい、待て、ま、ま……っ」

ぐっと腰を進められ、圧迫感に息が詰まった。さすがに無理だと訴えようとしたが、その夕イミングを読んだように屹立に指が絡む。

「……っ！　や、待て……待って、あっ、あっ、やだ、あぁ……っ！」

これまでなかなか決定的な刺激をくれなかったくせに、しっかりと性器を握り込まれ、根元から先端まで力強く扱かれて体が跳ねる。

さんざん焦らされた後だ。手加減なく与えられる快感は濃厚で、体を押し開かれていく鈍痛すらも遠ざけてしまう。苦しいのに気持ちがいい。抗いきれない。

「あっ、あ、あぁ……っ！」

奥まで突き上げられるのと吐精するのはほとんど同時だった。激しく胸を上下させ、ぐったりとシーツに沈み込む隼人の頬に遠野がキスを落としてくる。

隼人は緩く拳を握ると、無言で遠野の胸を殴った。大した威力もないそれを遠野は甘んじて受け止め、拳を食らいながら隼人の顔にキスを繰り返す。

「悪かった、興奮しすぎて無茶した」

「……お前の性癖なんて知らん、手加減しろ」

「反省してる。もう無茶しないから、もうちょっとこのままでいさせてくれ」

深く息をついた遠野が首筋に顔を埋めてくる。頬に触れる髪は汗で濡れ、内側に接するものもまだ硬いままだ。この状態でじっとしているのは遠野にとっても辛いだろう。

一方の隼人は、一度達したことで多少冷静さを取り戻している。肩口に顔を寄せる遠野を見

ていたら大きな生き物に懐かれている気分になって、思わずその頭を撫でてしまった。

「……動いていいぞ」

ぼそりと告げた途端、遠野が勢いよく顔を上げた。期待と自戒が入り混じるその顔を見上げて笑いを嚙み殺す。どうやら本当に反省はしているらしい。

「その代わり手加減しろよ」

釘を刺すと、遠野の顔が真剣みを帯びた。

「善処する」

本当かな、と思っていたらキスで唇をふさがれた。唇の隙間を熱い舌先が割って入ってくる。

「ん……」

キスは好きだ。とろとろと濡れた舌が絡まって気持ちがいい。遠野の首に腕を回すと、ますますキスが深くなる。舌先を甘く嚙まれて喉を鳴らしたら、緩慢な動きで腰を揺らされた。

「ん、ん……ん」

濡れた粘膜がこすれ合う。体の内側の柔らかい場所は、他の部分より敏感で快感を拾いやすい。揺さぶられ、舌を吸い上げられて、汗の引いた肌に再び熱が灯った。

「んっ、は……ぁ、あっ、あ……っ」

キスが終わると、遠野の唇は頰から顎、首筋へと移動して、鎖骨に軽く歯を立てられた。肌に当たる遠野の息が荒い。興奮しきった息遣いに反応して、体の芯に甘い痺れが走る。

「あ、あ……っ、あっ！　や、やめろ、そこは……っ」

遠野の唇が胸の尖りに辿りつく。唇が掠めただけで息を呑んだのに、躊躇なく尖りを口に含まれて喉をひきつらせた。

「あっ！　あっ、や、ぁ……っ！」

今日の今日まで性感帯とも思っていない場所だったのに、舌全体でざらりと舐められ、シーツから背中が浮くほどの快感に貫かれた。締めつけに遠野が低く呻いて、隼人を揺さぶる動きが大きくなる。

「あっ、あっ、あ……っ、やぁ、ん……っ」

先端を吸い上げられると、蜜のように重い快感が下腹部に溜まっていく。性器を刺激されるときとは違う。もっと体の深いところから染み出してくるような快楽に翻弄され、隼人は必死で遠野の首にしがみついた。

「遠野、遠野……っ」

子供のように心細い声で遠野を呼べば、ありったけの力で抱き返された。息苦しいくらいのそれはやっぱり気持ちがいい。繰り返し揺さぶられ、突き上げられて、遠野を呑み込んだ部分が痙攣するように収縮した。

「ひっ、あ、あ……っ、あぁ……っ！」

ひと際深く突き上げられ、我知らず蜜をまぶしたような甘い声を上げていた。長々と尾を引くそれに引きずられるように、遠野もぶるりと体を震わせる。

汗ばんで重たい体がずしりとのしかかってくる。苦しくて気持ちいい。恍惚と目を閉じたら、遠野が慌てたように身を起こした。

「綾瀬、ごめん、やっぱ無茶した。その……苦しくないか?」

重いだろうと気を遣ってくれたようだが、隼人はむっと眉を寄せて遠野を引き寄せた。

「あ、綾瀬……?」

「いい……そのままで……」

隼人は寝言のような声で呟いて、遠野の首を抱き寄せ目を閉じる。戸惑ったような沈黙の後、遠野がゆっくりと体重をかけてきた。

遠野の重さは気持ちがいい。苦しくないかとこちらを案じながら、腕と膝をシーツについて全体重がかからないようにしてくれている。その体勢はかなりきついだろうが、無茶をした自覚があるならもう少しこのままでいてほしい。

遠野の腕がぶるぶると震えだしても、隼人は遠野の首に回した腕をほどかない。気の済むまで心地よい重みを味わって、唇に柔らかな笑みを浮かべた。

「よし、じゃあ行くぞ」

町の片隅にある家の中、寝室に置かれた姿見の前で遠野が隼人を振り返る。すでに箪笥の扉は開けられ、二つの鏡が合わせ鏡状態になっている。鏡の奥に見えるのは、昨日と変わらず魔王城の玉座の間だ。

夜も明け、これからいよいよ最終決戦に向かおうというのに遠野は少し心配顔だ。

「……本当に大丈夫か？　やっぱり一日延長するか？　昨日はだいぶ無茶させたし」

隼人は腰に差した剣の位置を調整しながら、遠野の心配を鼻息で吹き飛ばした。

「ここが現実世界だったら足腰立たなくなっていたかもしれないが、幸いゲームの中だからな。宿屋で一晩休んだおかげで全快してる。どこも痛まないから安心しろ」

「そ、そうか。悪かった、本当に……」

本気で反省している遠野をこれ以上いじめるのもかわいそうで、隼人は口元を和らげた。

「元の世界で同じことをされたら有休をとる羽目になるからな。善処しろよ」

「わ――わかった」

元の世界という単語を耳にした途端、遠野の表情が変わった。隼人の胸にも、いよいよこの世界を去るときが近づいてきたという実感がひたひたと押し寄せてくる。

先に遠野が鏡に触れ、ゆっくりとその中に体を沈めていく。完全に中に入ると、ひょこっと上体だけこちらに出して隼人に片手を差し出してきた。その手を摑み、隼人も鏡の中に入る。

鏡の中は狭いトンネルに延々と鏡を連ねたような空間だった。手をつないだまま、隼人と遠野は一枚一枚鏡を通り抜けていく。

「……今さらだけど、本当にこのまま魔王のところに行っていいか？」

何枚目かの鏡を抜けたとき、出し抜けに遠野に尋ねられた。その背中を見遣り、「本当に今さらだな」と言い返す。

「今のところ、魔王を倒して転移の泉で元の世界に戻るしか策はないんだろう？　まごまごしている理由もないと思うが」

「そうなんだが、もしかすると慈悲の鉄球を使っても一撃じゃ魔王は倒せないかもしれない。反撃されたら死ぬ可能性もある。だったらいっそ……とか、思ったりしないか？」

だったらいっそ、の後の言葉を遠野は明確に口にしなかったが、言われなくてもわかった。隼人も昨日、ちょうど同じことを考えていたからだ。

遠野と体を重ねた後、未明にふっと目を覚ました。狭いベッドで身を寄せ合って、遠野は大事なものを抱え込むように隼人を抱きしめて寝息を立てていた。

規則正しく繰り返される遠野の寝息に耳を傾け、その穏やかな寝顔を眺めていたら、本当に魔王のもとへ向かうべきだろうかという迷いが胸を掠めた。

魔王を倒し、転移の泉に飛び込んだところで元の世界に戻れると決まったわけではない。そもそも無傷で魔王を倒せるという保証もないのだ。

ならばいっそ魔王のもとへ向かうのはやめて、このままこの世界で生きていくのもいいかもしれない。この世界ならば空腹も感じないし、怪我をしてもすぐに治る。働く必要もなく、一生遠野と旅をして過ごすことだって可能だ。

だが、元の世界に帰れる可能性があるのにそれを試さず、楽そうだからという理由でこの世界に留まるのは正しいことと言えるだろうか。

遠野の寝顔を見詰めて延々と考えた。

どうするべきだ。何が正しい。正しさとはなんだ。

もしもこんなとき、祖母だったら。

(いや、俺は一体どうしたい?)

自らにそう問いかけたとき、窓の外に黎明が訪れた。闇を払うその光を見たとき、ようやくわかった。自分がどうすべきか。

「俺は元の世界に帰りたい」

遠野の手を強く握りしめて断言すると、次の鏡に片足を突っ込みかけていた遠野がこちらを振り返った。

「お前と元の世界に帰りたい。だって元の世界には、お前が培ってきたお前の人生があるんだろう? 俺に父や祖母がいるように、お前にだって家族がいて、友人がいて、お前の生活があったんだろう?」

遠野が足を止めたので、隼人も立ち止まって遠野をまっすぐ見上げた。

「現実世界のお前をちゃんと見たいし、一緒に過ごしてみたい。お前が普段どんな本を買って、どんなテレビを見て、どういう部屋で過ごしているのか知りたい。だから帰る」

もしも祖母がこの回答を耳にしたら、どんな反応を示すだろう。「そんなもの、貴方の個人的な欲求でしかないじゃありませんか」と眉を顰められるかもしれない。

でもそれでいいと思った。これが自分の本心だ。

隼人はずっと、祖母を世界の中心に据えて生きていた。祖母の言うことはすべて正しいし、従わなければいけない。それが当然だと信じて疑ったこともなかった。信仰というより、呪縛に近いものだったと思う。

だが、遠野と話をするうちに祖母の呪縛などなかったのだと気づかされた。むしろ自分は祖母の定めた正しさに寄り掛かり、自ら考えることを放棄していたのかもしれない。

逃げ出さず、帰ろうと思えたのは隼人にとって大きな進歩だ。だから思った。ここで死んでも悔いはない、と。

もちろん遠野にそんな縁起の悪い言葉を伝えるつもりもなく、隼人は腰に佩いた剣に手を添えた。

「もっと広いところでお前と会いたいから、帰る」

隼人のまっすぐな声と視線に胸を衝かれたような顔をして、遠野は一つ瞬きをする。直後、その顔にじわじわと笑みが広がって、嬉しそうな満面の笑みになった。

「なんだ、だらしのない顔をして」

「いや、実は……この狭い世界にいるからお前は俺のそばにいてくれるんじゃないかな、なんて不安もあったから、ちょっと感動した」

「俺はそこまで薄情じゃない。それに、あっちには引き継ぎを終えていない仕事もあるからな」

「急に現実的な話になったな……」

「遠野も関係がある話だぞ。俺がクレーム食らった案件、お前が引き継ぐことになってるんだからな」

「えっ、俺？　お前の仕事を引き継ぐとか荷が重い……！」

「ご謙遜を。あの顧客をどう宥めるのか期待してるぞ。安心しろ、引き継ぎは完璧にこなす」

昼の端で笑って、隼人はしっかりと遠野と手をつなぎ直した。

「元の世界でしかお前とできないこともある。だから帰ろう。今度はお前と一緒に仕事をしたいし、本物のゲームも教えてほしい」

できれば遠野も同じことを思ってくれれば嬉しいと思った。緊張した面持ちで返答を待っていると、強く手を握り返される。見上げた先にあったのは、やっぱり嬉しそうな笑顔だ。

「任せろ。移植版ＬＯＤのエンディング一緒に見ようぜ。実家には初代ＬＯＤもあるぞ」

笑いながら隼人の手を引いて、遠野は目の前の鏡を潜り抜ける。足取りに迷いはない。そのことに、人知れず安堵の息をついた。

遠野と手をつなぎ、一枚、また一枚と鏡を潜り抜けるうちに少しずつ玉座の間が近づいてきた。あちら側から隼人たちの姿は見えないのか、魔王はこちらを振り返ろうともしない。

いよいよ最後の鏡の前に立つ。ここまでくれば魔王の横顔もよく見えた。やたらと頭が大きいので冠でもかぶっているのかと思ったが違った。魔王の顔は、巨大なトカゲのそれだった。

「これが魔王か……」

「そう。ドラゴンに憧れて、でもなりそこなって、最後は地に落ちた一族の末裔だ」

最後の鏡の前で立ち止まり、どちらからともなく手を握り直す。

「行けそうか?」と遠野に尋ねると、力強く頷き返された。

「俺も、綾瀬と一緒に元の世界に戻りたい。そのために、なりふり構うのはやめる」

横目で見た遠野の顔には、覚悟を決めた表情が浮かんでいた。

(俺も、できる限りのことはしよう)

隼人もそっと剣に触れる。竹刀と剣は全く使い勝手が違うものの、バグ探しの最中に何度か戦闘を重ねたおかげで、とっさのときに剣を抜くくらいはできるようになっていた。

「よし、行こう」

緊張をみなぎらせた声とともに、遠野が最後の鏡に身を沈める。隼人もすぐその後に続いた。

延々と鏡が並ぶ狭いトンネルのような空間を抜けた先にあったのは、天井の高い洞窟だった。

辺りにはひんやりとした空気が漂い、足元の岩は濡れて滑りやすくなっている。

自分たちが抜けてきた鏡はどうなっているのだろうと振り返ると、岩壁に曇った鏡が立てかけられていた。よほど古いものなのか、正面に立ってみてもぼんやりとした輪郭しか映らない。ここにもう一枚鏡があったとしても合わせ鏡を作るのは難しそうだ。魔王を倒し損ねたとしてもあの通路を辿って戻ることはできないだろう。

背筋にひやりと冷たい汗が浮いた。正真正銘、一発勝負だ。撤退の道はない。

「――我が野望を妨げる者は誰だ」

洞窟内に低くこもった声が殷々と響き渡る。素早く玉座に目を戻すと、魔王がゆらりと立ち上がったところだった。爬虫類を思わせる金色の目がこちらを見て、遠野の手を摑む指先に力がこもる。

魔王は隼人たちに向き直ると、「貴様が勇者か」と目を細めた。隼人たちが降って湧いたように現れたことに対しては特に疑問を抱いていないらしい。他のＮＰＣと同じく、それを咎めるセリフを備えていないだけかもしれないが。

遠野が隼人の手を離す。隼人も剣の柄に手をかけ、いつでも抜けるよう身構えた。

「貴様が消えれば地上はもちろん、天空もすべて私のものだ。さあ、かかってこい勇者よ！我が名は――――ぎゃあああああっ！」

きちんと柄が握れているか手元に目を落とした瞬間、魔王の絶叫が洞窟内に響き渡った。断末魔というより非常ベルのようなけたたましさだ。何事かと魔王に目を向けると、その巨大な頭部に鉄球がめり込んでいた。

まさかと隣に視線を走らせる。遠野は投球後の野球選手のような格好で、片足を宙に浮かせていた。その手に慈悲の鉄球はすでにない。

隼人が何か言うより先に、唐突に魔王の絶叫が途切れた。静寂の中、魔王の体がゆっくりと倒れ、地面に突っ伏したのを最後に動かなくなる。

隼人は剣の柄を握りしめたまま、信じられない思いで口を開いた。

「遠野、お前……魔王が話を終える前に慈悲の鉄球を投げたのか？」

「相手の口上につき合ってやる義理なんてないからな。先手必勝だ」

「さすがに卑怯じゃないか⁉」

「戦略としては有効だ。なりふり構うのはやめるって言っただろ？」

遠野が悪戯っぽく片目をつぶる。勇者とは思えない卑怯な戦略だ。だが、おかげで無傷のまま魔王を倒すことができた。

「……遠野が一緒でよかったよ」

気の抜けた声で呟いて剣の柄から手を離そうとしたが、指先が震えて上手くいかない。それを見た遠野が「俺も」と震える指先をこちらに向けてきて、ひとしきり笑ってからどちらからともなく抱き合った。

「――とりあえず、無事に魔王も倒せたことだし転移の泉を見てみよう。玉座の後ろにあるはずだ」

魔王を倒した感動に浸りきる暇もなく、遠野と玉座の裏に回り込む。

玉座の後ろには狭い通路が続いていた。数メートル先でもう行き止まりになっているようだが、奥にスポットライトのような光が落ちている。そこだけ天井に穴でも空いているのか、光の中でゆらゆらと水が揺れていた。

「あれが転移の泉か？」

「たぶん……。近づいてみよう」

遠野と手をつないで泉に近づく。泉の大きさは半径二メートルといったところか。かなり小さい。水は真っ黒で、真上から光を浴びてもなお底が見えなかった。

「泉というより、底なし沼のように見えるが」

「飛び込んだら最後、二度と浮かんでこられなくなりそうだな」

お互いに不吉な言葉を口走ってしまった。

本当にここに飛び込んだら元の世界に戻れるのだろうか。最後の最後でわからなくなる。

元の世界に戻っても遠野は隣にいてくれるだろうか。そんな不安も胸を過（よぎ）った。

魔王と対決するまではあんなに前向きな気持ちでいられたのに、旅の終わりを目の当たりにして二の足を踏んだ。

この世界での出来事は、本当に遠野と自分が体験したことだろうか。今までの出来事はすべて自分が死に際に見た長い夢なのではないか。目覚めたとき、遠野は隣にいないかもしれない。いたとしても、この旅の記憶を共有していない可能性もある。

(遠野が隣にいなくても、俺は前を向いて歩き出せるだろうか)

これまでの仕事のやり方を手放して、顧客だけでなく社員も職人も、みんなが納得できる落としどころを探していけるか。そのために周りに協力を仰げるのか。それは甘えではなく最善の方法なのだと、正面切って祖母に言い返すことはできるだろうか。

「指先冷たくなってるぞ」

強く手を握られ、急速に目の焦点が合った。ぼんやりと泉を眺めて立ち尽くしていたことを自覚して、慌てて遠野に顔を向ける。それと同じタイミングで遠野が身を屈め、隼人の頬に唇を寄せてきた。

派手なリップ音が洞窟内に響いて、隼人は誇張でなくその場で飛び上がる。

「な、な、な、何をするんだ!」

「ちょっとは緊張ほぐれるかな、と思って。なんか思い詰めた顔してたから」

どうした、と尋ねる遠野の声が、洞窟内に柔らかく響いて隼人の肌を震わせる。

遠野の言葉は適度に軽くて、でも声の芯には優しさがこもっていて、だから遠野と話をしていると、不思議なくらい心を鎧うものがはがれ落ちていく。

まだ柔らかな唇の感触が残る頬に掌を当て、隼人は力なく視線を落とした。

「俺は、元の世界に戻っても変われるだろうかと思って……」

「変われるだろ。旅の最初と比べたらすでにだいぶ変わってるしな」

「それはお前がそばにいてくれたからだ。お前がいなかったら俺はきっと一生祖母の言いなりで、自分の考えもないまま、何も……」

言いかけて、隼人は言葉を切った。目の端で何か動いた気がしたからだ。

玉座の脇で何かが蠢く。動くたびにぼろぼろと崩れていく泥人形のようなそれは魔王のなれの果てだ。倒したのではなかったのかと息を呑んだ次の瞬間、玉座のひじ掛けを掴んで立ち上がった魔王が金色の目を見開いた。

「我が名は厄災にして怨念……真のドラゴンの血を引く者、この世の覇王だ！」

魔王が絶叫した瞬間、その体が倍以上に膨張した。

隼人は遠野の手を振り払い、とっさに剣を引き抜いた。魔王の体が内側から爆発するように弾け飛び、大小さまざまな礫がマシンガンのような勢いで飛んでくる。剣を構えたもののどうすることもできず目をつぶったら、横から遠野の腕が伸びてきて胸に抱き込まれた。

俺のことなんて庇うな、と叫ぼうとしたが、遠野の胸に顔を押しつけられてくぐもった声しか出ない。とっさに地団太を踏むと「いてっ！」と遠野が声を上げた。

隼人を庇い、無数の礫をその身で受け止めたにしては随分と気の抜けた声だった。きつくつぶっていた目を開けると、ぽかんとした顔の遠野と目が合った。

二人して顔を見合わせ、そろそろと玉座へ目を向ける。魔王の体が爆発した瞬間飛び散った礫はなぜか一つとして隼人たちに当たることなく、魔王の姿もすでにない。

静まり返った洞窟を見回し、隼人はゆっくりと剣を下ろした。

「魔王、生きてたぞ」

「やっぱり、口上の途中で攻撃したのがまずかったか……。魔王、戦闘前のセリフ全部言い切ってから爆発したもんな……」

爆発。確かにそうとしか言いようのない光景だった。だというのに、どうして自分たちは無傷なのだろう。

改めて辺りを見回してみると、地面に落ちた礫が隼人たちの半径一メートル以内には一つも落ちていないことに気づいた。遠野はそれをしげしげと見て「なんか俺たちの周りにバリアでも張られてたみたいだな」と呟く。

「ＬＯＤにバリアなんてないはずなんだが、何かの特殊効果でガードしたとしか……」

ぶつぶつと呟いていた遠野が、ハッとしたように隼人の持つ剣に目を向けた。

「もしかして、綾瀬の剣か？」

これか？　と隼人がかざした剣に顔を近づけ、遠野は大きく目を見開いた。

「お前、その剣……勇者の剣じゃないか⁉　戦闘中に『使う』ってコマンド選ぶと、一ターンの間聖なる力で物理攻撃を無効にするって特殊効果がついた……！」

「これは墓参りをした礼にご婦人からもらった剣だぞ？」

「あの墓参りイベントの？　……いや、やっぱりあのイベントでもらえるのは剣じゃないぞ！　盾だ！　嘆きの盾だよ！　そうだ、思い出した！」

遠野の興奮した声が洞窟内に響く。その声に掻き消されないよう、隼人も声を張り上げた。

「でも、俺が受け取ったのは確かにこの剣だ」

「だからそれもバグだ！　お前あのとき、窓からあの家に入っただろ。本来のゲームじゃ入れない場所から入り込んだことで、何かバグが発生したんだ」

また無意識にデバッグをしていたらしい。納得して、隼人は手の中の剣に視線を落とす。

「勇者の剣なのに勇者以外の人間も使えるんだな」

「いや、使えない。綾瀬、ちょっとその剣、鞘にしまって貸してくれ」

隼人は首を傾げ、言われるまま剣を鞘に戻して遠野に手渡した。

遠野は早速鞘から剣を抜こうとするが、できない。遠野は本気で力を入れているようなのに、剣は一ミリも鞘から出てこなかった。

「ほら、勇者以外の人間は剣を装備することも、戦闘中に使うこともできないんだ」

「……それは、おかしいだろう。この世界で勇者は遠野なのに」

「俺じゃなくて、綾瀬が勇者だったんじゃないか？」

あっさりと言い放たれ、隼人は困惑の表情を浮かべた。

「でも、最初の城ではみんな遠野を勇者扱いしてただろう？」

「最初はな。でも途中で俺たちの立ち位置が変わったのかもしれない」

なぜ、と眉根を寄せた隼人に、遠野は屈託のない笑みを向けた。

「そりゃ、俺よりもお前の方がよっぽど勇者らしい振る舞いをしてたからじゃないか？　困ってる村人がいたら片っ端から手を貸してたし、機転を利かせていくつもイベントもクリアしてる。魔王の口上も聞かず奇襲をかける俺より断然勇者だろ」

隼人の手に、再び勇者の剣が戻ってくる。鞘から剣を引き抜くと、今度はあっさり抜けた。

呆気(あっけ)にとられる隼人に、遠野のしみじみとした声がかかる。

「最初はお前、勇者の親友ってポジションだったんだよな。本来ならエンディング前で死ぬはずのキャラクターから自力で勇者になるなんて、お前やっぱり凄(すご)いな？」

「……凄くない。俺はただ、祖母の言いつけを守って……」

「どんな理由でも、それをちゃんと実践したのはお前だろう」

隼人の言葉を優しく遮り、遠野は剣を握りしめる隼人の手に自身の手を重ねた。

「祖母ちゃんの言いなりだとか自分の考えがないとか後ろ向きなこと言ってたけど、もっと胸張れよ。勇者だろ？　お前が自力で摑んだ称号だぞ」

重ねた手からゆっくりと遠野の体温が伝わってきて、隼人は握りしめていた剣から手を離す。

代わりに遠野に飛びついて、その背に両腕を回した。

「勇者より、俺はお前の恋人でいたい……！」

突然の行動に対処しきれなかったのか少し体をぐらつかせたものの、遠野も隼人を抱き返し「その立ち位置だってちゃんと自力でぶんどってるだろうが」と笑った。

隼人は遠野の胸に顔を押しつけ、目元に滲んだ涙を拭う。

この世界は、自分が死に際に見ている都合のいい夢かもしれない。

こうして一緒に旅をしてきた遠野は自分が作り出した想像の産物でしかなく、目が覚めたら隣には、ほとんど口を利いたこともない、ただの同僚の遠野しかいないかもしれない。

人間はそう簡単に変われない。元の世界に戻った後、今までのやり方を捨て、すぐに上手く立ち振る舞えるような自信もない。どれだけ努力を重ねたところで、遠野と再びこんな関係になれるかもわからない。

自信も確証もない。でも、自分が動けば何か変わるかもしれない。

この世界の遠野はそうやって隼人が足掻くのをずっと見ていてくれたし、認めてくれた。

こうして抱きとめてくれた腕の感触さえ忘れなければ、何度でも前に進める気がした。

「落ち着いたか？」

優しく髪を撫でられ、遠野の背中に回していた腕を緩める。顔を上げると、目元に柔らかなキスをされた。

最後にその顔を目に焼きつけ、やっとのことで遠野から腕をほどいた。代わりに手をつなぎ、再び転移の泉の前に戻る。

「指先ぽかぽかになってきたな」と遠野が笑う。いつの間にか、冷えきった指先に熱が戻っていた。

「……元の世界に戻っても、たまに手をつないでくれるか?」

遠野の手を握りしめて尋ねると「もちろん」と即答された。

真っ黒な泉を見下ろし、隼人は微かに目元をほころばせる。

「向こうでお前に会えるのが楽しみだ」

「俺も」と遠野が笑い交じりに返す。

泉は相変わらず黒く、底が見えない。それなのに、もう不安に思う気持ちはなかった。

「それじゃあ、また後で」

手をつないだまま、二人同時に足を踏み出す。

水に落ちる瞬間、遠野、とその名を呼んだ。

思った通り泉には底がなく、全身が見る間に水に沈んでいく。

面と向かっては口にできなかった言葉が、白いあぶくになって目の前を過る。

遠野、お前が好きだよ。この世界で出会って、一緒に旅をしたお前が好きだ。元の世界に戻っても、そこにいるのが俺の知ってるお前じゃなかったら、多分恋人にはなれないと思う。

お前がいいよ。今、俺と手をつないでいるお前がいい。
拙(つたな)い願いは水に呑まれて声にならない。意識がゆっくりと水に溶ける。
上も下もわからない水の中、握りしめた手の中には最後まで遠野の体温が残っていた。

ばたばたと忙しない足音が聞こえる。

そこにときどき交じる人の声。

つんと鼻を衝く匂いは薬草——ではなくて、消毒薬だ。

瞼が震え、薄く目を開けると視界が白で塗りつぶされた。

白い天井、白い壁、白いカーテン。

まるで病室だ。この世界に病院なんてないはずなのに。

この世界。ゲームの中の。遠野と二人で旅をした。

（……遠野？）

その名を胸の中で呟いた瞬間、急速に意識が鮮明になった。

遠野。そうだ。遠野はどこだ。

起き上がろうとしたら傍らのカーテンが勢いよく引き開けられた。その向こうから現れたのは制服姿の看護師だ。隼人を見て「お目覚めですか？」と声をかける。

「綾瀬隼人さんですね？　ご気分はいかがですか？　吐きけは？」

てきぱきと質問されて目を瞬かせる。起き上がろうとすると、看護師が手を貸してくれた。

「綾瀬さん、横断歩道を歩いていたお子さんを助けようとしてトラックの前に飛び出したんですよ。覚えてますか？　大丈夫、お子さんは無事です。トラックの運転手さんが直前でハンドルを切ってくれたおかげで、綾瀬さんたちも軽い接触で済みましたし。ただ、転んだ拍子に地面で頭を打ったみたいですね。脳震盪を起こして病院に搬送されたんです」

ＮＰＣとは違うよどみのない説明にぼんやりと相槌を打っていた隼人は、「綾瀬さんたち」という言葉に反応して身を乗り出した。

「あの、一緒にトラックの前に飛び出した男がいたと思うんですが、遠野という男で……！」

「ああ、遠野さんとお知り合いだったんですね。そちらのベッドで休まれてます」

看護師がカーテンの仕切りを指さす。遠野はその向こうにいるようだ。

「お二人とも頭を打って気を失っていたんですよ。外傷はほとんどありません。ちょっと先生を呼んできますね」

そう言い置いて、看護師は病室を出て行ってしまった。

隼人はしばらく呆然とベッドに座っていたが、現状を把握してそろそろとベッドから足を下ろした。

小さな病室は二人部屋で、窓と平行にベッドが二つ並んでいる。

ベッドを仕切るカーテンの前に立ち、「遠野……？」と声をかけてみた。だが、カーテンの向こうからはなんの返答も返ってこない。

病室の外からは慌ただしく人が行きかう気配が絶えずするのに、この部屋の中は恐ろしく静かだ。カーテンの向こうに自分以外の人間が本当にいるのか疑ってしまうほどに。

しばし逡巡した後、そっとカーテンを引いて奥を覗き込んだ。

カーテンで仕切られた向こう、小さなベッドの上にいたのは、確かに遠野だ。傷を負った様子もなく目を閉じて静かに眠る姿を見た瞬間、その場に崩れ落ちてしまいそうになった。二人してトラックに撥ねられ死んでいる可能性もあっただけに、お互い生きていた事実にまずは深く安堵する。

足音を忍ばせてベッドに近づこうとしたら、どこかから携帯電話の着信音が流れてきた。くぐもったその音は先程まで自分が寝ていたベッドの方から聞こえてくる。戻ってみると、ベッドサイドの椅子に隼人のカバンが置かれていた。

カバンの中から社用の携帯電話を取り出す。これを目にするのも随分と久しぶりだ。ディスプレイには会社の番号が表示されていて、緊急事態かと携帯電話を掴んで病室を出た。

足早に廊下を歩き、携帯電話が使用できるスペースでようやく電話に出る。電話の相手は隼人の上司だ。

『もしもし、綾瀬君？　ごめんね、今日は早めに帰っていいよ、なんてこっちから言っておいて電話をかけてしまって』

異世界にいた時間が長すぎて、とっさに上司の言葉に反応できなかった。なんとか記憶を手繰り寄せ、今日は定時間際に古賀夫妻が怒鳴り込んできた日だ、と頭の中で整理する。

『今日、会社にいらっしゃった古賀さんのことなんだけど』

「はい。このたびは私の力が及ばず……」

申し訳ありません、と言うつもりが、『いやいや、違うんだよ』と上司に遮られた。

『さっきね、古賀さんの奥さんがこっちに戻って来たんだ。それで、やっぱり綾瀬君に担当してほしいって言うものだから』

「え、でも……私には上手く要求が伝えられないと……」

『違う違う、旦那さんがあの剣幕だったから、ついつい話を合わせちゃったんだって。でも綾瀬君が一緒に選んでくれたビルトインタイプの食洗機も、脚がゆったり伸ばせる浴槽も諦めきれないって。綾瀬君には本当に良くしてもらったから、後からくちばし突っこんできた旦那さんのせいで担当外してほしくないとも言ってたよ』

上司の言葉に耳を傾け、強く携帯電話を握りしめた。いつか遠野が自分にかけてくれた言葉を思い出す。あの言葉は正しかったのだ。

（……伝わってたんだ、ちゃんと）

気を抜くと息が震えてしまいそうで、電話の向こうの上司にばれないように大きく息を吸い込んだ。静かに息を吐くその間も、『どうする？』と上司の言葉は続く。

『古賀さんの担当、遠野君に任せようと思ってたけど、綾瀬君が続行する？』

肺に残っていた空気をすべて吐き尽くしてしまっても、隼人はすぐに返事をしなかった。

この電話が遠野と異世界に行く前にかかってきていたら、きっと自分は一も二もなく上司の言葉に飛びついていただろう。やらせてくださいと声を張り上げ、これで祖母に不要な報告をせずに済んだと胸を撫で下ろし、これまで通り、社内の人間と外注の職人に無理を強いて顧客を満足させるためだけに邁進していたに違いない。

けれど今、隼人には異世界を旅した経験と記憶がある。

「いいえ。担当は当初の予定通り、遠野に変更してください」

空っぽにした肺に新鮮な空気を取り入れた隼人は、迷いのない口調でそう返した。

「古賀様の奥様からそう言っていただけたのは嬉しいのですが、旦那様は私に対していい感情を抱いていないでしょうし、無理に担当を続けては話し合いが難航する可能性があります。だったらやっぱり、担当は遠野に変更した方がいいと思うんです。もちろん、前任の担当者として私も可能な限り遠野をサポートします。奥様にも、遠野だけでなく私にもいつでもご連絡くださいとお伝えください」

『いいの？　それじゃ営業の成績は遠野君のものになっちゃうけど』

気遣わしげに尋ねられ、隼人は満面の笑みで答えた。

「もちろん。お客様のご満足が第一ですから」

唇に笑みを残したまま上司との電話を切った隼人は、遠野のいる病室へ引き返しながらむずむずする口元を必死で引き締めた。顧客に満足してもらいたいのは本当だが、それ以上に遠野と一緒に仕事ができると思うとわくわくした。

まずはきっちり引き継ぎをして、ビルトインタイプの食洗機と大きな浴槽は残せるようにしなければ。古賀の夫をどう納得させるか作戦を立てよう。

病室に戻り、足音を忍ばせて遠野のベッドに近づく。

枕に頭を沈め、遠野はまだ深く眠っている。ゲームの世界で見てきたのと同じ寝顔だ。

目覚めた遠野が開口一番何を言うか想像して目元を緩めていた隼人だが、ふと違和感に気がついて表情を改めた。遠野の胸は規則正しく上下しているのに、寝息が聞こえない。

（……遠野の寝息は、こんなに静かだったか？）

布団に入ると一人反省会が始まってしまってなかなか寝つけない隼人は、旅の間いつも遠野の寝息に耳を傾けていた。深い寝息は潮騒（しおさい）のようで、ピリピリと張り詰めた神経を宥（なだ）め、あっという間に眠りにいざなってくれたものだ。

目の前の遠野からは、あの寝息が聞こえてこない。それだけで、とてつもない不安に呑み込まれた。

ゲームの世界で出会った遠野と、目の前にいる遠野が同一人物なのかわからなくなる。あの世界で一緒に旅をした遠野は、やはり自分の想像が作り出した架空の存在だったのだろうか。

指先が冷えていく。もうその手を握ってくれる相手もおらず、体の脇で強く拳（こぶし）を握ったとき、ベッドに横たわっていた遠野の瞼が小さく震えた。

睫毛が動いて、ゆっくりと遠野の目が開く。

「……遠野？」

震える声で名前を呼ぶと、ぼんやりと宙を見ていた遠野の目がこちらを向いた。

視線が合う。だが、隼人を見てもその顔にはなんの表情も浮かばない。

足元から、ひやりとした絶望が這い上がってくる。まさか本当に、自分の知る遠野はもうどこにもいないのか。絶望に打ちひしがれて膝をつきそうになるのを必死でこらえ、掠れた声で遠野に話しかけた。

「遠野……俺と一緒に横断歩道に飛び出したの、覚えてるか？　トラックに撥ねられそうになって、でも、車が避けてくれたから俺たちは無事で……」

看護師から聞かされた内容を、たどたどしく遠野の前で繰り返す。

遠野はやっぱりうつろな表情で隼人の言葉に耳を傾けていたが、説明が終わる前にのそのそとベッドに起き上がった。

「お、起きて大丈夫なのか？　どこか怪我は……？」

遠野は乱れた髪を後ろに撫でつけ、不思議そうな顔で隼人を見上げた。これまでほとんど会話を交わしたこともなかった相手に話しかけられたときのような、そんな表情だ。

喉の奥からぐぅっと空気の塊がせり上がってきて声に詰まった。こんな展開も覚悟していたつもりだったが、現実を目の当たりにするとやはり辛い。

かける言葉が見つからず唇を引き結ぶ。じわじわと視界がぼやけてきた。それを遠野に悟られまいと俯(うつむ)いたら、体の脇に垂らしていた手に温かいものが触れた。

「無事元の世界に戻ってこられたっていうのに、なんでそんな顔してんだ?」

手の甲に触れたのは馴染(なじ)みのある、ごつごつと長い指先の感触だ。

勢いよく顔を上げると、なんだよ、と不思議そうに首を傾げられた。

「また指先冷たくなってるけど、お前こそどっか怪我でもしたのか?」

隼人の感情を何より雄弁に語るのは、言葉でも表情でもない。掌の温度や指先の動きだ。

そしてそれを知っているのは、手をつないであの異世界を一緒に旅してきた遠野しかいない。

手の甲に触れる遠野の手に、震える指先を伸ばしてみる。ゆっくりとその手を取ったら、遠野の顔に笑みが浮かんだ。

「お帰り、勇者。俺も一緒にあの世界を旅したお前が好きだよ。それ以外のお前とは恋人になれそうにない」

転移の泉に落ちていく瞬間隼人が呟いた言葉は、どうしてか遠野の耳に伝わってしまったらしい。

つないだ手を強く握り返される。

あまりにも馴染んだその感触に安堵して、隼人はなりふり構わず遠野の胸に飛び込んだ。

# あとがき

やりかけのゲームをクリアすることなく今年の夏も終わってしまった海野(うみの)です、こんにちは。夏休みなんて社会人になったらあってないようなものですが、夏がくるとやっぱりそわそわして新しい本やゲームを買い込んでしまいます。毎回ほとんど手もつけられないのですがやめられません。学生の頃なんて夏休みの間、それこそ一日中ゲームをして過ごしていたのになぁ、と夏が来るたび懐かしく思い出します。

そういえば小学生の頃、夢中になって遊んでいたゲームがありました。キャラクターや世界観が魅力的で、物語にもぐいぐい引き込まれ、童話の挿絵のような温かみのあるグラフィックが大好きだったのですが、このゲームには唯一にして最大の欠点がありました。

ゲーム中にわりと致命的なバグがあったのです。

ゲームを進めていくと、イベントごとにどうしても倒さなければいけない敵、いわゆる中ボスと呼ばれる敵が現れるのですが、この中ボスを倒すと画面がフリーズするという、今考えると回収ものでは？　と真顔になってしまうバグが普通にありました。

中ボスを倒す、画面が真っ白になる、泣きながらリセットボタンを押す、再び中ボスに挑む、倒す、画面が真っ白になる、リセットする、という地獄のような作業を繰り返すと、五回に一回くらいの確率で画面がフリーズせず物語が先に進むので、毎回祈るような気持ちで、というかほとんど「今度こそ頼みます！」と本気で祈りながら中ボスを倒していました。

今にして思うとよく途中でゲームを投げ出さなかったものだな、と感心するのですが、当時は暇が有り余っていたのでなんとかかんとかラストダンジョンへ。激戦の末、やっとの思いでラスボスを倒したのですが、ここでもまさかのフリーズが発生して、さすがにコントローラーをぶん投げました。大好きだったあのゲームのエンディングは、未だに見ておりません。

そんな懐かしくもしょっぱい記憶を思い出しつつ書いた今回のお話は、石田惠美（いしだめぐみ）先生にイラストを担当していただきました。異世界に迷い込んだサラリーマン二人を華やかに描いていただいて感無量です！　現代もののお話を書かせていただく機会が多いので、自分の書いたキャラクターが冒険者のような服装をしているのも新鮮でした。ラフを眺めながら、子供の頃ゲームソフトのパッケージを眺めてわくわくしていた気持ちを思い出したりもしました。石田先生、素敵なイラストをありがとうございました！

そして末尾になりますが、この本を手に取ってくださった読者の皆様にも、改めて御礼申し上げます。異世界転生ならぬ異世界探索ものを楽しんでいただけましたら幸いです。

それでは、またどこかでお会いできることを祈って。

海野　幸（さち）

この本を読んでのご意見、ご感想を編集部までお寄せください。

《あて先》〒141－8202　東京都品川区上大崎3－1－1　徳間書店　キャラ編集部気付
「リーマン二人で異世界探索」係

【読者アンケートフォーム】
QRコードより作品の感想・アンケートをお送り頂けます。
Ｃｈａｒａ公式サイト http://www.chara-info.net/

■初出一覧
リーマン二人で異世界探索……書き下ろし

Chara
# リーマン二人で異世界探索
……【キャラ文庫】

2022年9月30日　初刷

著者　海野 幸
発行者　松下俊也
発行所　株式会社徳間書店
〒141-8202　東京都品川区上大崎3-1-1
電話 049-293-5521（販売部）
03-5403-4348（編集部）
振替 00140-0-44392

印刷・製本　株式会社広済堂ネクスト
カバー・口絵
デザイン　モンマ蚕（ムシカゴグラフィクス）


ISBN978-4-19-901077-4

# 海野 幸の本

好評発売中

## [魔王様の清らかなおつき合い]

イラスト✦小椋ムク

ヤクザ顔負けの眼光で、高級スーツを身に纏う男から深夜に呼び出し!! しかも愛を告白されてしまった――!? ゲイバー店員の悠真(ゆうま)を待っていたのは、「魔王」と呼ばれるほどコワモテな常連客・峰守(みねもり)だ。「お…お友達からお願いします!」恐怖のあまり遠回しにお断りしたつもりが、まさかの快諾!! 何か裏があるはずだとデートに赴くけれど、行先は動物園や映画館など、健全な場所ばかりで!?

# 海野　幸の本

好評発売中

［あなたは三つ数えたら恋に落ちます］

イラスト✦湖水きよ

夜道でサラ金に囲まれ、五百万の返済を迫られてしまった——!?　身に覚えのない借金に青ざめる、臨床心理士志望の琉星(りゅうせい)。そこに待ったをかけたのは、眼光鋭く威圧的な空気を纏う男。助け舟かと思いきや、雉真(きじま)と名乗る新たな借金取りだった!!　琉星の経歴を面白がった雉真は、「催眠術で俺を惚れさせてみろ」と挑発。渋々暗示をかけると、鬼の形相から一変、蕩けるような笑顔で愛を囁いて!?

# 海野 幸の本

好評発売中

［匿名希望で立候補させて］

イラスト✦高城リョウ

お昼寝もお風呂も一緒で、兄弟同然に育った、おとなりの三兄弟――とりわけ優秀な長男・直隆(なおたか)に告白して、フラれた黒歴史を持つ史生(ふみお)。直隆の就職を機に疎遠になっていたけれど、突然地元に帰ってきた!! しかも今回の転勤は、なぜか自分から希望したらしい。動揺する史生の元に、幼いころ三人と交わした交換日記が無記名で届く。そこには「実は男が好きなんだ」という衝撃の告白があって!?

# 海野　幸の本

好評発売中

## [ifの世界で恋がはじまる]

イラスト✦高久尚子

専門知識はあるけれど、口下手で愛想笑いも作れない——ＳＥから営業に異動し、部内で浮いている彰人。今日も些細な口論から、密かに憧れる同僚・大狼を怒らせてしまった…。落ち込むある日、偶然訪れた神社の階段で、足を踏み外して転落!!　目覚めた彰人を待っていたのは、気さくに声をかける同僚や、熱っぽい視線を向けてくる大狼——昨日までとは一転、彰人にとって居心地のいい世界で!?